Der Tag der Vergeltung

Die Autorin Anna Katherine Green, geborene Anna Katharine Rohlfs, war eine US-amerikanische Schriftstellerin von viktorianischen Kriminalromanen. Sie gilt als die „Mutter der Detektivgeschichten" und ist die bedeutendste Vertreterin des Genres zwischen Edgar Allan Poe und Sir Arthur Conan Doyle.

In der Buchreihe „Historical Diamond" werden die Juwelen bedeutender klassischer Autoren in einer qualitativ hochwertigen, aber preiswerten Buchausgabe in ungekürzter Fassung neu herausgegeben. Das Themenspektrum umfasst spannende Romane, u. a. historische Romane, Krimis, Fiktion, Abenteuer und Entdeckungsreisen.

HISTORICAL DIAMOND

Anna Kathrine Green

Der Tag der Vergeltung

Kriminalroman

Herausgeber
Klaus-Dieter Sedlacek

Band 5

Bibliografische Information Der Deutschen Bibliothek:
Die Deutsche Bibliothek verzeichnet diese Publikation
in der Deutschen Nationalbibliografie; detaillierte
bibliografische Daten sind im Internet über
http://dnb.ddb.de
abrufbar.

Herstellung und Verlag: BoD – Books on Demand, Norderstedt.
ISBN: 9783752886931

Erstes Buch.
Leben oder Tod.

Erstes Kapitel.
Verhängnisvolle Botschaft

Am Abend des 13. Juli 1863 verließen zwei Männer, der eine in Washington, der andere in Buffalo, ihren Wohnort, und zwar unter merkwürdig ähnlichen Umständen.

Jedem von ihnen hatte die Morgenpost einen Brief gebracht, den sie sogleich vernichteten. Beide befanden sich den ganzen Tag über in einer stets wechselnden Unruhe; ja, als sie von den Ihrigen Abschied nahmen, erreichte ihre innere Erregung einen solchen Grad, daß die bloße Tatsache ihrer raschen Berufung nach New-York in geschäftlichen Angelegenheiten dafür keine genügende Erklärung bot. Auch daß dort gerade ein gefährlicher Aufstand tobte, Leben und Sicherheit jedes friedlichen Bürgers bedrohend, konnte unmöglich der Grund ihrer heftigen Gemütsbewegung sein.

Der Mann aus Washington, Samuel White, ein früherer Makler, war jetzt angehender Staatsmann. Er galt für sehr wohlhabend, trieb aber nicht den geringsten Luxus, sondern lebte ganz still und zurückgezogen, was seiner offenbar ehrgeizigen und prunkliebenden Natur keinesfalls zusagen konnte. Freilich war es in der damals sehr unruhigen Zeit des Bürgerkriegs überhaupt nicht ratsam, seinen Reichtum auffällig zur Schau zu tragen, allein die Einfachheit von Whites Lebensweise war so groß, daß die bedrängte Lage des Vaterlandes kaum die einzige Ursache der Beschränkung sein konnte, die er sich auferlegte; die Leute meinten, es müsse wohl noch ein geheimer und zwingender Grund dahinter stecken.

Seine Frau war viel leidend, aber sie liebte die Geselligkeit; enge, dürftig ausgestattete Wohnräume waren durchaus nicht nach ihrem Geschmack.

Auch bei der Erziehung und Ausbildung des einzigen Kindes konnte eine übertriebene Sparsamkeit nicht erwünscht sein. White war kein Geizhals und doch häufte er sein Geld auf der Bank an, versagte seinen Angehörigen Bequemlichkeit und Genuß und schloß sich selbst von der segensreichen öffentlichen Wirksamkeit aus, für welche natürliche Anlage und Neigung ihn bestimmt zu haben schienen. Weshalb tat er das?

Die Frage wurde oft erörtert, blieb aber unbeantwortet. Auch seine Gattin stellte sie eines Tages und erschrak heftig über den Blick voll Seelenqual, den er ihr zuwarf. Mit einem liebevollen Kuß machte sie rasch dem peinlichen Augenblick ein Ende, zum Zeichen ihres vollen, unbedingten Vertrauens. Aber sie vergaß dies Erlebnis nicht und als sie am 12. Juli wieder jenen Ausdruck in den Mienen ihres Mannes sah, und die innere Pein den ganzen Tag nicht von ihm weichen wollte, ergriff sie das unheimliche Vorgefühl eines großen drohenden Unglückes. Oft schon hatte sie die Möglichkeit ins Auge gefaßt, daß ihr Mann tätigen Anteil am Kriege nehmen, wohl gar selbst ein Regiment ins Feld führen könne und der Gedanke an Trennung und Todesgefahr machte ihr liebendes Herz erbeben. Aber eine ganz andere Angst erfüllte sie jetzt; ein namenloses Grauen vor etwas Unbekanntem in der Seele ihres Mannes, die bisher wie ein offenes Buch vor ihr gelegen hatte. Was sie eigentlich fürchtete, wußte sie nicht, aber es quälte sie so sehr, daß sie unwillkürlich mit bangem fragendem Herzen die ganze Vergangenheit vor ihrem Geistesauge vorüberziehen ließ.

Sie kannte Samuel White von Jugend an. Im selben Landstädtchen aufgewachsen, waren sie Spielgefährten gewesen, lange bevor sie ein Liebespaar wurden. Als er fortzog, um sein Glück im Westen zu suchen, baute sie daheim die herrlichsten Zukunftspläne und träumte von ihrem künftigen seligen Eheglück. Bei seiner Rückkehr – (o wie lebendig brachte ihr der Gedanke daran die alte Zeit wieder ins Gedächtnis!) fragte sie nicht erst danach, ob er Geld und Gut erworben; sie bewillkommnete den Wanderer mit strahlendem Blick und warmem Liebesgruß. Auch er hatte ihr sein Herz bewahrt, das fühlte sie wohl, und doch war es ein seltsames Wiedersehen; denn er schien die Beweise ihrer treuen Liebe nur mit Widerstreben hinzunehmen. Dies schüchterne

Wesen, wie sie es in ihrer Unerfahrenheit nannte, war ihr damals aufgefallen, nun sie aber mit gereifterem Urteil daran zurückdachte, erkannte sie wohl, daß er eine förmliche Scheu empfunden hatte, sich zum Eintritt in den Ehestand feierlich zu verpflichten. Trotzdem hatte er sie geheiratet und war ihr ein treuer, liebevoller Gatte gewesen. Kein eifersüchtiger Gedanke war je in ihr aufgestiegen, obgleich seine äußere Erscheinung ganz danach beschaffen war, die Frauenwelt unwiderstehlich anzuziehen und zu fesseln. Nur eine schwere Enttäuschung hatten ihr die Jahre gebracht: die Hoffnung, daß ihr Mann sich in der Öffentlichkeit hervortun und nach einer für seine Gaben angemessenen Stellung streben würde, hatte sich nicht erfüllt. Wie stolz würde sie auf seine Erfolge gewesen sein! Es hätte ihr Trost und Zerstreuung gebracht in ihrem bei zunehmender Kränklichkeit häufig leidenden Zustand, ihn im Staatsleben zu Ehre und Ansehen emporsteigen zu sehen. Daß er würdig gewesen wäre, einen hohen Platz unter den Führern des Volks einzunehmen, galt ihr für ausgemacht. Er besaß einen weiten Gesichtskreis, die Arbeit war seine Lust, er schien zum Herrschen geboren. Und doch blieb er in seiner Dunkelheit und wirkte nur im Geheimen, gerade als schäme er sich seines Tuns – ein Verfahren das zu seinem ganzen Charakter in völligem Widerspruch stand. Alles dieses erwog die Gattin in ihrem Sinn an jenem Tage voll innerer Kämpfe, aber sie fand keinen Aufschluß über das Geheimnis, das auf seiner Seele lastete und auch ihren Frieden zu zerstören drohte.

Von den elf Jahren ihrer Ehe hatten sie fünf in New-York zugebracht, wo White das Maklergeschäft betrieb, dann waren sie nach Washington übergesiedelt und er hatte seine politische Laufbahn begonnen, aber ganz im Verborgenen und nur wie verstohlen, so daß sein Einfluß sich zwar bemerkbar machte, sein Name aber selten genannt wurde und seine Person nie in der Öffentlichkeit erschien. Seit einiger Zeit war er noch seltener ausgegangen als sonst und dann und wann sprach eine geheime Angst aus seinem Blick, die bei der Ankunft des Briefes am 13. Juli ihren Höhepunkt zu erreichen schien. Sie hätte bloß die Hand ausstrecken dürfen nach jenem Zettel, um Aufklärung über alle dunkeln Rätsel zu erlangen, die sie nicht lösen konnte. Einen Augenblick zögerte sie, aber schon war es zu spät: er riß den Brief in kleine Stücke und starrte wie hilflos ins Leere. Als sein glanzloses Auge ihrem fragenden Blick begegnete, streckte er die Hand aus, als wolle er sie anflehen zu schweigen, und schwankte aus dem Zimmer. Etwa eine Stunde später kehrte er gefaßter zurück und teilte ihr mit, er habe einen Brief erhalten, der ihn nötige, unverzüglich nach New-York abzureisen; zuvor wünsche er jedoch seinen Sohn Stanhope zu sehen, sie möge daher rasch nach ihm schicken. Diese Bitte erhöhte noch ihre Bestürzung, denn Stanhope war auf der Schule in dem mehrere Meilen entfernten Georgetown. Hielt ihr Mann vielleicht die Reise nach New-York, wo der Pöbelaufstand tobte, für gefährlich und wollte Abschied von dem Knaben nehmen? Eine derartige Furcht war doch bei der sonstigen Entschlossenheit und Kraft seines Charakters kaum denkbar.

Im Lauf des Tages sah sie ihn nur wenig, da er meist am Schreibtisch beschäftigt war; wie sehr er sich aber auch zwang, in ihrer Gegenwart unbefangen zu erscheinen, so war doch eine angstvolle Spannung, ein tiefer Kummer in seinen Mienen unverkennbar. Endlich ertrug sie es nicht länger.

»Samuel«, rief sie in schmerzlichem Flehen und schlang die Arme um seinen Hals, »was quält dich so? Was bedeutet diese plötzliche Reise? Sind es Staatsgeschäfte, die dich fortrufen, oder ist es eine persönliche Angelegenheit, die du mir nicht verschweigen solltest?«

Er zögerte einen Augenblick mit der Antwort, dann sagte er in einem Tone, der ihr jede weitere Frage abschnitt:

»Mich ruft ein Privatgeschäft nach New-York. Wäre es gut für dich, zu wissen, welcher Art es ist, so würde ich dir mein Vertrauen nicht vorenthalten.«

Die Worte klangen kränkend, doch schloß er sie dabei mit leidenschaftlicher Innigkeit in die Arme. »Vergiß nicht«, fügte er eindringlich hinzu »daß ich dich stets lieb gehabt habe!« Ehe sie sich noch von ihrer Überraschung erholen konnte, hatte er das Zimmer verlassen.

»Ich will warten bis Stanhope kommt,« dachte sie bei sich, »er wird schon ausfindig machen, was seinen Vater quält und warum er gerade jetzt die Reise nach New-York unternimmt.«

Aber Stanhopes Ankunft machte die Sache nur noch rätselhafter. Statt den Knaben zu sich kommen zu lassen und ihn zu begrüßen, schien Herr White sich förmlich zu fürchten, sein Kind zu sehen. Erst als es fast Zeit zum Zuge war, kam er aus seiner Studierstube, setzte sich und nahm den Knaben auf sein Knie. Er versuchte zu reden, aber die Stimme versagte ihm; einen Augenblick beugte er sich über das Haupt des Kindes, dann schob er das Kind beiseite, sprang auf und griff nach seinem Hut.

»Was ich zu tun habe, wird morgen Abend geschehen sein,« sagte er zu der Mutter, welche die Hand nach ihm ausstreckte, als wolle sie ihn zurückhalten. Seine Stimme hatte einen unnatürlichen fremdartigen Klang. »Übermorgen sollst du von mir hören und den Tag darauf werde ich wahrscheinlich wieder daheim sein.«

Das war er auch, aber nicht auf die Weise, wie er es offenbar erwartete.

Lemuel Philipps aus Buffalo, der an dem nämlichen Tage durch einen Brief nach New-York berufen wurde, war ein Mann ganz anderer Art als Herr White aus Washington. Von Gestalt schlank und mager mit fein geschnittenen Gesichtszügen, fesselte er den Blick des Beobachters unwillkürlich, allein, ob es gute oder böse Mächte waren, die diese Anziehungskraft ausübten, ließ sich schwer entscheiden. Er stand im vierzigsten Lebensjahr; wer aber seinen gebückten Gang auf der Straße sah, hätte ihn leicht für zwanzig Jahre älter halten können. Sein lebhaftes Auge, sein ausdrucksvoller Mund und sein rascher Schritt zeigten jedoch, daß er noch seine volle Manneskraft besaß. Er trat stets leise auf, – wie jemand der sich verfolgt glaubt und zu entkommen sucht, – sagte man; daß er sich stets von Zeit zu Zeit verstohlen umblickte, bestärkte die Leute noch in diesem Glauben, ja, wäre er nicht ein angesehener Bürger und Ehrenmann gewesen, so hätte ihm diese Eigenheit allerlei Unannehmlichkeiten zuziehen können. So aber galt er nur für einen Sonderling unter seinesgleichen und gelegentlich äffte ihm wohl ein Bube auf der Gasse hinter dem Rücken seine Gangart nach.

Er lebte in einem unscheinbaren Hause im Westen der Stadt als Privatgelehrter. Was für Studien er betrieb, wußten wenige und niemand kümmerte sich darum. Es konnte ihm nicht an Mitteln fehlen, denn er legte sich keinerlei Entbehrungen auf und steuerte im Geheimen zu vielen wohltätigen Anstalten bei. Am öffentlichen Leben nahm er nicht teil; bei Volksversammlungen oder an Orten, wo die Leute in größerer Anzahl zu verkehren pflegten, war er ebensowenig zu sehen, wie Herr White aus Washington. Er blieb meist in seinen vier Wänden und selbst dort fiel es etwaigen Besuchern auf, daß seine ruhelosen Blicke bald nach rechts bald nach links über seine Schulter schweiften, als fürchte er, einen unwillkommenen Eindringling auf der Schwelle erscheinen zu sehen. Diese fortwährende Wachsamkeit war ihm ordentlich zur zweiten Natur geworden; alle Hausgenossen kannten seine Angewohnheit und nahmen Rücksicht darauf; sogar sein kleines niedliches Töchterchen kam nie in's Zimmer gelaufen, ohne zuvor, wie zu seiner Beruhigung, mit hellem Stimmchen zu rufen: »Vater, ich bin es.«

Seit drei Jahren lebte er in Buffalo. Zuerst war er allein, später ließ er irgend woher sein Kind nachkommen, das die Wärterin noch auf dem Arme trug. Er sagte, daß er seit fünf Monaten Witwer sei, von seiner verstorbenen Frau aber und seinem früheren Wohnort sprach er nie. Trotzdem genoß er das Vertrauen seiner Mitbürger; die wahrhaft rührende Liebe, die er für sein Töchterchen an den Tag legte, und sein stilles Gelehrtenleben sprachen zu seinen Gunsten.

Bei etwas genauerer Beobachtung hätte man jedoch leicht an ihm irre werden können. Einem Manne, der bei jedem Laut erschrickt und sich fürchtet, um eine Straßenecke zu biegen, muß irgend eine geheime Angst auf der Seele lasten. Wächst nun aber diese Angst im Laufe eines einzigen Tages zu förmlichem Entsetzen, so läßt sich wohl annehmen, daß seine Vergangenheit ein Geheimnis birgt, vor dessen Enthüllung ihm graut.

Am 12. Juli 1863 hatte seine Furcht und Bangigkeit den höchsten Grad erreicht. Ruhelos verbrachte er den Tag; zur Schlafenszeit begab er sich, statt das Lager aufzusuchen, in sein Studierzimmer, wo er die ganze Nacht über seine Papiere durchsah und ordnete. Als der Morgen anbrach und der Postbote kam, war er vor nervöser Erregung kaum imstande, der treuen Dienerin, die seinen Haushalt besorgte, den Brief aus der Hand zu nehmen, den sie ihm brachte. Mit bebenden Fingern öffnete er das Schreiben, las die eine Zeile, die es enthielt, und ein unterdrückter Schmerzensschrei entrang sich seiner Brust. Als eine Stunde später sein Töchterchen ins Frühstückszimmer gehüpft kam und den Vater so traurig sah, kletterte die Kleine ihm auf das Knie, schlang die Ärmchen um seinen Hals und überhäufte ihn mit Küssen.

Als könne er ihre Liebkosungen nicht ertragen, setzte er sie schnell auf den Boden und eilte nach der Küche, wo er die brave Abigail Simmons bei der Arbeit traf. »Sie haben mir versprochen, das Kind immer liebevoll zu behandeln«, rief er die Frau bei der Schulter fassend, »vergessen Sie das nicht.«

Abigail sah ihn verwundert an: »Wie sollte ich denn anders als freundlich sein gegen die süße Kleine?«

»Aber wenn sie allein in der Welt zurückbliebe, wenn mir etwas zustoßen sollte –«

»Was ist denn geschehen – Sie sind doch nicht krank, Herr?«

»Nein, aber ich reise nach New-York«, stammelte er. »Es ist meine erste Trennung von dem Kind und mir bangt vor Unglück. Kann ich mich darauf verlassen, daß Sie sich ihrer mit mütterlicher Sorge annehmen werden, falls ich nicht zurückkehre?«

»Ich werde sie behüten wie meinen Augapfel«, erwiderte die gute Frau, »was habe ich denn sonst Liebes auf der Welt?«

Er atmete erleichtert auf.

»Sie fürchten sich wohl vor dem Pöbelaufstand«, fuhr Abigail fort, ihn mit scharfen Blicken musternd, »das kann ich mir denken, der würde mir auch bange machen.«

Einen Augenblick sah er sie starr an, als verstehe er ihre Worte nicht, dann ging er rasch in das Zimmer zurück, wo die Kleine schon am Frühstückstisch saß. Sie strahlte vor Gesundheit und kindlichem Frohsinn, schüttelte ihr Köpfchen, daß die goldenen Locken flogen und ihr harmloses Geplauder wollte kein Ende nehmen. Der Anblick des süßen Gesichtchens, das silberhelle Lachen, das er so liebte, schien seine Qual noch zu vermehren. Das Kind schwatzte fröhlich weiter, ohne zu merken, welche fahle Blässe jetzt in des Vaters Antlitz trat,

als ob ein furchtbarer Entschluß plötzlich in ihm zur Reife gediehen sei. Er schritt auf seinen Schreibtisch zu, öffnete eine der kleinen Seitenschiebladen und nahm ein Fläschchen heraus.

»Komm doch zum Frühstück, Papa«, rief das Kind, »ich mag nicht so ganz allein hier sitzen.« Beim Ton ihrer Stimme zuckte er unwillkürlich zusammen; dann trat er hinter ihren Stuhl, er vermochte ihr nicht in die unschuldigen braunen Augen zu sehen; seine Lippen waren aschbleich, große Schweißtropfen standen ihm auf der Stirn.

»Gib mir deine Milchtasse«, flüsterte er mit heiserer Stimme.

Sie sah verwundert zu ihm auf, während er die Tasse ergriff und das Fläschchen darüber hielt. Plötzlich stieß er einen gellenden Schrei aus und schleuderte es weit fort in die entfernteste Zimmerecke.

»Ich kann nicht«, stöhnte er und sank laut schluchzend auf einen Stuhl, ohne auch nur den Versuch zu machen seiner Bewegung Herr zu werden.

Die Kleine glitt erschreckt von ihrem Sitz herunter, sah den Vater einen Augenblick mit bleicher Miene und großen verwunderten Augen an und lief dann zu Abigail hinaus.

Sie ahnte wohl nicht, wie nahe der Todesengel soeben an ihr vorübergegangen war, denn kaum fünf Minuten später konnte der Vater wieder ihr helles Lachen und fröhliches Jauchzen hören, das keine Spur von Furcht mehr verriet.

Zweites Kapitel.
Am 14. Juli 1863

Es war sieben Uhr abends und in den Straßen noch hell; trotzdem sah man schon viele Häuser in New-York fest geschlossen wie zur Nacht. In der Amity-Straße war dies besonders auffallend; der Stadtteil, in welchem sie liegt, und hauptsächlich die alten Häuser zwischen dem Broadway und der sechsten Avenue beherbergten damals viele Neger, und überall wo ein Schwarzer im Dienst stand, herrschte große Furcht. Nur eines dieser Häuser war, wenn auch gleichfalls verschlossen, doch glänzend erleuchtet, was in der Nachbarschaft nicht geringes Aufsehen erregte. Bis vor kurzem hatte es noch leer gestanden und man wußte nichts von seinen Insassen, außer, daß ein großer Neger das Gas angesteckt und die Fensterläden geschlossen hatte. Es war ein altes Gebäude, wie sie in jener Stadtgegend häufig zu finden sind; die niederen Stufen, welche zur Haustür führten, waren von seltsam geformten gußeisernen Säulen eingefaßt, die Wohnzimmerfenster gingen auf einen Balkon hinaus, und durch die halbrunde Glasscheibe über der Eingangstür sah man den einladenden Schein der Flurlampe.

Alle Vermutungen aber in Betreff der Bewohner des früher leeren Hauses, ja sogar andere noch weit wichtigere Dinge gerieten in Vergessenheit, als sich in der Amity-Straße die Schreckensnachricht verbreitete, daß ein Pöbelhaufen im Anzug sei. Schon vernahm man von weitem die unheilvollen Vorboten: zahllose Fußtritte, ein wildes Stimmengewirr und das Gebrüll einer rasenden Menschenmenge, das weit furchtbarer ist als das Tosen der aufgeregten See oder das Geheul wilder Bestien. Bis jetzt klang es nur aus der Ferne, die Straße selbst war verödet und menschenleer. Da sah man plötzlich zwei Männer um die Ecke biegen und auf das Haus Nr. 31 zuschreiten. Der eine, von schönem wohlgefälligem Äußern mit blondem Schnurrbart und schwermütigen Augen, sah starr vor sich hin, während er hastig vorwärts eilte. Des andern Gestalt war schmächtig, sein Rücken gebeugt und der Ausdruck seiner Miene so unergründlich, daß jeder, der dies Gesicht einmal gesehen hatte, es schwerlich wieder vergaß. Beide beschleunigten ihre Schritte, wie von einem stärkeren Willen getrieben; erst als sie vor der Haustür stillstanden, schienen sie einander gewahr zu werden. Ein furchtbarer Schrecken durchzuckte sie; beide öffneten die Lippen um zu sprechen, brachten aber keinen Laut hervor. Sie grüßten einander nur stumm, wie zwei Menschen, die von einem starken gemeinsamen Gefühl bewegt werden; dann stiegen sie, noch einen Blick auf die Hausnummer werfend, die wenigen Treppenstufen hinan, wobei der stattlichere Mann dem kleineren, offenbar älteren, den Vortritt ließ.

Zögernd streckten sie die Hand nach dem Klingelzug. »Sie haben sich sehr verändert,« stieß der Jüngere mit leiser Stimme heraus.

Sein Gefährte schwieg, er bebte am ganzen Körper.

»Ich habe weniger Mut als Sie«, murmelte er endlich.

Der andere fuhr zusammen und zog heftig an der Klingel. »Nur schnell, daß es vorbei ist«, rief er und fügte hastig hinzu, als drinnen Schritte laut wurden: »Taten Sie auch alles, um das Geheimnis zu wahren?«

»Treten Sie ein, meine Herren«, ertönte jetzt eine süßliche Stimme. »Sie kommen aus Washington, nicht wahr, und Sie aus Buffalo? Es ist schon recht; mein Herr erwartet Sie.«

In der geöffneten Tür stand ein großer Neger mit höflich lächelnder Miene, derselbe, über dessen Persönlichkeit man sich seit vierundzwanzig Stunden in der Nachbarschaft den Kopf zerbrach.

Bei seiner Anrede schreckten die beiden Ankömmlinge unwillkürlich zurück und warfen noch einen langen Blick auf den Himmel über ihnen und die Straße zu ihren Füßen, als wollten sie für immer Abschied nehmen von der Welt und allem was sie bietet.

Das Toben und Lärmen des nahenden Pöbelhaufens schienen sie nicht zu hören; eine schlimmere Furcht ängstigte ihre Seele und nicht draußen, sondern drinnen im Hause lauerte die Gefahr, vor welcher ihnen graute.

Jetzt waren sie beide eingetreten und der Neger verschloß die Türe hinter ihnen. Er erwies sich als ein gefälliger, wohlerzogener Diener. »Mein Herr wird bald hier sein«, versicherte er, nachdem er ihnen die Hüte aus der Hand genommen und sie in das große Vorderzimmer rechts geführt hatte; dann zog er sich geräuschlos zurück.

Die Männer waren an der Stubentür stehen geblieben und sahen sich mit ängstlichen Blicken um. Ein reich gedeckter Tisch fiel ihnen zuerst in die Augen. Der größere der beiden Männer, in dem wir bereits Herrn White erkannt haben, trat einen Schritt näher. »Drei!« sagte er mit seltsamem Nachdruck, auf die Stühle am Tische deutend.

Sein Gefährte, welcher Herrn Philipps aus Buffalo auffallend glich, näherte sich jetzt gleichfalls und begann die einzelnen Geräte auf dem Tisch mit verwunderten und zweifelnden Blicken zu mustern.

»Er will, daß wir mit ihm speisen«, murmelte er.

Der andere starrte die Weingläser an, die bei jedem Gedecke standen.

»Ein Mahl von mehreren Gängen«, bemerkte er.

»Dies Possenspiel widert mich an«, rief Philipps, »weit lieber wäre es mir gewesen, hier nichts zu finden als zwei –«

Er stockte, und rasch die Hand ausstreckend hob er den Deckel von der Schüssel, die gerade vor einem der Teller stand. »Ich dachte es mir wohl«, stammelte er, erbleichend.

White hob nun seinerseits den Deckel von einer zweiten Schüssel und ließ ihn nach einem raschen Blick leise zurückfallen. »Der Mann hat sich eine förmliche Komödie ausgedacht«, sagte er und fügte nach einer Pause hinzu: »Sehen Sie, es sind nur zwei bedeckte Schüsseln.«

»Machen wir ein Ende«, sagte Philipps wild um sich blickend und nahm mit kräftigem Griff aus der ersten Schüssel eine kleine, geladene Pistole heraus. Sein Gefährte erhob jedoch Einspruch. »Nein«, sagte er »acht Uhr stand auf dem Zettel, den ich erhielt; es fehlen noch 15 Minuten bis dahin.« Er zeigte nach der Stutzuhr auf dem Kaminsims.

»Fünfzehn Minuten? – Eine Ewigkeit!« stöhnte der andere, doch legte er die Pistole wieder an ihren Platz und White deckte sogleich die Schüssel zu.

Die unheimliche Stille, welche jetzt entstand, wurde durch die Rückkehr des Negers unterbrochen, der mehrere Champagnerflaschen brachte. Sein ehrerbietiges Wesen, seine unerschütterliche Ruhe noch länger still anzusehen, schien White unerträglich.

»Haben Sie den Tisch hier gedeckt?« fragte er in rauhem Ton.

»Jawohl. Herr.«

»Ganz allein?«

»Gewiß, Herr.«

White forschte nicht weiter. Die Miene des Schwarzen blieb unbeweglich und er hielt dem scharfen Blick, der auf ihn gerichtet war, gelassen Stand.

»Mein Herr muß jetzt gleich hier sein«, wiederholte er auf die Uhr schauend und entfernte sich abermals.

Philipps hatte sich während dieses kurzen Zwiegesprächs an den Kamin gestellt.

»Sie wollten wissen«, bemerkte er jetzt hastig, »ob ich Familie hätte? Ich besitze ein Kind, ein kleines, mutterloses Mädchen. Um seinetwillen –«

Der andere winkte ihm mit der Hand, nicht weiter zu sprechen. Dann zog er eine Photographie aus der Brusttasche: »Ich habe eine kränkliche Frau und –«

Er hielt Philipps das Bild hin, das dieser ergriff.

»Ein Knabe!« rief er mit bebender Stimme. Wie von einem elektrischen Schlag getroffen zuckten beide zusammen. White flüsterte kaum hörbar:

»Er ist erst zehn Jahre alt. O, – ich verstehe es jetzt und deshalb ergebe ich mich in mein Schicksal.«

Mit unverwandten Blicken sah Philipps noch immer das Bild an, das einen mächtigen Reiz auf ihn auszuüben schien.

»Wie schön, was für edle Züge!« rief er, es entzückt betrachtend.

Der Vater stieß einen herzzerreißenden Seufzer aus. »Seinesgleichen gibt es nicht auf der ganzen Welt«, sagte er, sein Eigentum wieder an sich nehmend. Er getraute sich jedoch nicht, das Bild anzusehen, sondern barg es rasch wieder an seiner Brust.

Unterdessen war es auf der Straße lauter und lauter geworden; das Getöse hatte jetzt einen solchen Grad erreicht, daß es die Aufmerksamkeit der beiden erregen mußte, wie sehr sie auch mit andern Dingen beschäftigt waren.

»Was geht da vor?« fragte Philipps verwundert.

In diesem Augenblick trat der Neger wieder ins Zimmer. »Bitte, beunruhigen Sie sich nicht, meine Herren«, bemerkte er. »Draußen findet ein kleiner Aufruhr statt. Man ist augenblicklich nicht gut auf die Farbigen zu sprechen und der Pöbel hat wahrscheinlich erfahren, daß ich hier bin.«

Erstaunt über seine Gelassenheit angesichts der ihn bedrohenden Gefahr sahen White und Philipps einander an. »Kommen die Aufrührer hierher?« rief letzterer, »führen sie Böses im Schilde?«

»An der Ecke wohnen noch zwei Familien, welche schwarze Diener haben«, entgegnete der Neger mit unerschrockener Ruhe. »Da wird es noch zweimal zum Kampfe kommen, der, wenn die Polizei rechtzeitig einschreitet, lange genug dauern kann, um Ihnen, meine Herren, Zeit zu lassen – Ihre Mahlzeit zu halten.«

Seine letzten Worte brachten die Röte des Zornes in Whites Antlitz; Philipps aber schien von neuer Hoffnung beseelt.

»Fürchten Sie sich denn nicht?« fragte er, »man sagt, die Aufrührer schrecken vor keiner Untat zurück.«

»Nur eins macht mir Sorge«, lautete des Dieners Antwort, »mein Herr wollte durch die sechste Avenue nach Hause kommen; leicht könnte er dem Pöbelhaufen in die Hände fallen und nicht zur verabredeten Stunde hier sein.«

Anscheinend ohne darauf zu achten, in welche heftige Erregung diese Mitteilung die beiden Männer versetzte, fuhr der Neger fort:

»Hier unten kann ich keinen Fensterladen öffnen, aber wenn Sie es wünschen, will ich einmal im oberen Stockwerk hinaussehen.«

Er verließ das Zimmer.

»Das ist kein gewöhnlicher Diener«, sagte White mit dumpfem Ton, als die beiden wieder allein waren. »Das Werkzeug ist ebenso gefährlich als die Hand, die es führt. Sollte er, den wir fürchten, nicht kommen, so ist immer noch ein Zeuge da.«

»Der Pöbel brüllt: Tod allen Negern! – Wenn ein Zwischenfall eintritt – es fehlen noch fünf Minuten – so kann es unsere Rettung werden.«

Neu belebte Hoffnung klang aus seinen Worten; der Mann schien wie umgewandelt.

Whites Wesen dagegen hatte sich kaum verändert. »Würden wir nicht trotzdem durch unsern Eid gebunden sein?« sagte er kopfschüttelnd.

Der andere fuhr zurück und sah ihn mit entsetztem Blick an.

»Ist das Ihre Meinung?« fragte er. »Sollte jener Mensch verwundet – getötet werden – würden Sie dennoch – –«

Er hielt erschreckt inne. Der Neger kam mit unhörbarem Tritt wieder ins Zimmer geschlichen.

»Die Sachen stehen schlecht«, äußerte er bedenklich. »Deutlich sehen kann ich freilich nichts bei der Dunkelzeit, aber man hört von allen Seiten Steine fliegen und dazwischen Stöhnen und Schmerzensgeschrei. Die Aufrührer versuchen eben in einem der nächsten Häuser die Türe einzurennen. Das wird sie noch einige Minuten hinhalten.«

Die Herren blickten schweigend nach der Uhr, welche die achte Stunde zeigte.

»Wenn dein Herr zur festgesetzten Stunde nicht hier ist«, rief Philipps in heftiger Aufwallung, »so halte ich mich für ermächtigt, dies Haus zu verlassen.«

»Er wird zur Stelle sein«, lautete die Antwort, »wenn er am Leben ist.«

»Aber«, rief der andere triumphierend, als der erste Schlag der Uhr ertönte, »es ist schon acht und – –«

Die Hausglocke klang scharf und schrill. Philipps stockte, das Haupt sank ihm auf die Brust; er sah wieder alt und verfallen aus.

»Sehen Sie«, sagte der Neger, sich ehrerbietig verbeugend, »mein Herr ist ein Mann von Wort.«

Während er ging, um das Haus zu öffnen, traten die Männer schweigend an den Tisch und blieben wie angewurzelt neben den für sie bestimmten Stühlen stehen; der eine mit bleicher aber entschlossener Miene, der andere mit gesenktem Haupt, ein Bild ohnmächtiger Verzweiflung. Sie waren der Außenwelt völlig entrückt; wäre die Decke eingestürzt, sie hätten es kaum beachtet. Der Aufruhr auf der Straße kümmerte sie nicht; in ihrem Innern tobte ein weit wilderer Sturm und die Todesgefahr, in der sie schwebten, kam nicht von jener entfesselten Menge. Jetzt ging die Tür hinter ihnen auf; sobald sie es hörten, streckten sie, ohne sich umzusehen, mechanisch die Hand nach der verdeckten Schüssel aus. Eine Weile blieb alles still, dann vernahmen sie Worte, die ihnen so unerwartet kamen, daß sie sich auf der Stelle umwandten. Vor ihnen stand der Neger.

»Mein Herr hat eben einen kleinen Knaben hergeschickt«, sagte er, »um Sie wissen zu lassen, daß er dem Pöbel in die Hände geraten ist; er bittet Sie, einige Minuten zu warten, bis er sich wieder los machen kann. Die Mahlzeit soll nicht darunter leiden, dafür werde ich Sorge tragen.«

»Das mag sein«, schrie Philipps zornglühend, »aber mir ist die Eßlust vergangen, seit die Stunde vorüber ist. Ich muß bitten, mich zu entschuldigen.«

»Sie können das Haus jetzt nicht verlassen«, versetzte der Neger kalt und bestimmt, »es fliegen zu viele Kugeln von allen Seiten umher.«

»Sind Sie selbst mit einer Waffe versehen?« fragte White, indem er sich rasch dem Tisch näherte.

Statt der Antwort nahm der Neger die Hände vom Rücken; in jeder blitzte eine Pistole.

»Das dachte ich«, bemerkte White; »wir tun besser, auf unsern Wirt zu warten«, fügte er dann, zu Philipps gewandt, seufzend hinzu.

Über die Züge des Negers flog ein Lächeln, das keiner von ihnen gewahrte. Vielleicht wäre es ein Glück für sie gewesen, hätten sie es gesehen.

Drittes Kapitel.
Entfesselte Leidenschaft

Jetzt erhob sich von der Straße her ein wahrer Höllenlärm. Fenster krachten, Weiber kreischten und immer näher klang das Geheul und Mordgeschrei der tobenden Menge. Abermals ward unten die Klingel gezogen, aber diesmal beeilte sich der Neger nicht, die Tür zu öffnen.

»So läutet mein Herr nicht«, sagte er und hielt das Ohr lauschend an die Tür. Doch er fuhr schnell zurück, gewaltige Faustschläge donnerten dagegen.

»Öffnet«, klang es in rauhem Ton, »gebt uns den Neger heraus, dann wollen wir weiter ziehen!«

»Den Neger, den Neger!« brüllten hundert Stimmen im Chor, »wir müssen den Neger haben.«

White, der neben Philipps im Wohnzimmer stand, hob gerade die Hand nach der Gaskrone, um das verräterische Licht auszulöschen, als der Schwarze eilig zurückkam. »Warten Sie noch einen Augenblick«, schrie er laut, um den betäubenden Lärm zu übertönen, »mein Herr kommt gewiß bald und dann –« Er hielt inne, horchte und stürzte wieder in die Halle hinaus, diesmal nach der Hinterseite der Wohnung.

»Was sollen wir tun?« fragte Philipps angstvoll; »weit lieber möchte ich den rasenden Teufeln begegnen, als jenem Manne.«

»Uns bleibt keine Wahl«, schrie White zurück. »Möglich, daß der Pöbel das Haus erstürmt, das können wir nicht hindern; aber mir war's, als hörte ich soeben eine Geschützsalve – das Militär rückt heran.«

Philipps schüttelte den Kopf und warf einen verlangenden Blick nach der Tür – der Schlüssel war abgezogen. Aber die Riegel an den Fensterläden ließen sich leicht zurückschieben; schon wollte er, ohne auf Whites finstere Blicke zu achten, den Versuch wagen, da flog ihm ein Holzsplitter entgegen – ein Laden war eben eingeschlagen worden.

»Den Neger! Gebt den Neger heraus!« klang es mit furchtbarer Deutlichkeit durch die Öffnung.

In namenloser Furcht stürzte Philipps auf den Tisch zu und wollte die Pistole in der verdeckten Schüssel ergreifen; »sie sollen mich nicht lebendig haben«, schrie er, »ich werde kämpfen bis zum letzten Atemzug.«

Plötzlich wurde sein Arm mit eisernem Griff festgehalten. Der Neger stand vor ihm, einen Papierfetzen in der Hand, auf den einige Worte flüchtig hingeworfen schienen.

»Von meinem Herrn«, rief er laut, während die Schläge immer stärker an Türe und Fenster donnerten.

Philipps starrte auf das Papier, aber er vermochte nichts zu lesen. White gelang es jedoch nach einigen Minuten die Schrift zu entziffern. Der Zettel lautete:

»Verwundet – im Sterben – sage den Herren, sie sollen gehen.

D.«

Whites bleiches Gesicht wurde plötzlich blutrot; er zitterte und zeigte sich schwächer im Augenblick der Errettung als während der ganzen Zeit der entsetzlichen Spannung.

»Wir sind erlöst, begnadigt, freigelassen«, schrie er Philipps ins Ohr. »Der Mann liegt im Sterben, das hat sein Herz erweicht.«

Der andere stieß einen gellenden Schrei ans. »Fort, fort, laßt uns fliehen«, keuchte er. »Leben, frei sein, mein Töchterchen wiedersehen –«

Er stürzte nach der Tür, aber der Gedanke an die blutgierige Menge draußen fesselte seinen Fuß. Auf diesem Weg gab es kein Entkommen. Hilflos flehend sah er den Neger an.

Dieser hatte wieder sein früheres, ehrerbietiges Wesen angenommen; er winkte den beiden, ihm zu folgen.

»An der Mauer im Hinterhof werden Sie eine Leiter finden«, sagte er sobald sie weit genug waren, daß er sich ihnen verständlich machen konnte. »Ich hatte sie dorthin gestellt, um meine eigene Rettung zu bewerkstelligen, aber sie steht zu Ihrem Dienst.«

White nahm den Papierfetzen aus seiner Westentasche, in die er ihn gesteckt hatte. »Wo ist der Bote, der den Zettel gebracht hat?« fragte er mit einem forschenden Blick auf den Neger.

»Fort. Er kam und ging durch den Hinterhof.«

»Und Ihr Herr – wo ist er?«

»In der nächsten Schenke liegt er am Boden. Er stieß gerade den letzten Seufzer aus, als der Mann ihn verließ. Ein Stein ist gegen seine Brust geflogen und hat ihm die Rippen eingeschlagen. Sonst«, fügte der Neger mit Nachdruck hinzu, »würde er sicherlich nicht versäumt haben, seine Gäste zu empfangen.«

Mit einem Fluch wandte White dem Schwarzen den Rücken. »Kommen Sie«, rief er Philipps zu und sprang, wie von einer schweren Last befreit, die wenigen Stufen in den Hof hinunter.

Philipps stürmte ihm frohlockend nach, an dem Neger vorbei; das plötzliche Aufhören des Straßenlärms veranlaßte ihn jedoch, sich noch einmal umzuschauen. Dies war verhängnisvoll. Zwei Spiegel, die an den gegenüberliegenden Wänden hingen, gewährten ihm den Einblick in ein hinteres Zimmer, und dort sah er einen Mann, dessen Antlitz er kannte, obgleich er es seit zwölf Jahren nicht mehr geschaut hatte.

Es war ihr vergebens erwarteter und gefürchteter Gastgeber, der, weder verwundet noch tot, in Kraft und Gesundheit dastand, den Ausdruck teuflischen Triumphs in den hohnlachenden Mienen, als frohlocke er über den Erfolg eines gut angelegten Planes.

Starr vor Schrecken über den Zusammensturz aller seiner Hoffnungen blieb Philipps stehen. Der Neger aber, welcher glaubte, er zögere aus Furcht vor der Wut des Pöbels, beeilte sich, ihn mit der Versicherung zu beruhigen, daß die Polizei den Haufen auseinandergesprengt habe und die Aufrührer in der Richtung des Broadway entflohen seien. Diese Nachricht schien den Bann zu brechen, der Philipps gefesselt hielt. Er stieß ein wildes Gelächter aus.

»So will ich auch mein Heil in der Flucht suchen«, rief er, stürmte hinter White her und verschwand in demselben Augenblick im Hofe, als vorn im Hause die Lichter erloschen.

Was ihm jener letzte Blick verraten hatte, offenbarte er seinem Gefährten nie. Er mochte wohl seine guten Gründe dazu haben.

Zweites Buch.
Ein unwiderruflicher Befehl.

Viertes Kapitel.
Das gestörte Fest

Vor der Stiftskirche in der fünften Avenue nahmen zwei Arbeiter am Abend des 20. September 1878 das Schirmdach über dem Eingang herunter, das bei der Trauungsfeierlichkeit gedient hatte, die am Morgen hier stattgefunden. Einer der angesehensten Männer New-Yorks, seit mehreren Jahren Witwer, hatte sich mit einem jungen, schönen Mädchen vermählt, und die Menschen waren in Scharen herbeigeströmt gekommen, den Hochzeitszug zu sehen und der kirchlichen Feier beizuwohnen. Aber auch jetzt war wieder, wie am Morgen, eine aufgeregte Menge auf dem Kirchplatz versammelt. Es mußte etwas Ungewöhnliches vorgefallen sein, was die Gemüter so lebhaft bewegte: die Blicke, welche auf die Eingangspforte gerichtet waren, wo sich noch die letzte Spur des Hochzeitsschmucks zeigte, die erschreckten Gesichter der Leute, ihr Flüstern und ängstliches Fragen – alles deutete auf ein überraschendes, unheilvolles Ereignis.

»Tot, sagen Sie? – Kaum fünf Stunden nach der Trauung!« – »Ein Mann, der Millionen besitzt und letzten Herbst fast zum Gouverneur gewählt worden wäre!« Solche und ähnliche Ausrufe vernahm man hier und dort. Das glänzende Hochzeitsfest schien ein trauriges Ende genommen zu haben; nach den abgerissenen Reden zu urteilen, mußte dem Bräutigam ein Unglück zugestoßen sein, er war wohl gar eines gewaltsamen Todes gestorben.

Ein junger Herr in feinem Gesellschaftsanzug kam vorbeigefahren; beim Anblick der Menge lehnte er sich neugierig aus dem Wagen, erschrak jedoch heftig über die Worte, die er vernahm. Rasch wandte er sich an den Nächststehenden mit der Frage, was denn geschehen sei.

»Samuel White ist tot«, lautete die kurze, verhängnisvolle Antwort. »Erschossen, als er gerade mit seiner jungen Frau die Hochzeitsreise antreten wollte. Hier in der Kirche sind sie heute Morgen getraut worden.«

Als hätte ihn selbst die tödliche Kugel getroffen sank der junge Mann bei dieser unerwarteten Schreckenskunde wie vernichtet in den Wagen zurück. Dann raffte er sich zusammen und blickte die Straße hinunter; er sah ein dichtes Gedränge vor dem großen Eckhaus und zweifelte nicht länger an der Wahrheit der Unglücksnachricht. Schaudernd barg er sein Gesicht einen Augenblick in den Händen, dann rief er dem Kutscher ungeduldig zu, er solle rasch weiterfahren bis in die Nähe des Hauses.

Der Wagen rasselte über das Pflaster, hielt aber schon nach wenigen Minuten still. Als Jack Hollister, erzürnt über den Aufschub, hinausblickte, näherte sich ihm ein Polizeidiener.

»Sie tun am besten wieder umzukehren«, sagte er, »es werden dort im Hause keine Gäste eingelassen, Herr White ist erschossen worden.«

»Ja, aber ich bin ein vertrauter Freund der Familie. Herr White – ich meine den Sohn – wird mich zu sprechen wünschen. Hier sind fünf Dollars, wenn Sie mir helfen ins Haus zu gelangen.« Er sprang eilig aus dem Wagen.

Der Polizist betrachtete den jungen Mann mit raschem Blick und wandte sich dann nach der Menge hin. »Es wird schwer halten,« sagte er, »aber ich will es versuchen.«

Einige Minuten später hatte er die fünf Dollars in der Tasche und Hollister stand im Hausflur von Whites Wohnung.

Ein Detektiv trat ihm entgegen. »Was suchen Sie hier?«

»Ich bin ein Freund der Familie und wünsche Herrn Stanhope White zu sprechen. Hier ist meine Karte.«

Der Detektiv winkte einen alten Diener herbei, der in der Nähe wartete.

»Glauben Sie, daß Herr White für irgend jemand zu sprechen ist?«

»Für diesen Herrn gewiß«, versetzte der Diener und öffnete Hollister die Tür zum Empfangszimmer.

Es herrschte Halbdunkel in dem Gemach, die Fensterläden waren geschlossen und ein starker Blumenduft durchzog den Raum. Der junge Mann, der nicht nur äußere weltmännische Gewandtheit, sondern auch ein leicht erregbares Gefühl besaß, zögerte beklommen an der Schwelle. Der Gedanke, wie bald hier Totenkränze die Stelle der Hochzeitssträuße einnehmen würden, überwältigte ihn. Unter den anwesenden Personen befand sich auch Doktor Forseth, der Hausarzt der Familie. Kaum hatte Hollisters Blick ihn erspäht, als er auf ihn zueilte und neben ihm Platz nahm.

»Was sagen Sie zu der furchtbaren Begebenheit?« rief er. »Herr White erschossen und von wem? – Es ist für mich ein entsetzliches Rätsel.«

»Für alle übrigen auch«, versetzte der Doktor. »White war in sein Schlafzimmer gegangen, um, wie jedermann dachte, sich zur Abreise zu rüsten. Plötzlich hörte man einen Pistolenschuß; als die junge Frau aus dem Wohnzimmer und Stanhope die Treppe heruntergeeilt kam, fanden sie ihn am Boden liegend, neben ihm die noch rauchende Waffe.«

»Er hat also selbst Hand an sich gelegt. Ich glaubte –«

»Still! – Es muß ein unglücklicher Zufall gewesen sein. Wahrscheinlich hat er die Pistole in den Reisesack stecken wollen und sie hat sich unversehens entladen. Der Schuß ist ihm durchs Herz gedrungen. Welch entsetzlich schnelles Ende einer glänzenden Laufbahn.«

»Und – die junge Frau?«

»Sie ist natürlich wie zerschmettert. Ein so herrlicher Mann! Aber der Verlust, den das Vaterland erleidet, ist am meisten zu beklagen. White würde noch zu den höchsten Ämtern berufen worden sein.«

Hollister stand auf. »Wo ist Stanhope?« fragte er mit unruhiger Miene. »Ich dachte, er würde mich sehen wollen.«

»Er will wahrscheinlich lieber allein bleiben. Ich bin schon vor anderthalb Stunden gekommen, gleich nachdem das Unglück geschehen war, und seitdem hat noch niemand hinaufgehen dürfen, außer Frau Hastings. Der Schmerz ist jetzt noch zu groß und man mag nicht zudringlich erscheinen.«

Aber Jack hatte sich nicht geirrt; er brauchte nicht lange zu warten bis die Botschaft kam, Stanhope wünsche seinen Freund zu sprechen. So stieg er denn leise die Treppe hinauf, an deren Geländer noch die festlichen Blumengewinde prangten. Im Begriff, dem voranschreitenden Diener in das obere Stockwerk zu folgen, stand Hollister plötzlich still; die Tür gegenüber war aufgegangen und eine Dame in mittleren Jahren, noch reich gekleidet von der Hochzeit her, erschien auf der Schwelle. »Nimm dich zusammen, liebes Kind«, sagte sie im Ton mütterlicher Ermahnung. »Ich komme wieder, sobald ich deinen Vater gesprochen habe, du darfst nicht allein bleiben in einer so schrecklichen Zeit.«

Auf diese Worte, welche offenbar der jungen Frau galten, die so plötzlich zur Witwe geworden, kam eine leise gemurmelte Antwort aus dem Zimmer, dann wurde die Tür geschlossen. Die Mutter rauschte die Treppe hinunter in ihrem kostbaren Seidenkleid, ohne Hollister zu bemerken. Er war beiseite getreten und vermied, sie anzureden, obwohl er sie gut kannte. In heftiger Erregung blickte er noch einmal nach jener Zimmertür und stieg dann weiter die Treppe hinauf.

Als er bei Stanhope eintrat, begrüßte ihn dieser mit warmem Händedruck. »Jetzt weiß ich, nach wem ich mich gesehnt habe«, sagte er, »nach dir, Jack.«

Der Freund versuchte einige Worte des Beileids zu stammeln, aber die Stimme versagte ihm. In Stanhopes Wesen lag etwas ihm Fremdes, das sich weder durch den furchtbaren Schrecken noch die Trauer um den Vater erklären ließ. So schwieg Jack denn und wartete, was Stanhope ihm mitteilen werde.

Stanhope White hatte erfüllt, was er als Knabe versprach. Seine hohe Gestalt, seine männlich schönen Züge konnte man nicht ohne Bewunderung betrachten, aber größer noch war das Vertrauen, das er jedem auf den ersten Blick einflößte, denn sein anziehendes Äußere war der Spiegel einer edlen, aufrichtigen, hochherzigen Seele. Den Männern gefiel sein offener Charakter, den Frauen seine ritterliche Ehrerbietung, den Kindern sein fröhliches Lachen und sein kameradschaftlicher Verkehr. So war er von Jugend auf der Liebling aller gewesen und nur der klugen Leitung seiner verstorbenen Mutter hatte er es zu danken, daß das allgemeine Lob ihn nicht eitel und selbstsüchtig gemacht hatte. Jetzt war Stanhope fünfundzwanzig Jahre alt, durch inneren Wert und äußere Vorzüge ausgezeichnet und von stets heiterer Gemütsart.

Kein Wunder, daß er Jack Hollister an diesem verhängnisvollen Tage fremdartig erschien. Noch nie hatte er des Freundes Stirn umwölkt gesehen, auch die dunkeln Linien um Mund und Augen veränderten sein Aussehen und dann die Ruhelosigkeit in seinem ganzen Wesen – was hatte sie zu bedeuten?

Hollister befand sich in so unerträglicher Spannung, daß es schon eine Erlösung für ihn war, als Stanhope endlich zu reden begann, obgleich ihm das, was er sagte, ganz unerwartet kam.

»Du bist Rechtsanwalt, Jack, und hast einen scharfen Blick und ein richtiges Urteil in geschäftlichen Dingen. Ich habe einen Auftrag für dich, falls du geneigt bist, mir beizustehen. Willst du es tun? Es erfordert Vorsicht und Selbstbeherrschung. Du übst sie leicht, während mich die Erschütterung so übermannt hat, daß ich mir selbst nicht zu helfen vermag.«

»Hier bin ich, wenn du mich brauchst«, erwiderte Jack bereitwillig, obgleich ihm innerlich nicht ganz wohl dabei zu Mute war, da er sich nicht vorstellen konnte, was sein Freund im Schilde führe.

Stanhope atmete erleichtert auf, dann verschloß er die Tür und nahm Hollister gegenüber auf dem Divan Platz, wo sie in glücklichen Tagen so manche behagliche Stunde rauchend und plaudernd verbracht hatten.

»Jack«, begann er mit großem Ernst, »der Tod ist nicht das Schlimmste, was dieses Haus birgt.«

In des Freundes Antlitz trat eine flammende Röte, er geriet völlig außer Fassung.

»Nicht möglich«, stammelte er, »sie kann doch nicht – –«

Stanhope umfaßte seine Hand mit eisernem Griff. »Ich meine«, sagte er nachdrücklich, »daß mich ein furchtbarer Zweifel quält. War es ein unglücklicher Zufall, der meinem Vater das Leben raubte, – oder nicht? Um Gewißheit hierüber zu erlangen, würde ich mit Freuden die Millionen hingeben, die mir zugefallen sind – ja mein eigenes Leben.«

In heftiger Bestürzung starrte Jack den Freund an. »Ich verstehe dich nicht«, murmelte er entsetzt; »ich glaubte doch, dein Vater liebe Fräulein Hastings – wie kommst du darauf, daß es kein Zufall gewesen ist?«

»Das kann ich dir nicht sagen, Jack. Gerade deshalb bitte ich so dringend um deine Hilfe. Nur du allein kannst mir beistehen; denn jeder andere würde nach meinen Gründen fragen.«

Jack sprang auf, seine innere Erregung schien zu wachsen, doch nahm er nach kurzem Besinnen seinen Platz wieder ein. »Sage mir, was ich tun kann und ich will mich nach besten Kräften bemühen«, rief er.

»Geh' in das Zimmer. Sieh ihn an. Laß dir nichts entgehen. Denke, du seist ich selbst und ziehe deine Schlüsse. Jedermann glaubt, die Pistole sei von selbst losgegangen. Aber wozu brauchte er eine Waffe auf der Hochzeitsreise und wie konnte er so unvorsichtig damit umgehen? Das sieht meinem Vater nicht gleich.«

»Freilich nicht, aber in aufgeregtem Zustand kann jedem ein Unfall zustoßen.«

»Ja, ja, er war merkwürdig aufgeregt den ganzen Tag über.«

»Ich kann mir keine andere Möglichkeit denken. Ein Mann in seiner Stellung, der einen trefflichen Sohn besitzt und im Begriff steht, die reizendste Braut heimzuführen – er müßte wahnsinnig sein –«

»Oder tief unglücklich im Geheimen.«

Jack hielt sich krampfhaft an den Armlehnen seines Stuhles.

»War dein Vater unglücklich?« stammelte er.

»Der Gedanke ist mir nie gekommen«, versetzte Stanhope. »Aber kann man denn wissen, was im Herzen eines Menschen vorgeht, und wenn er uns noch so nahe steht?«

»Mit Gewißheit nicht«, sagte Jack, die Augen niederschlagend, »aber man hat doch Anzeichen.«

»Er war heute ganz verändert, besonders seit der Trauung.«

»Das ist mir nicht aufgefallen.«

»Niemand hat es bemerkt; aber ich kenne meinen Vater.«

»Und du meinst –«

»Mehr kann ich dir nicht sagen. Wenn du mir eines Tages den Beweis brächtest, daß es ein unglücklicher Zufall war – wenn kein Zweifel mehr darüber obwalten könnte – ich würde dir ewig dankbar sein. Für jetzt muß das genügen. Aber ich habe noch eine Bitte: Bleibe bei mir, verlaß mich nicht bis alles vorüber ist. Ich fühle mich so schwach wie ein Kind.«

Jack geriet in sichtliche Verlegenheit.

»Wir sind nicht allein im Hause«, sagte er zögernd. »Ich bin unten Frau Hastings begegnet; sie hat eine Abneigung gegen mich gefaßt und es wäre ihr vielleicht unangenehm, wenn sie mich hier träfe.«

»Ich hatte Frau Hastings ganz vergessen. Denke auch du nicht an sie. Laß mich nicht allein, Jack. Wir brauchen ja die Damen nicht zu stören.«

»Gut, wie du willst«, sagte Jack mit abgewandtem Gesicht. Er schloß die Tür auf und stand im Begriff hinunter zu gehen. »Es wird sich ja wohl vermeiden lassen, daß ich mit Frau White zusammentreffe«, fügte er mit unsicherer Stimme hinzu, und verließ dann rasch das Zimmer.

Fünftes Kapitel.
Am Ort der Tat

Im Erdgeschoß fand Jack den Hausmeister Felix in großer Aufregung. »Der Coroner und die Geschworenen sind da«, sagte er, »sie haben nach Herrn Stanhope gefragt, soll ich ihn holen?«

»Ich will selbst gehen«, versetzte Jack, und stieg die Treppe wieder hinauf. Er teilte dem Freunde mit, daß seine Gegenwart bei der Leichenschau erforderlich sei, bat ihn aber zugleich, von seinen Zweifeln und Befürchtungen nichts laut werden zu lassen, sondern einfach auf die Fragen zu antworten, welche die Herren an ihn richten würden.

Als sie zusammen das Zimmer betraten, wo die Geschworenen um das Bett versammelt waren, auf welches man die Leiche gelegt hatte, stöhnte Stanhope laut auf vor unsäglichem Schmerz. Er hatte mit ganzer Seele an seinem Vater gehangen und vermochte den Anblick der jetzt so todesstarren, geliebten Züge nicht zu ertragen. Den Kummer des Sohnes ehrend warteten die Versammelten schweigend, bis Stanhope seine Selbstbeherrschung wiedergewonnen hatte und imstande war, über die näheren Umstände des traurigen Ereignisses Auskunft zu geben, soweit er selbst davon unterrichtet war.

Die Lage, in welcher der Sohn die Leiche gefunden hatte, die ganze Beschaffenheit des Zimmers und viele andere Tatsachen sprachen so deutlich für einen unglücklichen Zufall, daß die Geschworenen nicht lange zögerten, ihren Ausspruch zu tun. Als sie das Zimmer verlassen hatten, schöpfte Hollister tief Atem, drückte Stanhopes Hand und rief wie von einem Alp befreit:

»Jetzt ist das Schlimmste vorbei; geh' nun voraus auf dein Zimmer, ich komme sogleich zu dir; nur möchte ich vorher noch einige Fragen an Felix richten.«

Aus der soeben beendeten Verhandlung hatte Jack etwa folgende Einzelheiten entnommen: Gleich nach der Trauung waren die Vermählten nach dem Elternhaus der Braut gefahren, um die Glückwünsche der Freunde und Bekannten in Empfang zu nehmen. Von dort hatten sie sich in ihre künftige Wohnung begeben, welche Herr White seiner jungen Frau zu zeigen wünschte, ehe sie die Hochzeitsreise nach dem Süden antraten.

Er hatte sie durch das ganze Haus geführt bis zu dem für sie eingerichteten Boudoir im zweiten Stock und sich dann in sein Schlafzimmer begeben, um die letzten Reisevorbereitungen zu treffen.

Vor dem Schlafzimmer befand sich ein kleines Gemach, welches White, seit er Witwer war, meist als Arbeitszimmer benutzte. In der Mitte desselben stand sein Schreibtisch, der Schlafstubentür gerade gegenüber. Außer dieser hatte das Gemach noch zwei Eingänge, von denen der eine auf die Haupttreppe führte und meist von den Familiengliedern benützt wurde, während der andere, für die Dienerschaft bestimmte, durch einen schmalen Gang mit der Hintertreppe in Verbindung war.

Im Schlafzimmer stand der Koffer bereits verschlossen, und nur die offene Reisetasche, die oben darauf lag, bewies, daß noch nicht alles zur Abfahrt fertig gewesen war. Dicht neben dem Koffer hatte man Whites Leiche ausgestreckt gefunden und Felix, der, sobald er den Schuß gehört hatte, unmittelbar nach Frau White und Stanhope herbeigeeilt war, wollte bemerkt haben, daß die Schlüssel, die an der Reisetasche hingen, sich noch hin- und herbewegten, als habe seines Herrn Hand sie gerade berührt, wie er getroffen zu Boden stürzte. Die Geschworenen hatten aus diesem Umstand den Schluß gezogen, daß White die Pistole eben in den Reisesack legen wollte, als der Schuß losgegangen war, aber Jack fragte sich, ob nicht White vielmehr in dem verhängnisvollen Augenblick die Pistole aus dem Reisesack genommen habe. Das hätte freilich wie Absicht ausgesehen, während in ersterem Fall nur von Unvorsicht die Rede sein konnte. Daß ein so praktischer und erfahrener Mann wie White überhaupt eine geladene Pistole eingepackt haben sollte, schien Jack mehr als unwahrscheinlich; deshalb war er geneigt zu glauben, White habe im letzten Augenblick noch die Waffe zur Hand genommen, um die gefährliche Kugel zu entfernen.

An die Möglichkeit, daß ein Selbstmord vorliegen könne, würde Hollister von selbst niemals gedacht haben. Nur das dem Freunde gegebene Versprechen bewog ihn, noch weiter nach dem Zusammenhang der Dinge zu forschen. So suchte er denn Felix auf, ließ sich von ihm noch einmal alle Einzelheiten berichten und fragte im Verlauf des Gesprächs ganz gelegentlich, was wohl aus den Briefen geworden sei, welche Herr White noch kurz vor der Trauung geschrieben haben solle.

»Die sind längst auf der Post. Ich sah den Hausknecht damit zur Hintertür hinausgehen, noch ehe die Herren in die Kirche fuhren.«

Jack hoffte im Stillen, der Bote werde die Briefe nicht in den Kasten geworfen haben, ohne zuvor die

Adressen zu lesen. Ihm lag jedoch noch etwas anderes auf dem Herzen, das zu berühren ihm große Überwindung kostete.

»Die arme, junge Frau«, rief er seufzend, »wie traurig hat ihr Glück geendet!«

»Freilich, Herr«, pflichtete ihm Felix bei, »ich habe noch nie jemand so vom Schmerz überwältigt gesehen. Als sie ins Zimmer trat und sah, was geschehen war, stieß sie einen Schrei aus und sank dann wie zerschmettert in die Knie Aber es fehlt ihr nicht an Kraft und Mut – sobald sie wußte, daß ihr Gatte wirklich tot war, nahm sie sich zusammen und wurde ruhiger. Dadurch erleichterte sie es uns sehr, alles Nötige ungesäumt zu tun. Sie ist eine so schöne und vornehme Dame; Herr White wäre gewiß stolz auf sie gewesen, hoffentlich bleibt sie hier im Hause als unsere Gebieterin.«

Als Jack den Hausmeister verließ, beschäftigten ihn mancherlei Gedanken. Es war ja unmöglich, mit Sicherheit zu beweisen, daß White freiwillig in den Tod gegangen war; aber wußte nicht vielleicht die junge Frau mehr als sie sagen wollte? Hatte das Trauerspiel für sie nicht eine tiefere Bedeutung als die Welt ahnte? Freilich, am Traualtar war nichts davon zu bemerken gewesen. Nur kühle Ruhe und Selbstbewußtsein hatte Jack in ihren Mienen gelesen. Er dachte daran, wie stolz sie ausgesehen mit all den Kostbarkeiten, die sie schmückten – ein ganzes Vermögen in Diamanten und Spitzen trug sie ja an sich. Erst nachher bei dem Gratulationsempfang, als sich die Freunde um sie drängten, hatte sie einige Gemütsbewegung gezeigt. Es war Jack, als sähe er die beiden noch am Ende des Saales stehen. Ein süßer Liebreiz schien über das ganze Wesen der jungen Frau ausgegossen und von Zeit zu Zeit warf sie verstohlene Blicke nach ihrem Gatten, deren Bedeutung Jack nicht verstand. Herr White hatte in seinem Benehmen keinerlei Aufregung verraten; wenn sein Wesen wirklich verändert war, wie Stanhope behauptete, so hatte vielleicht irgend ein Verdruß über geschäftliche oder politische Angelegenheiten seinem Vater die Stimmung verdorben. Daß er sich in diesem Augenblick mit Selbstmordgedanken getragen haben sollte, schien ein Ding der Unmöglichkeit. Hätte er wohl mit dem Tod im Herzen so ruhig und scheinbar unbekümmert an der Seite der jungen, lieblichen Gattin stehen können?

Und doch – gibt es nicht eine Ruhe der Verzweiflung, die bei einem furchtbaren Schicksalsschlag, der unser ganzes Glück plötzlich zertrümmert, den Menschen äußerlich gefaßt erscheinen läßt, wie sehr auch der Schmerz in seinem Innern wühlt? –

Jack fand keine Antwort auf die Zweifel, welche ihn bestürmten. Im Begriff zu Stanhope zurückzukehren, traf er im Vorsaal den Hausknecht, der jene Briefe am Morgen auf die Post getragen hatte. Durch wenige geschickte Fragen erfuhr er, was er wissen wollte. Peter hatte die Adressen nicht gelesen, aus dem einfachen Grunde, weil er überhaupt Geschriebenes nicht lesen konnte. – Sollte vielleicht Herr White hieran gedacht haben, als er ihm und nicht Felix den Auftrag gab, die Briefe zu besorgen? –

Sechstes Kapitel.
Die junge Witwe

Auf Stanhopes ängstliche Fragen, mit denen er den Freund empfing, konnte dieser ihm keine tröstliche Antwort geben.

»Ich habe nichts gefunden, was deine Zweifel bestätigt«, sagte er, »aber es ist, als hätte deine Furcht auch mich angesteckt, ich kann ein gewisses, unbestimmtes Gefühl von Sorge und Angst nicht mehr los werden.«

Stanhope seufzte und versank in trübes Sinnen, aus dem ihn jedoch ein Klopfen an der Tür aufschreckte.

Ein Kammermädchen brachte die Botschaft, daß Frau White den jungen Herrn sobald wie möglich zu sprechen wünsche, da sie ihm etwas Wichtiges zu sagen habe.

Stanhope erwiderte ruhig, er stehe sogleich zu Diensten. Kaum aber war das Mädchen fort, so wandte er sich in heftiger Gemütsbewegung an seinen Freund.

»Hilf mir, Jack«, flehte er, »ich weiß nicht, was ich tun soll. Ich kann ihr die Bitte nicht abschlagen und bin doch außerstande, sie zu sehen – wenigstens nicht allein. Willst du mit mir kommen?«

»Ich? Wo denkst du hin? Es würde sehr zudringlich erscheinen, wollte ich unaufgefordert –« Jack bemühte sich vergebens, seiner Stimme die nötige Festigkeit zu geben.

»Du begleitest mich als mein Freund.«

»Unmöglich.«

»Aber weshalb nicht?«

»Habe ich mich denn getäuscht, Stanhope?« rief Jack, bleich vor Erregung. »Ich glaubte, du kennst mein Geheimnis und dies sei der Grund deiner Befürchtungen in Betreff deines Vaters. Ich habe versucht, mich zu bezwingen und dir zu helfen, so gut es in meinen Kräften stand. Aber mehr zu tun vermag ich nicht. Ich kann nicht mit dir gehen, denn – muß ich es aussprechen – ich liebe Frau White – schon seit lange – noch ehe dein Vater mit ihr bekannt wurde.«

»Du – Jack!«

»Hast du wirklich keine Ahnung davon gehabt? Das hätte ich nicht für möglich gehalten; es gelang mir so schlecht, meine Gefühle zu verbergen. Sobald dein Vater ein Mitbewerber wurde, mußte ich mich freilich zurückziehen. Auch jetzt hätte ich schweigen sollen, aber dies Trauerspiel hat mir alle Selbstbeherrschung geraubt, und sogar um deinetwillen –«

»Sprich nicht weiter,« unterbrach ihn Stanhope, »ich werde allein gehen.« Sein Ton klang gezwungen und der seltsame Ausdruck seines Gesichts hätte dem Freunde wohl auffallen müssen, aber Jack lagen jetzt andere Dinge am Herzen.

»Was ich dir eben gesagt habe, wird unserer Freundschaft keinen Eintrag tun – nicht wahr, Stanhope?« rief er heftig bewegt. »Glaube mir, ich werde nie vergessen, daß sie deines Vaters Witwe ist.«

Der andere reichte ihm stumm die Hand, vermied jedoch, seinem Blicke zu begegnen. »Denke nicht mehr daran, Jack,« sagte er hastig, »wir sind beide in eine stürmische See geraten und müssen uns als wackere Schwimmer erweisen.«

In dem Zimmer des unteren Stockes, das Stanhope betrat, waren die Fenster dicht verhangen, nur der matte Schein des Feuers im Kamin erhellte das Dunkel und gespensterhaft starrten ihm die reichen Möbel und Kunstgegenstände von allen Seiten entgegen. Dies Gemach, für ihn geheiligt durch die Erinnerung an seine verstorbene Mutter, erschien ihm fremdartig, als hätte er es nie zuvor gesehen; auch der süße Blumenduft, der es durchzog, betäubte seine Sinne.

»Tausend Dank, daß Sie gekommen sind,« sagte jetzt eine leise Stimme; »ich hätte Sie nicht bemüht, wenn ich nicht dringend wünschte, Sie etwas zu fragen, ehe Mama wieder hier ist; ich erwarte sie jeden Augenblick.«

Stanhope trat auf die Witwe seines Vaters zu, deren Gestalt er nur in schattenhaften Umrissen, in die Kissen des Sofas zurückgelehnt, sehen konnte.

»Es ist so dunkel hier,« sagte er; »soll ich nicht das Gas anzünden lassen?«

»O, nur kein Licht,« rief sie mit einer Gebärde des Entsetzens, »es würde mich umbringen. Mir ist, als sollte ich mich in finsterer Nacht verbergen.«

»Gnädige Frau« – wie kalt und hart seine Stimme klang, er erschrak selbst davor – »sie haben mich etwas fragen wollen,« fuhr er sanfter fort, »wahrscheinlich in Betreff der Begräbnisfeierlichkeit. Bitte, sagen Sie, was Ihre Wünsche sind, ich werde mich bemühen, sie nach besten Kräften zu erfüllen.«

Er vernahm wohl das leise Rauschen ihres Gewandes, aber keine Antwort.

»Ich kann verstehen, daß es Ihnen nicht leicht fällt, Worte zu finden,« begann er von neuem, »wir haben einen so plötzlichen, so furchtbar schweren Verlust erlitten –«

Erschreckt hielt er inne; sie war aufgesprungen und stand dicht vor ihm.

»Zünden Sie das Gas an,« bat sie, »ich muß Ihnen ins Antlitz sehen. Ihre Stimme klingt so fremd, so seltsam. Ist denn auch Ihnen der Gedanke gekommen, daß er auf irgend eine Weise erfahren hat –«

»Still – nicht weiter –« rief Stanhope in strengerem Ton als er vielleicht selbst wußte. »Lassen wir weder Zweifel noch Befürchtungen laut werden. Die Geschworenen haben erkannt, daß es sich um einen unglücklichen Zufall handelt. Verhüte der Himmel –« Ihm war die Kehle wie zugeschnürt vor innerer Bewegung.

»O, wäre es nur ein unglücklicher Zufall gewesen!« stammelte sie in gebrochenen Lauten. »Sie sollen wissen, was mich quält – ich ertrage das Entsetzliche nicht länger: Er war völlig verändert während der Trauung, bei der Gratulation, bei unserer Ankunft hier im Hause. Wie sehr er sich auch bemühte, liebenswürdig, rücksichtsvoll und besorgt für mich zu erscheinen, ich konnte mich keinen Augenblick darüber täuschen. Aber wie hätte ich denken oder annehmen können, daß er –«

»Halt,« unterbrach er sie kurz, »dieser Augenblick ist grauenvoll genug auch ohne künstliches Dunkel.«

Als er das Gas entzündet hatte, senkte die junge Frau wie geblendet das Haupt.

»Es ist schrecklich,« murmelte sie, »frei zu sein und doch ganz ohne Hoffnung für die Zukunft.«

Er hätte ihr sein Mitgefühl aussprechen mögen, aber es war, als ob Geisterhände ihm Schweigen zuwinkten. Sie sah schön aus in diesem Augenblick schmerzlicher Erregung, die ihren sonst so stolzen Zügen den Ausdruck echt weiblicher Sanftmut verlieh und sie schüchtern und zaghaft erscheinen ließ. Über den kostbaren Reiseanzug hatte sie einen langen schwarzen Schal geworfen, von dem ihr bleiches Gesicht und die aschblonden Locken wunderbar abstachen, was ihren Reiz noch erhöhte.

»Sie hätten mir Ihre Befürchtungen verschweigen sollen,« sagte er langsam und mit Anstrengung. »Ein wirklicher Grund für dieselben liegt nicht vor und durch unsere Aussprache wird der Kummer völlig unerträglich für uns beide.«

»Aber ich kann nicht stumm bleiben und das Entsetzen in meinem Innern verschließen. Reden Sie mit mir, Stanhope, lassen Sie mich nicht ganz allein mit meiner Furcht, meiner Reue. Sie sind der einzige, der mir helfen kann, kein anderer Mensch würde verstehen –« Er schüttelte abweisend den Kopf.

»Ach, Sie begehren mein Vertrauen nicht,« rief sie, »und wünschen nicht, mich anzuhören. So wissen Sie also mit Bestimmtheit, daß er erfahren hat – was ich ihm ewig verbergen wollte – daß dies ihn zum Selbstmord trieb an seinem Hochzeitstag, fast noch am Fuß des Traualtars?«

»Ich weiß nur eines,« erwiderte er. »Ein grausames Geschick hat mir den Vater geraubt und Ihnen den Gatten. Forschen wir nicht weiter, denn alles was wir entdecken könnten würde uns nur noch elender machen.«

Verzweifelnd rang sie die weißen Hände. »So ist es denn wahr,« stöhnte sie, »wirklich wahr! Der Pistolenschuß wird mir ewig in den Ohren gellen, ich werde den Anblick des Blutes niemals vergessen können.«

Auf seiner Stirne lagerten sich strenge Falten und er sah sie zum ersten mal mit prüfenden Blicken an.

»Vielleicht haben Sie recht,« sagte er, »daß es ein vergeblicher Versuch sein würde, einen Schleier über die Vergangenheit zu breiten und den Schein gelten zu lassen statt der Wahrheit. Wir können beide keine Ruhe finden, so lange jener grauenhafte Zweifel an unsern Herzen nagt. Hoffen wir, daß es uns gelingt, ihn zu besiegen, indem wir ihn tapfer angreifen. Mut brauchen wir freilich dazu – und den besitzen Sie ja, nicht wahr?«

Sie nickte zustimmend, aber ihr niedergeschlagener Blick, ihre ängstliche Gebärde bezeugten das Gegenteil.

»Sie sagen, mein Vater sei auch Ihnen heute verändert erschienen,« fuhr Stanhope mit bewegter aber nicht unfreundlicher Stimme fort; »war er gestern noch ganz wie sonst?«

»Ja,« klang es leise, fast demütig von den so stolzen Lippen.

»Noch beim Frühstück heute Morgen habe ich nichts Ungewöhnliches bemerkt,« versicherte er. »Aber als wir um halb zwölf zur Kirche fuhren, war eine Veränderung mit ihm vorgegangen – das wurde mir erst später klar. Was kann sich in dieser Zwischenzeit zugetragen haben? Sandten Sie ihm vielleicht irgend eine Botschaft?«

»Nein, was hätte ich ihm sagen lassen sollen? Ich wußte aus Ihrem Munde –« sie hielt inne. Ließ sie ihr eigenes Herz nicht weiter reden, oder war es die Eiseskälte in Stanhopes Mienen?

»Ich wollte ihm eine treue Gattin sein,« murmelte sie in gebrochenen Lauten. »Ehe ich mein väterliches Haus verließ, hatte ich mir gelobt, hinfort kein anderes Bild als seines in meinen Gedanken, meinen Träumen sehen zu wollen. Mit reinem Herzen trat ich an seine Seite, aber der Bräutigam war kalt wie Stein und so ganz in sich versunken, daß er des

Predigers Frage, ob er mich zum Weibe nehmen wolle, überhörte und keine Antwort gab. Niemand bemerkte es und die Feier ward nicht unterbrochen. Aber meinem Gefühl nach bin ich ihm gar nicht angetraut und muß doch seinen Namen tragen.«

Die letzten Worte flüsterte sie kaum hörbar; hoffte sie auf einen Blick, einen tröstlichen Zuspruch zur Linderung ihrer bitteren Herzensqual, so war es vergebens.

Stanhope dachte jetzt nur an seine eigenen Gefühle in der Kirche, an den Moment, als das Brautpaar sich vom Altar wandte und er dem Blick seines Vaters begegnete, der von der Braut, zu ihm, dem Sohne, hinüberschweifte. Es lag in diesem Blick eine solche Welt von Enttäuschung und Verzweiflung, daß Stanhope alles um sich her vergaß und kaum mehr seiner Sinne mächtig blieb. Die Erinnerung hieran und an den wahrscheinlichen Anlaß war es, was ihm das Herz mit Galle und Wermut tränkte. Hatte sein Vater ihm denn wirklich zugetraut, daß er ein Unrecht gegen ihn begangen habe? –

Vor dem Geistesauge der jungen Witwe zogen unterdessen allerlei Bilder vorbei, die keinen Raum in ihren Gedanken hätten haben sollen an diesem Trauertage. Sie sah nicht die Gestalt ihres toten Gatten, sondern das jugendliche Antlitz des Sohnes, wie es ihr in jener denkwürdigen Stunde erschienen war, als sie ihn zum ersten mal erblickte. Da hatte sich die ganze Welt plötzlich für sie verwandelt; die Heirat, in die sie gewilligt hatte, war ihr wie eine Sünde vorgekommen, nun es zu spät war zurückzutreten. Verstört blickte sie jetzt auf den jungen Mann vor ihr, der bewußt oder unbewußt den furchtbaren Kampf heraufbeschworen. Sie dachte an ihre Scham, ihre Sehnsucht, ihr heimliches Zaudern, ihren vergeblichen Widerstand gegen das mächtige Gefühl, das sie vorwärts drängte. Zuletzt verschwand alles in einer Erinnerung, die kaum vierundzwanzig Stunden hinter ihr lag und doch schon seit undenklicher Zeit einen Teil ihres Lebens auszumachen schien. Es war so schnell gekommen – sie standen sich einen Augenblick allein gegenüber. Leidenschaft und Angst überwältigten sie. Man zwang sie zu dieser Heirat und sie wollte wissen, ob ihr Geschick denn ganz unwiderruflich sei. Sie hatte ihm nicht gestanden, daß sie ihn liebe – o nein – nur gefragt hatte sie ihn, ob sie das seinem Vater gegebene Versprechen halten und den Bund eingehen solle, an dem ihr Herz nicht beteiligt sei. – Als er dann vor Überraschung kein Wort der Erwiderung fand, hatte sie ihn angefleht, ihr zu sagen, was sie tun solle, da sie selbst keinen Rat mehr wisse, er möge ihr Geschick entscheiden, sie werde sich seinem Ausspruch unterwerfen. Er hatte es getan, hatte gesagt, sie solle ihr Versprechen halten und seinen Vater glücklich machen. Und dies war nun das Ergebnis ihres Gehorsams – ihr Gatte tot und vor ihr dieser Mann von Stein, der sich mühte, Geduld mit ihr zu haben und ihr keinen Haß zu zeigen. Sie sah ihn erbleichend an.

»Wäre es möglich, daß Ihr Vater unser Gespräch gehört hat?«

Stanhope schrak zusammen, faßte sich aber sogleich wieder. »Nein,« sagte er, »wir machten gleich darauf zusammen eine Ausfahrt; da war er froh und heiter, er sprach mit Stolz und Zärtlichkeit von Ihnen und traute auf sein zukünftiges Glück.«

Ein schmerzlicher Zug flog über ihr Gesicht, doch schnell schöpfte sie neue Hoffnung: »O, dann haben wir uns vielleicht geirrt, – unsere Angst war übertrieben. Die Pistole hat sich doch zufällig entladen und wir haben nur seinen Verlust zu beklagen.«

Sie blickte so gespannt auf ihn, daß er nicht den Mut hatte, ihr zu widersprechen. »Glauben Sie das immerhin,« sagte er »und möge es Ihnen Trost gewähren.«

»Das will ich,« rief sie entschlossen, »ich will glauben, daß mich keinerlei Verantwortung trifft bei dem Unglück. Wie könnte ich sonst das Leben ertragen!«

Er schwieg und wandte den Blick verlangend nach der Türe hin. Ihre Lippe bebte als sie es sah.

»Ich habe Sie schon zu lange mit meinen Klagen belästigt,« murmelte sie. »Meine Mutter wird bald hier sein und Sie wünschen zu gehen. Es war Torheit von mir, um diese Unterredung zu bitten; ich hatte kein Recht, Sie in Ihrem Kummer zu stören.«

»Sagen Sie das nicht,« rief er, sich zusammenraffend, »ich schätze mich glücklich, Ihnen dienen zu können, Ihnen meine Hochachtung beweisen zu können. Wir sind jetzt Glieder einer Familie, und wenn ich auch bald dies Haus verlasse, so hoffe ich doch, daß Sie es stets als Ihre Heimat betrachten werden.«

»Ja,« versetzte sie in der Bitterkeit ihres Herzens, »hier ist meine Heimat; um dieses Glanzes willen habe ich geheiratet, nun muß ich sorgen, daß er mir auch Genuß bereite.«

»Denken Sie vielmehr, daß diese Stätte Ihnen von dem Gemahl bereitet wurde, der Sie, so lange er lebte, aufs Hingebendste geliebt hat,« erwiderte Stanhope mit würdigem Ernst.

»Wie groß, wie edel Sie sind!« rief sie, in Tränen ausbrechend. »Ich werde tun was ich kann, um stets die Achtung zu verdienen, die der Witwe Ihres Vaters gebührt – verlassen Sie sich darauf.« Mit einer ehrerbietigen Verbeugung zog er sich zurück und als die Tür sich hinter ihm schloß, fühlte sie, daß sich zwischen ihnen eine unübersteigliche Scheidewand aufgetürmt hatte.

Siebentes Kapitel.
Zwei Pakete

Jack Hollister wartete ungeduldig auf Stanhopes Rückkunft; er hatte ihm noch etwas zu sagen.

»Ich habe mir alles gründlich überlegt, während du fort warst,« begann er, sobald sein Freund eingetreten war. »Du mußt meine Beichte bis zu Ende hören, damit kein Mißverständnis zwischen uns aufkommen kann. Als Bewerber um Floras – Frau Whites – Hand bin ich nie aufgetreten, sie hat mir auch keine besondere Gunst erwiesen, aber ich habe sie geliebt, seit ich sie vor zwei Jahren zum ersten mal auf dem Wohltätigkeitsball sah. Mit Freuden hätte ich mein lustiges Junggesellenleben, meinen Klub, meine Rennpferde, mein Segelboot aufgegeben, um mir mit ihr ein stilles, bescheidenes Heim zu gründen. Doch, das war nicht nach ihrem Sinn. Neben deinem Vater wenigstens hatte ich gar keine Aussichten. Ob je der Gedanke in ihr aufgestiegen ist, daß alle äußern Vorteile doch nicht für den Unterschied der Jahre entschädigen können, weiß ich nicht; in letzter Zeit ist es mir manchmal so erschienen. Ihre Verlobung hat mich damals schrecklich mitgenommen und das tragische Ereignis des heutigen Tages bringt mich ganz außer Fassung. Wenn ein anderer – und noch dazu ein Freund – das Mädchen heimführt, das man liebt und er wird gleich nach der Hochzeit dahingerafft, dann kommt man sich vor wie sein Mörder. Es tut mir jetzt freilich leid und ich schäme mich meiner Torheit und Eifersucht, aber noch neulich, als wir alle bei Tische saßen, wünschte ich, ein Blitzstrahl möchte das Haus treffen und uns alle unter seinen Trümmern begraben.«

»Jack!«

»Ich muß offen gegen dich sein, Stanhope, sonst kann ich dir nie wieder frei ins Gesicht sehen. Unaussprechlich sehne ich mich danach, jetzt zu ihr zu eilen, sie zu trösten, ihr Ein und Alles zu sein, und doch würde ich keinen Augenblick zögern, das Unglück ungeschehen zu machen, wenn es in meiner Macht stände, damit wir ihn wieder in unserer Mitte hätten, so stark und hoffnungsreich und voll hingebender Zärtlichkeit für sie, wie er noch gestern war. – Glaubst du das? –«

»Ja, ja,« murmelte Stanhope zerstreut; er überdachte die seltsamen Verwickelungen ihrer Lage, während er mechanisch im Zimmer auf und ab ging.

»Du kennst die Liebe noch nicht und die Eifersucht mit allen ihren Qualen,« fuhr Jack lebhaft fort. »Wenn du einmal ein Mädchen liebst, wirst du begreifen, wie das einem den Kopf verdrehen kann, selbst wenn man gar keine Aufmunterung erhält; dann wirst du mich vielleicht entschuldigen.«

»Ich tadle dich nicht,« war Stanhopes ruhige Antwort, »du kannst deine gute Natur nicht verleugnen, trotz aller bitteren und leidenschaftlichen Regungen.«

»Also bleibt alles zwischen uns beim alten,« rief Jack, sichtlich erleichtert, und die Freunde trennten sich mit warmem Händedruck.

Frau Hastings leistete jetzt ihrer verwitweten Tochter Gesellschaft; sie war eine jener geräuschvollen und wichtigtuenden Personen, welche, sobald sie ein Haus betreten, förmlich davon Besitz nehmen. Friede und Ruhe schienen bei ihrer Ankunft zu entweichen, selbst der Schmerz diente zur Schaustellung und verlor allen heiligenden Einfluß. Für Stanhope war ihre Gegenwart unerträglich und er blieb den ganzen Abend über auf seinem Zimmer. Erst am andern Morgen, als die Dame ausgefahren war, um die nötigen Trauerkleider für ihre Tochter zu besorgen, ging er in seines Vaters Studierzimmer hinunter. Bange Zweifel bestürmten ihn noch immer. Es lag ihm vor allem daran festzustellen, was in jener kurzen Stunde vor der Trauung geschehen sein könne, um den eben noch so hoffnungsfrohen Mann in einen Verzweifelten zu verwandeln. So ließ er denn Felix und Peter zu sich entbieten, welche beide schon längere Zeit im Dienste ihres Herrn gestanden hatten und der ganzen Familie treu ergeben waren.

»Es müssen doch gestern Briefe für meinen Vater angekommen sein, Felix,« redete er den alten Diener an, »welche einer Antwort bedürfen; doch finde ich sie weder auf seinem Schreibtisch noch in der Rocktasche. Haben Sie nicht die Postsachen in Empfang genommen?«

»Jawohl; ich brachte die Briefe herein als Sie beim Frühstück waren. Sie standen am Fenster, während der Herr sie las, wie Sie sich erinnern werden.«

»Das sind nicht die, welche ich meine,« versetzte Stanhope; er hatte ja seinen Vater jene drei Briefe mit ruhiger Miene und ohne alle Erregung beiseite legen sehen.

»Mit der zweiten Post sind nur Zeitungen gekommen,« versicherte Peter, »ich habe sie an den gewöhnlichen Platz gelegt; die dort waren es, glaube ich;« er deutete auf mehrere Zeitschriften und Tagblätter auf dem Tische.

Stanhope gab sich noch nicht zufrieden.

»Ist nicht irgend ein Besuch gekommen oder ein Bote, der einen Brief gebracht haben kann? Ich bin überzeugt, daß mein Vater, ehe er zur Kirche fuhr, ein wichtiges Schreiben erhalten hat, das sich noch vorfinden muß.«

Die Diener sahen einander an. »Wir wissen nichts davon,« versicherte Felix. »Herr White hat einige Briefe geschrieben, während er auf den Wagen wartete,« sagte Peter zögernd, als wisse er nicht recht, ob die Mitteilung dem jungen Herrn etwas nützen könne. »Er übergab sie mir zur Besorgung.«

»Ja, ja – das weiß ich,« fiel Stanhope ein, »von denen spreche ich nicht. Wo ist Josephine? Vielleicht hat sie jemand hereingelassen, während Ihr beide anderweitig beschäftigt wart.«

Das Kammermädchen wurde gerufen und befragt, ob sie einen Brief abgegeben oder einen Besuch in das Studierzimmer geführt habe.

»Nein,« sagte Josephine mit tiefem Erröten, denn der stattliche junge Herr flößte ihr große Scheu ein. »Es war zwar jemand da, aber er ist nicht hinaufgegangen. Herr White kannte den Mann nicht und sagte, er könne jetzt niemand empfangen.«

»Hat er seinen Namen genannt?«

»Ja, aber ich habe ihn vergessen. Es war etwas wie ›Stewart‹, aber doch anders. Er hielt ein kleines Paket in der Hand.«

»Hat er es dagelassen?«

»Nein, ich glaube nicht. Als ich wieder herunter kam war er nicht mehr da. Wahrscheinlich hatte ihm irgend jemand gesagt, es sei Herrn Whites Hochzeitstag.«

Felix und Peter schüttelten den Kopf; sie hatten von dem Fremden nichts gesehen und gehört.

»Ich ließ ihn im Vorsaal stehen,« fuhr Josephine ängstlich fort; »vielleicht war das nicht recht, aber er sah sehr anständig aus.«

Stanhope glaubte zwar nicht, daß die Angelegenheit irgend etwas zu bedeuten habe, wollte aber doch der Sache auf den Grund gehen; deshalb fragte er, um welche Zeit der fremde Besucher dagewesen sei. Das Mädchen erwiderte: bald nach zehn Uhr; Herr White habe sie kurz darauf nach dem Westminster-Hotel geschickt, um ein kleines Paket abzugeben. Da sei es halb elf gewesen.

Stanhope fiel es auf, daß jener Mann, der Herrn White zu sprechen wünschte, ein Paket in der Hand getragen und daß eine halbe Stunde später sein Vater das Mädchen mit einem Paket nach dem Hotel geschickt habe. War es vielleicht ein und dasselbe? Er konnte nicht umhin, die Frage zu stellen.

Josephine machte große Augen; der junge Herr schien überhört zu haben, daß der Fremde das Paket wieder mitgenommen hatte. Sie gab jedoch ihrer Verwunderung keinen Ausdruck, sondern antwortete nur, es seien ganz verschiedene Päckchen gewesen, das, welches sie fortgetragen habe, klein und in weißes Papier gewickelt, das andere aber, in des Mannes Hand, braun und viel größer.

23

Stanhope schalt sich insgeheim einen Toren; er beschloß, nicht weiter zu forschen und entließ die Dienstleute. Aber wieder und immer wieder ging es ihm durch den Sinn, was wohl sein Vater nach dem Hotel geschickt habe und in welcher Absicht der Mann mit dem braunen Paket gekommen sein möge. Plötzlich sprang er betroffen auf. Zu oberst in dem Papierkorb, welcher neben dem Tische stand, an dem er gesessen, lag eine grüne Schnur mit zerschnittenem Knoten und ein braunes Einwickelpapier, das noch die Form der Schachtel erkennen ließ, die es umhüllt hatte. Darunter aber fand er die Briefe, die sein Vater beim Frühstück erhalten hatte. Er betrachtete das braune Papier genau; die Aufschrift lautete: ›An Herrn White‹ und trug den Vermerk ›eigenhändig zu öffnen‹, was der Sendung eine ganz besondere Wichtigkeit verlieh.

Bestürzt über seine Entdeckung stand er eben im Begriff, Josephine zurückzurufen, um nähere Aufklärung durch sie zu erhalten, als ein leises Klopfen an der Tür ihn hinderte, seine Absicht auszuführen. Flora White, die junge Witwe, trat ein, in der Hand ein mit weißem Papier umhülltes Päckchen tragend.

Achtes Kapitel.
Das weiße Paket

Sie legte es zitternd auf den Tisch. »Dies hier ist mir soeben von dem Besitzer des Westminster-Hotels zugeschickt worden. Die obere Adresse war an ihn, aber darunter, – sehen Sie, Stanhope!«

Als sie die äußere Hülle entfernt hatte, erblickte er seines Vaters wohlbekannte Schriftzüge.

›An Frau Samuel White
Westminster-Hotel‹

lautete die Aufschrift.

»Er hat es für mich dorthin geschickt, kurz vor der Trauung, in jener Stunde, als die große Veränderung mit ihm vorging. Ich wage nicht, es zu öffnen.«

»Wollten Sie denn nicht nach dem Süden reisen, sondern im Westminster Hotel bleiben?«

»Nur so lange, bis ich mich ganz ausgeruht hätte.«

Des Sohnes Züge erhellten sich.

»So beabsichtigte er also noch dorthin zu gehen, als er dies abschickte. Vielleicht löst es unsere Zweifel auf immer; öffnen Sie das Kästchen, machen Sie der Ungewißheit ein Ende.«

»Ich kann nicht,« beteuerte sie zurückschreckend, »mir ist, als sollte ich einen Toten berühren. Öffnen Sie es statt meiner – mir fehlt die Kraft.«

Ohne ein Wort der Erwiderung nahm er das Kästchen und befreite es von der Umhüllung; ein kleines Sammtetui mit abgenützten Ecken kam zum Vorschein. Stanhope entfuhr ein Ausruf der Überraschung und die Röte stieg ihm bis zur Stirn. »Ich kenne dies Etui,« versicherte er mit leiser Stimme, »meine Mutter pflegte darin ihren Schmuck aufzubewahren.«

Er berührte die Feder, der Deckel sprang auf und ließ eine Brosche und ein Paar Ohrringe in altmodischer Fassung sehen. Es war derselbe Schmuck, dessen sich Stanhope noch aus seiner Kindheit erinnerte.

»Warum schickt er mir dies?« stammelte die junge Frau bestürzt und erregt. »Er hatte mir schon viele andere Edelsteine geschenkt, auch den Diamantschmuck zur Hochzeit. Wollte er vielleicht damit sagen —«

»Lesen Sie, was es bedeutet,« unterbrach sie Stanhope und händigte ihr einen Zettel ein, den er dem Kästchen entnommen hatte. Er enthielt nur wenige Zeilen, die sie rasch überflog. Als sie ihm darauf das Blatt reichte, sah er Tränen an ihren Wimpern hängen.

»Ich war nicht wert, sein Weib zu sein,« flüsterte sie bewegt. »Hier nehmen Sie, es scheint mir ein klarer Beweis zu sein, daß sein Tod durch einen unglücklichen Zufall verursacht worden ist.«

Der Zettel enthielt die folgenden Worte:

Meine innig geliebte Flora!

»Diese Edelsteine, welche einst Stanhopes Mutter trug, widme ich Dir an unserem Hochzeitstage, nicht um ihres Wertes oder ihrer Schönheit willen, sondern als den höchsten Beweis meiner Bewunderung und Verehrung. Dich habe ich gewählt, damit du den Platz in meinem Herzen einnimmst, der bisher der Gattin meiner Jugend gehört hat. Möchtest Du den Schmuck einmal im Jahre an diesem Tage tragen, als Beweis, daß Du das Gefühl begreifst, welches mich treibt, Dir diese teuerste Gabe darzubieten, welche ich zu verschenken habe.« –

»Mir fällt eine schwere Last vom Herzen,« flüsterte Flora nach kurzem Stillschweigen, »nun vermag ich auch zu weinen. Aber es war doch ein seltsamer Gedanke, mir den Schmuck zu schicken, und tragen kann ich ihn nie. Behalten Sie ihn,« fügte sie rasch hinzu, als sie sah, wie Stanhope noch einmal den Deckel hob, um das Geschmeide zu betrachten, das so viele Erinnerungen in ihm wachrief. »Von Rechts wegen gehören diese Steine Ihnen, und in Ihrem Besitz sind sie am besten aufgehoben.«

»Ich danke Ihnen,« versetzte er und ließ das Kästchen in seine Tasche gleiten. »Das Gedächtnis meiner edlen Mutter ist mir heilig und teuer.«

Floras Augen füllten sich mit Tränen. »Werden Sie jetzt glücklicher sein?« fragte sie ernst.

»Ich hoffe es. Der Brief, den Sie die Güte hatten mir zu zeigen, soll mir ein Beweis sein, daß ich über meines Vaters Gemütszustand und die Ursache seines plötzlichen Todes im Irrtum war. Er sah nicht dem Tode entgegen, sondern dem Leben – einem Leben an Ihrer Seite.«

Sie seufzte schwer. »Bis das Begräbnis vorüber ist, werden wir einander kaum wiedersehen. Leben Sie wohl!«

Neuntes Kapitel.
Das braune Paket

Nicht lange blieb Stanhope allein und seinen Gedanken überlassen.

»Herr Hollister wünscht Sie zu sprechen,« meldete der eintretende Diener.

Jack war in fieberhafter Erregung, doch fiel ihm sofort die günstige Veränderung im Wesen seines Freundes auf. »Du siehst aus, als hättest du entdeckt, daß deine Befürchtungen unbegründet sind,« rief er erfreut.

»Mein Schmerz ist ruhiger geworden, ich kann jetzt den Verlust meines Vaters betrauern, ohne zu denken, daß er in Verzweiflung von uns geschieden ist,« gab Stanhope zur Antwort.

»Das erleichtert mir die Pflicht, dir dies Schreiben zu übergeben,« versetzte Jack, indem er ein Papier aus der Tasche zog. »Der Adressat des einen der Briefe, die dein Vater gestern zur Post gab, ist gefunden. – Dieser eine war an mich gerichtet und enthielt diese Einlage für dich. – Aber um des Himmels willen, Stanhope, was hast du, was fehlt dir?« fuhr er erschreckt fort, als er sah, daß sein Freund, der inzwischen den Brief geöffnet hatte, mit bleichem Gesicht und wie geistesabwesend die Schriftzüge anstarrte.

»Ich begreife nicht – wie soll ich das verstehen –« stammelte Stanhope verwirrt. Jack fürchtete ein neues Unglück; er nahm ihm das Billett aus der Hand und las:

»*Es ist mein bestimmtes Verlangen, mein größter und dringendster Wunsch, daß Du – wenn Du überhaupt heiratest – ein Mädchen Namens Nathalie Yelverton zur Frau nimmst. Sie ist die Tochter des Stefan Yelverton, von dem Du wahrscheinlich bald nach meinem Tode hören wirst. Suche nicht zu erforschen, warum ich dies von Dir begehre. Daß ich es wünsche und Dir jede andere Heirat untersage, sei Dir ein Beweis, daß Du nur durch diese Verbindung Dein Glück finden und die Ehre unseres Namens aufrecht erhalten kannst.*

Dein Dich liebender Vater
Samuel White.«

»Nathalie Yelverton? – wer in aller Welt ist denn das?« war Jacks überraschter Ausruf.

»Ich weiß nicht; der Name ist mir ganz unbekannt,« murmelte Stanhope wie betäubt. »Wollte Gott, ich hätte diese Zeilen nie zu Gesicht bekommen. – Warum soll ich dies fremde Mädchen heiraten? Wonach soll ich nicht forschen? – Was hat das alles zu bedeuten? Wahrhaftig, mein Unglück war vorher schon groß genug!« –

Jack schien ein so willkürlicher Eingriff in das Recht des Mannes, seine eigene Gattin selbst zu wählen, völlig unerhört. Er sprach seine Meinung darüber ziemlich unumwunden aus und endete mit der Behauptung:

»Kein Gesetz kann dich zwingen, diese Ehe einzugehen. Ich meinesteils würde wenigstens erst genau prüfen, ob diese Nathalie Yelverton auch alle

Ansprüche befriedigt, welche ich an meine künftige Gattin stelle.«

»Mit einem Mädchen, das Nathalie heißt, werde ich mich niemals vermählen,« versicherte Stanhope mit Festigkeit.

Jack sah ihn betroffen an: »Das klingt ja fast, als ob – ist etwa dein Herz nicht mehr frei?«

Der andere lächelte bitter: »Und wenn dem so wäre?«

Jack besaß Zartgefühl genug um zu begreifen, daß dies nicht der Augenblick war, sich in des Freundes Vertrauen zu drängen; so bezwang er denn sein Verlangen mehr zu wissen und schwieg.

»Noch eins,« rief Stanhope nach einer Weile, aus dumpfem Sinnen erwachend, »was stand in den Zeilen, die an dich gerichtet waren, Jack?«

»Nur, daß er sich zu einer Reise anschicke, bei der ein Unfall nicht ausgeschlossen sei. Er bat mich, im Fall seines Todes, dir die Einlage zu übergeben. Was damit geschehen solle, falls ihm nichts zustoße, erwähnt er nicht, und das ist doch seltsam, wenn man es recht bedenkt.«

»Schlage es dir aus dem Sinn,« versetzte Stanhope mit bleicher Miene. »Ich muß versuchen, das Kreuz zu tragen, das mir auferlegt worden ist; aber kein Wort mehr darüber, Jack, wenn du mich liebst.«

Mancherlei Fragen und Zweifel stürmten auf Stanhope ein, als er allein blieb. Sein Vater hatte vorausgesehen er werde nicht mehr am Leben sein, wenn Jack den Brief erhielt. War dies keine bloße Ahnung, sondern eine furchtbare Absicht, so konnte dieselbe nur aus der plötzlichen Erkenntnis des Herzenszustandes seiner jungen Frau entsprungen sein. Was anders als Eifersucht – eine grundlose Eifersucht auf seinen eigenen Sohn – konnte der Beweggrund für den seltsamen Befehl sein, der ihm jetzt noch nach dem Tode des Vaters zukam?

War die rätselhafte Heirat, die er ihm vorschrieb, nicht vielleicht nur ein Vorwand, um ihn überhaupt von der Ehe zurückzuhalten?

Daß die Trauung stattgefunden und Herr White noch zum Abschied Worte voll Vertrauen und liebevoller Zärtlichkeit an seine junge Frau gerichtet hatte, diente nur dazu, Stanhope in seiner Vermutung zu bestärken. Er kannte die ritterliche Natur seines Vaters, der es nicht über sich vermocht hätte, den leisesten Schatten auf die Ehre und den guten Ruf einer Frau zu werfen. Auch wenn er wirklich Grund zur Eifersucht zu haben meinte, würde er sich nicht an der Ungetreuen gerächt haben. Die einzige Genugtuung, die er suchte, bestand darin, daß er den Sohn in seinen Handlungen beschränkte.

Entsetzliche Vermutungen! Eine grauenvolle Möglichkeit! Stanhope schauderte vor Scham und Schmerz bei dem bloßen Gedanken an den Abgrund von Verzweiflung und beleidigtem Gefühl, welchem der Entschluß, jene Zeilen niederzuschreiben, entsprungen sein mußte. Denn sein Vater hatte ihn stets geliebt und würde das Glück seines Sohnes, auf den er so große Hoffnungen setzte, nicht willkürlich zerstört haben, wenn nicht Groll und Bitterkeit ihm den Sinn verwirrten. Die Wunde, die er dem Sohne geschlagen, war weit tiefer und schmerzlicher, als er hätte ahnen können. Nicht einmal der Neugier gab Stanhope Raum, wer jene Nathalie Yelverton wohl sein möchte. Er glaubte nicht, daß eine solche Persönlichkeit überhaupt vorhanden sei; für ihn war sie ein bloßer Name. Seiner Ansicht nach verschloß ihm also des Vaters Verbot überhaupt jede Aussicht auf das Glück der Ehe, für das er doch nicht nur durch seine Liebe zur Häuslichkeit, sondern auch durch alle Eigenschaften des Herzens und Geistes vorzugsweise geschaffen schien.

Um nicht länger diesen quälenden Gedanken nachhängen zu müssen, begann er jetzt seine früheren Forschungen von neuem.

Er war überzeugt, das Paket, auf welchem die Worte ›eigenhändig zu öffnen‹ gestanden hatten, müsse die Pistole, die tödliche Waffe enthalten haben. Es war offenbar des Vaters Wunsch gewesen, seinen Tod in ein Geheimnis zu hüllen und den Verdacht eines Selbstmords zu vermeiden. Aber Stanhope wollte Gewißheit haben; er suchte nach dem Pistolenkasten in allen Schubladen und Fächern und fand ihn endlich auf dem obersten Bücherbrett. Was er vermutet hatte bestätigte sich; der Kasten paßte genau in die Falten des braunen Umschlags, den er nebst der grünen Schnur im Papierkorb gefunden hatte. Der Kasten war neu und trug auf seinem Boden die Adresse der Firma, bei welcher er gekauft worden war.

So bestand denn jetzt kein Geheimnis mehr darüber, was der Inhalt des braunen Pakets gewesen; unbegreiflich blieb immer noch, wie und durch wen es in Whites Hände hatte gelangen können.

Zehntes Kapitel.
Veränderte Gefühle

»Es war ein großartiges Leichenbegängnis. Flora kann sich wirklich geehrt fühlen, die Witwe eines Mannes zu sein, den so viele berühmte Leute zu Grabe geleitet haben.«

Mit diesem Ausspruch befriedigter Eitelkeit verließ Frau Hastings das Trauerhaus. Stanhope, der gerade aus seinem Zimmer im oberen Stock trat, hörte ihre Worte mit Schmerz und Unwillen. Wenn die Mutter so weltlich gesinnt war, was ließ sich da von der Tochter erwarten? Er hatte die schöne Witwe seit dem Begräbnis nicht wiedergesehen, doch hielt er es für seine Pflicht, ihr mitzuteilen, welche Pläne er für die Zukunft gefaßt habe. So ließ er sich denn gegen Abend durch Felix bei ihr anmelden.

Er fand sie mitten in dem glänzend erleuchteten Zimmer stehen; die schlanke Gestalt, in den eng anliegenden schwarzen Gewändern, hob sich scharf ab von der blaßgelben Farbe der Möbel und Tapeten. Ihre Haltung war würdevoll; sie trug den schön geformten Kopf stolz erhoben, aber aus ihren Augen sprach ein rührendes Flehen und ihre Lippen bebten.

»Wie freundlich von Ihnen, mich aufzusuchen,« sagte sie, und es klang ein so süßer Wohllaut aus den einfachen Worten, daß wohl manches Mannesherz bis ins Innerste bewegt worden wäre bei solchem Gruß.

Stanhope aber achtete wenig darauf; ihm lag nur im Sinn, den besten Ausdruck zu finden für das, was er sagen wollte, und er übersah die Hand, die sie ihm zögernd entgegenstreckte.

»Ich komme,« begann er, ohne den Schatten zu bemerken, der über ihr Antlitz flog, »um mich von Ihnen zu verabschieden. Morgen früh gedenke ich die Stadt zu verlassen.«

»Ist das nicht zu schnell,« entgegnete sie, ihre Bewegung geschickt verbergend. »Ich glaubte, Sie würden wenigstens noch eine Zeitlang mit dem Ordnen der Geschäfte Ihres Vaters zu tun haben.«

»Ich werde nicht lange fortbleiben,« erwiderte er langsam, – »sehr bald, vielleicht schon in einigen Tagen, kehre ich zurück.«

Wenn er es auch nicht deutlich aussprach, daß er sich von ihr zu trennen wünsche, so glaubte sie doch, seine Absicht zu durchschauen. »Bei Ihrer Rückkehr würden Sie das Haus vermutlich gern leer finden, so daß Sie sich nach Gefallen darin einrichten können.«

»Nicht doch,« entgegnete er schnell. »Dies ist Ihr Haus; es wird, wie ich Ihnen bereits sagte, einen Teil des Erbes bilden, das Ihnen, als der Witwe meines Vaters, rechtmäßig zufällt.«

»Aber – wenn ich mich nun weigere es anzunehmen,« – ihre Stimme bebte – »wenn ich überhaupt alles zurückweise –« wie kalt und unnahbar er dastand – »würde mir das Ihre Achtung zurückgewinnen – würden Sie mich dann –«

»Sie schlagen meine Meinung viel zu hoch an,« unterbrach er sie, um jeder unliebsamen Andeutung zuvorzukommen. »Ich bitte Sie dringend, nichts zu tun, mit Rücksicht darauf, was ich denke oder glaube. Ihre Stellung als Witwe meines Vaters hebt Sie gänzlich aus dem Bereich meiner Kritik.«

Länger vermochte sie ihre Leidenschaft nicht zurückzuhalten: »Sie heben mich aus dem Bereich Ihrer Teilnahme, Ihres Mitgefühls, Ihrer Liebe, wollen Sie sagen.«

Das Wort war ausgesprochen; es übte einen überwältigenden Eindruck, und sie schwiegen. Doch atmeten wohl beide freier danach – sie, der Erleichterung wegen, die es gewährt, das laut zu sagen, was man solange in der Brust verschlossen hat, und er, weil es ihm den besten Anknüpfungspunkt für die Auseinandersetzungen gab, die unter den Umständen dringend geboten waren.

»Und wenn dem so wäre,« erwiderte er mit erzwungener Gelassenheit, »so hätten wir allen Grund dankbar zu sein. Ich darf mir nur noch gestatten, wärmere Gefühle für meine Freunde und Verwandten zu hegen. Das Glück der Liebe ist mir versagt. Auf diesem Felde bin ich nicht mehr Herr meines Geschicks.«

Sie sah ihn mit großen erschrockenen Augen an; zum ersten mal empfand er, daß ihre Schönheit ihn rühre. Wie sollte er den Schlag mildern, der sie treffen mußte? Wie konnte er es zur Klarheit zwischen ihnen bringen, ohne sie aufs Tiefste zu verletzen?

Mit düsterer Miene zog er den Brief seines Vaters hervor, den er ihr einhändigte.

»Was ist das?« rief sie. »Ist denn ein neues Unheil im Anzug?«

»Ich weiß nicht, von welchen falschen Voraussetzungen mein Vater ausgegangen ist,« erwiderte er. »Dies hier sind seine letzten Vorschriften für mich, die er, wie wir bestimmt wissen, nur einige Stunden vor seinem Tode niedergeschrieben hat.«

Sie las; das Papier knisterte in ihrer Hand, ihre Wangen entfärbten sich, der Glanz ihrer Augen verriet die leidenschaftliche Erregung.

»Wer ist Nathalie Yelverton?« rief sie.

»Ich weiß nicht, ich habe ihren Namen nie zuvor gehört.«

»Eine Fremde,« murmelte sie in maßlosem Staunen, »eine Unbekannte!« Ihr durchdringender Blick schien in seiner innersten Seele lesen zu wollen. »Aber eine solche Tyrannei ist ja unerhört,« fügte sie leise und entrüstet hinzu; »Sie können sich doch durch diese unbegründete Forderung unmöglich binden lassen. Es wäre grausam. Ihr Vater selbst würde Sie jetzt davon entbinden.«

Kalte Strenge lagerte sich auf seinem Antlitz. »Ich kann den Wünschen meines Vaters nie zuwiderhandeln. Dabei könnte ich weder Glück empfinden, noch geben. Mein künftiges Geschick ist besiegelt, versuchen Sie nicht, es zu ändern.«

Sie sah ihn an und erkannte, daß sein Entschluß unabänderlich sei. Die letzten Worte ihres toten Gatten waren für sie ein Schicksalsspruch gewesen so gut wie für ihn.

Hatte er sie denn nie geliebt? War sie völlig im Irrtum gewesen als sie glaubte, daß er ihre Gefühle teile? Wie verwerflich und unwürdig stand sie dann in seinen Augen da. Nein, nein, das konnte nicht möglich sein, so schwach und verblendet war sie nicht gewesen; gewiß, er hegte zärtliche Empfindungen für sie, sonst müßte sie ja vergehen vor Scham und Reue.

Aber ach, in seinen Zügen stand nichts davon zu lesen. Qual und Verzweiflung spiegelten sich wohl darin, aber nicht sie war die Ursache; zwischen ihnen schien eine unübersteigliche Kluft zu gähnen. Ein anderer Kummer erfüllte seine Seele, er hatte andere Verluste und Enttäuschungen zu beklagen, von denen sie nichts ahnte. Wie ein Blitzstrahl durchzuckte sie der Gedanke, und während ihr diese Vermutung zur Gewißheit wurde, ging eine große Umwandlung in ihrem Innern vor. Trotz ihrer Äußerlichkeit, ihres weltlichen Wesens, ihrer törichten Regungen, besaß diese Frau doch eine echt weibliche Natur; sie war imstande, ihre selbstsüchtigen Wünsche zu vergessen über der Teilnahme an des Freundes Geschick und bereit, mehr zu geben als zu empfangen. Sie näherte sich ihm mit dem Brief in der Hand, und als er, aus seinem Sinnen aufschreckend, ihn an sich genommen, sagte sie mit sanfter Festigkeit:

»Ich habe einen großen Irrtum begangen, das sehe ich jetzt klar. Daß seine Folgen auf Ihr Haupt fallen, bereitet mir den bittersten Schmerz. Die Selbstsucht hält mich nicht ganz gefangen, und gern würde ich mein Leben opfern, um das Unrecht ungeschehen zu machen, das Sie erleiden. – Doch genug der Worte. Sie können meine Torheit nie vergeben und ich kann die Scham nicht vergessen, welche die Erinnerung daran mir jetzt in die Wangen treibt. Aber ich möchte Ihnen beweisen, Stanhope, daß ich unser beiderseitiges Verhältnis jetzt begreife, wenn ich es auch früher falsch aufgefaßt habe. Gönnen Sie mir Ihre Freundschaft und den Anteil an Ihrem Ergehen, der, trotz meiner Jugend, mir zufolge unserer Verwandtschaft gebührt. Meine Teilnahme, meine Würdigung Ihres Kummers werden mich lehren –«

Er sah die Träne des Mitgefühls in ihrem Auge und sein starrer Sinn ward weich.

»Wie gut Sie sind!« rief er mit Wärme.

Sie schüttelte den Kopf. »O nein, ich habe nur für die Eitelkeit der Welt gelebt; aber ich möchte gut werden. Wenn Sie mir vertrauen wollten, so wäre das meine beste Hilfe. Sagen Sie mir – kenne ich das Mädchen?«

Wie sanft der Ton ihrer Stimme klang, und doch erschrak er heftig.

»Wen meinen Sie?«

»Das Mädchen, welches Sie lieben.«

Er sah sie erstaunt, fast zornig an, aber sie war entschlossen nicht zurückzugehen, nun sie sich einmal so weit gewagt hatte.

»Sie müssen lieben – Ihr Schmerz wäre sonst nicht so scharf und bitter. Es ist nicht Neugier, die mich zu jener Frage treibt, sondern nur der Wunsch, daß Sie sich die Brust in Worten erleichtern möchten, damit die Last nicht unerträglich wird. Wissen Sie jemand anders, gegen den Sie sich leichter aussprechen könnten, dann –« Ihr schmerzliches Lächeln schnitt ihm in die Seele. Schweigend durchmaß er das Zimmer mit großen Schritten, dann blieb er vor ihr stehen.

»Ich liebe ein junges Mädchen von ganzem Herzen,« sagte er mit äußerer Ruhe. »Schon vor meiner Reise nach Europa liebte ich sie.«

Sie verstand was er meinte, und dunkle Glut färbte ihr Stirn und Wangen. Zu jener Zeit hatten sie einander noch nicht gekannt.

»Sie haben es nie erwähnt,« flüsterte sie.

»Nein; von einem Traum spricht man nicht.«

»Und war es nicht mehr als das?«

»Der Traum wäre zur Wirklichkeit geworden, wenn dies nicht im Wege stände.« Er deutete auf seines Vaters Brief.

»Sagen Sie mir wie es kam!«

Er führte sie zum Sofa, nahm aber selbst nicht Platz. War es denn möglich – er sollte von ihr reden und zu dieser Frau! Er schien sich selbst ein Rätsel, und doch, wenn er in die ernsten, treu meinenden Augen der jungen Witwe blickte, kam es ihm ganz natürlich vor, daß er ihre Bitte erfüllte.

»Ich sah sie vor einem Jahr auf dem Lande. Sie gehört nicht zu Ihrer Bekanntschaft und heißt nicht Nathalie Yelverton.«

»Ist sie jung und schön?«

»Noch sehr jung und weiß und zart wie eine Schneeflocke.«

»Doch nicht so kalt,« versetzte Flora mit einem schmerzlichen Blick auf den braun gelockten herrlichen Mann, der ihre dunkle Schönheit gering achtete.

»Sie zog mich durch ihren Liebreiz an, doch völlig unbewußt,« fuhr Stanhope nach einer Pause fort, »denn sie ist noch ein Kind. Aber auf den ersten Blick hat sie mein Herz bezwungen.«

»Glückliches Kind,« seufzte Flora im tiefsten Innern.

»Es war während meines Aufenthalts in Bay Ridge, wo ich mich in der Stille einige Wochen meinen Studien widmete. Ich sah sie in einem Heckenweg unter einem großen Baum stehen, auf dem Arm trug sie einen zahmen Vogel mit schwarzem Gefieder, – ein wunderbarer Kontrast zu der zarten Lichtgestalt in dem einfachen weißen Kleide. Bald aber sah ich nichts, als ihr liebliches Gesicht, dessen wahrhaft rührender Ausdruck sich meinem Gedächtnis unauslöschlich eingeprägt hat. Sie wurde der Leitstern meines Lebens und ich hätte ihr Herz und Hand angeboten, allein –«

Stanhope hatte in steigender Aufregung gesprochen, plötzlich stockte er.

»Was hinderte Sie?«

»Ihre zarte Jugend. Sie war kaum siebzehn Jahre alt. Wie hätte ich mir ihre Unerfahrenheit zunutze machen dürfen!«

Flora sah ihn verwundert an. War er nicht der Sohn des großen Staatsmannes, der dem Mädchen, das er liebte, alle Güter der Welt zu Füßen legen durfte, – kannte er seine persönlichen Vorzüge nicht? – »Und wäre sie die Tochter des besten und reichsten Bürgers ihres Landes – der Antrag hätte sie geehrt,« sagte sie.

»Für die, welche wir lieben, verlangen wir nicht Ehre, sondern Glück,« erwiderte Stanhope ernst.

Welche leidenschaftliche Zärtlichkeit sprach jetzt aus seinen Mienen. Kein Mädchen, das er liebte, hätte ihm die Gegenliebe verweigern können.

»Wohnt sie noch an jenem Ort – hat sie eine Mutter – einen Vater?«

»Ich weiß nicht, aber ich sollte es bald erfahren. Die Lehrerin, in deren Schulanstalt sie war, hatte mir versprochen, mich an ihrem 18. Geburtstag wissen zu lassen, wo ich sie aufsuchen könne. Im November – ich weiß das Datum – aber jetzt darf ich mich ihr nicht nahen. Alle solche Hoffnungen sind für mich zu Ende, doch der Traum wird mich stets umschweben.«

»Und wird auch sie Ihrer gedenken? Trauern Sie auch um ihren Schmerz?«

»Ich weiß es nicht. Sie war so jung – ich habe ihr nie gesagt – –«

»Sahen Sie sie zu verschiedenen Malen?«

»Ja, häufig; doch stets in Gegenwart der Lehrerin. Ich mußte wissen, ob dies liebreizende Kind auch eine ebenso schöne Seele hätte.«

»Fanden Sie, was Sie suchten?«

»Urteilen Sie selbst. Dort in der Schule war ein verwachsenes Mädchen, Krankheit und Trübsinn hatten ihre Züge entstellt, sie war fast abschreckend häßlich. Mary, so heißt mein süßer Liebling, schloß das elende Kind in ihr Herz, pflegte sie und sorgte für sie, bis sie wieder lernte sich zu freuen. Sie ging mit ihr spazieren, sie erfand Spiele und Beschäftigungen, welche die Kranke nicht ermüdeten, und entsagte manchem Vergnügen, weil es Sofie nicht teilen konnte. Ich habe selbst gesehen, wie sie von einer Ausfahrt zurückblieb, um Sofie ihren Platz im Wagen zu überlassen.«

»Wie selbstlos,« murmelte Flora, »und wie liebenswert.«

»Vielleicht würde ich die Trennung weniger schwer empfinden,« fuhr Stanhope gedankenvoll fort, »wenn ich gewiß wäre, daß sie in guten Händen ist. Ich fürchte, ihr Los war kein glückliches. Manchmal sah ihr Blick so sorgenvoll aus, daß es mich peinlich berührte bei ihrer sonst so kindlichen Heiterkeit. Was sie beunruhigte, habe ich nie erfahren, aber es quält mich jetzt, weil mir alle Mittel genommen sind ihr beizustehen.«

Flora war aufgesprungen, ihr Antlitz glühte. »Wie heißt sie, Stanhope, sagen Sie es mir!«

»Mary – Mary Evans.«

»Und wo ist ihre Heimat – von wo kam sie?«

»Aus Philadelphia, glaube ich.«

»Sie wissen es nicht bestimmt?«

»Die Lehrerin sagte mir, daß ihres Vaters Briefe meistens von dort kämen; aber der Vater wechselte den Wohnort häufig; Mary hatte keine eigentliche Heimat, so viel ich weiß.«

»Aber Sie können ihren jetzigen Aufenthaltsort erfahren?«

»Durch die Lehrerin, ja.«

»Dann tun Sie es, Stanhope; wenn Sie sich ihrer nicht annehmen können, so will doch ich ihr eine treue Freundin sein – verlassen Sie sich darauf.«

»Ihr Wunsch soll erfüllt werden,« sagte er, im Innersten gerührt durch diese unerwartete Großmut, indem er ihre Hand an seine Lippen zog und mit ehrerbietigem Dank küßte. Zwischen ihnen war jetzt ein neues Band geknüpft, das erkannten sie beide.

Elftes Kapitel.
Ein neues Interesse

Was soll denn das bedeuten?« rief Jack, der ohne weiteres bei Stanhope eintrat und ihn über einen offenen Koffer gebückt sah.

»Ich muß fort. Schon morgen früh gedenke ich abzureisen; die Luft hier bedrückt mich, ich bin unfähig zu allem. – Was bringst du mir?«

»Ich war in dem bewußten Laden; der Gehilfe erinnerte sich noch genau, daß er diese Pistole verkauft hat und zwar letzten Dienstag Nachmittag.« – Jack legte ein Päckchen auf den Tisch.

»Am Tage vor meines Vaters Tode? Hat er sie denn selbst gekauft?«

»Nein. Man beschrieb mir den Käufer als einen großen Mann von stattlichem Wuchs mit pockennarbigem Gesicht.«

Josephine wurde gerufen. Sie mußte wissen, ob das Äußere jenes fremden Mannes zu der Beschreibung paßte.

Ihre Aussagen ließen keinen Zweifel mehr über diese Tatsache aufkommen.

So hatte denn Herr White die Pistole schon tags zuvor durch einen besonderen Boten kaufen lassen. – Aus diesem Umstand konnte man die verschiedensten Schlüsse ziehen, er brachte kein Licht, sondern nur noch mehr Dunkel in das ohnehin schon undurchdringliche Geheimnis.

Wie gering auch Stanhopes Hoffnung war, die Wahrheit je zu ergründen, so beschwor er doch Jack, nichts unversucht zu lassen, um die Spur des pockennarbigen Mannes aufzufinden.

Er geleitete seinen Freund die Treppe hinunter und teilte ihm mit, wohin er zu reisen gedenke. Vor der Tür der jungen Witwe blieb er unwillkürlich stehen.

»Jack,« sagte er mit tiefem Ernst, »sollte es dir in späteren Jahren noch gelingen, jenes stolze Herz zu erobern, so würdest du einen Schatz besitzen, dessen eigentlichen Wert du bis jetzt kaum ahnst.«

Der Freund maß ihn mit ungläubigem Blick.

»Denkst du so über Flora Hastings?« fragte er verwundert.

Ein schwaches Lächeln flog durch Stanhopes Züge. »Nein, über Flora White,« erwiderte er, »der Schmerz hat ihr eine Seele gegeben; möchte es dir beschieden sein, sie einst dein eigen zu nennen.«

Am nächsten Morgen fuhr Stanhope auf dem kürzesten Wege nach Bay Ridge hinüber. Bei Fort Hamilton verließ er die kleine Fähre und ging an dem schönen Herbsttag zu Fuß weiter auf dem schmalen Heckenweg zwischen den grasbedeckten Abhängen, das Herz voll köstlicher Erinnerungen. Bald stand er wieder in dem geräumigen, altmodischen Wohnzimmer, wo er vor einem kurzen Jahre das liebe Gesichtchen seiner Mary so oft gesehen hatte, und ein bitteres Weh preßte ihm die Brust zusammen. Während er noch die Blicke in dem ihm so bekannten, trauten Raume umherschweifen ließ, ging hinter ihm die Tür auf und Fräulein Grazia, die Lehrerin, trat ein. Ihr gutes, freundliches Gesicht mit den vielen Fältchen zeigte bei seinem Anblick einen bekümmerten Ausdruck und nur zögernd erwiderte sie seinen Gruß.

»Sie kommen wohl,« stammelte sie, »mich nach der Adresse zu fragen, welche ich Ihnen vor einem Jahr versprach?«

Er verbeugte sich stumm und war keines Wortes mächtig. »Ich kann sie Ihnen nicht geben,« fuhr sie mit ängstlicher Miene fort, »wir haben Mary ganz aus dem Gesicht verloren; seit drei Monaten sind unsere Briefe unbeantwortet geblieben.«

»O, warum haben Sie mich nicht früher davon unterrichtet,« rief er jetzt ungestüm, »ich hätte sie gefunden und vielleicht gerettet. Wer weiß, ob sie nicht krank ist oder tot.«

»Es war unrecht von mir,« gestand sie, »aber ich hoffte von Tag zu Tag, Nachricht zu erhalten. Sie wollte mir jede Woche schreiben und zuerst kamen die Briefe auch ganz regelmäßig. Allmählich aber blieben sie aus und unsere Briefe erhielten wir meist zurückgeschickt.«

»Von wo aus hat sie zuletzt geschrieben?«

»Aus Philadelphia; hier ist die Adresse, aber in jener Wohnung ist sie nicht mehr aufzufinden. Ich habe mich durch dortige Freunde nach ihr erkundigt und den Bescheid erhalten, daß eine junge Dame des Namens nie in jenem Hause gewohnt hat.«

Er steckte die Karte, auf welcher Straße und Nummer verzeichnet waren, mit zitternder Hand in seine Brusttasche.

»Nehmen Sie meinen herzlichsten Dank,« sagte er, »für alle Güte und Freundlichkeit, welche Sie dem jungen Mädchen erwiesen haben, auch für Ihren Anteil an meinem Kummer. Mary ist mir das Teuerste auf Erden. Zwar hat sich meine Lage, seit wir uns zuletzt sahen, gänzlich geändert und ich muß die Möglichkeit, daß sie meine Gattin wird, als völlig ausgeschlossen betrachten, aber ihr Wohlergehen liegt mir doch vor allem am Herzen.«

»Der Tod Ihres Vaters –« begann Fräulein Grazia.

»Hat meine Verhältnisse plötzlich umgestaltet,« fiel ihr Stanhope ins Wort. »Ich teile Ihnen dies mit, weil ich früher gegen Sie andere Absichten geäußert habe. Mary ist für uns verloren, wir sehen sie vielleicht niemals wieder, doch möchte ich von Ihnen nicht mißverstanden werden. Ich liebe und ehre sie wie nur je ein Mann die Gattin seiner Wahl geliebt und geehrt hat; aber heiraten darf ich sie nicht. Gewichtige Gründe verbieten es mir.«

Er sah ihr die Enttäuschung am Gesicht an und seufzte. Wie sehr sie sich auch mühte, freundlich und teilnehmend zu erscheinen, innerlich war sie gewiß entrüstet. Der Gedanke lag nur zu nahe, daß, nun er das väterliche Vermögen geerbt hatte, das junge Mädchen von dunkler Herkunft seinen Ansprüchen nicht mehr genügte.

Alles was er hätte sagen können, um seinen veränderten Entschluß zu erklären, würde sie nicht überzeugt haben, wie sehr sie ihm unrecht tat. So stellte er denn nur noch die Frage, ob sie auch, ihrem Versprechen gemäß, gegen Fräulein Evans geschwiegen und ihr nichts von seinen Gefühlen für sie mitgeteilt habe.

Ihre Versicherung, daß das junge Mädchen durch sie kein Wort davon wisse, beruhigte ihn sichtlich. Im Begriff, von der gutherzigen Lehrerin Abschied zu nehmen, fragte er, schon auf der Türschwelle stehend, wo Sofie jetzt sei und ob sie nicht Auskunft über ihre Freundin geben könne.

»Sie ist noch bei mir, Herr White, aber viel kränker, als da Sie sie zuletzt sahen. Es hat ihr fast das Herz gebrochen, als Marys Briefe ausblieben. Soll ich Sie vielleicht zu ihr führen?«

Stanhope zögerte einen Augenblick, aber das Wiedersehen wäre zu schmerzlich gewesen.

»Ich werde ihr einen Korb mit schönen Blumen schicken. Sagen Sie, daß sie von einem Freunde kommen, der um Marys Verlust ebenso tief trauert, wie sie selbst.«

Auf dem Heimweg überlegte Stanhope, was er nun tun solle. Er hatte beschlossen, seine Wohnung im Klub zu nehmen, vorher aber noch eine kleine Erholungsreise ins Gebirge zu machen. Jetzt fühlte er aber ein unwiderstehliches Verlangen, sich nach Philadelphia zu begeben, und beschloß, schon in den nächsten Tagen die Reise anzutreten. Während der Überfahrt auf der Fähre dachte er darüber nach und überflog dabei mechanisch die Abendzeitung, die er sich unterwegs gekauft hatte. Der Name seines Vaters ward häufig darin erwähnt; man gedachte rühmend seiner Verdienste und beklagte sein jähes Ende. Die Zeitungen brachten damals viele solche Artikel, aber Stanhope war außerstande, sie zu lesen. Die Zweifel an der Gesinnung seines Vaters gegen ihn in der Todesstunde verdüsterten sein Gemüt und machten ihm jede Erwähnung seines Namens zur Qual. Er wandte das Zeitungsblatt um und stutzte betroffen, als sein Auge auf die folgenden Zeilen fiel:

Geheimnisvolles Verschwinden des Mannes mit der Narbe.

»Thomas Dalton ist seit dem 20. des Monats nicht in seine Wohnung auf dem Markham-Platz Nr. 6 zurückgekehrt. Er ist ein Mann von zweiundfünfzig Jahren und hat ein seltsames Erkennungszeichen auf der linken Handfläche, nämlich zwei Narben, die sich in schräger Linie kreuzen. Es wird dringend geboten, Nachricht über den Aufenthaltsort dieses Mannes unter obiger Adresse an seine Tochter gelangen zu lassen.«

Eine solche Narbe, wie die hier beschriebene, hatte Stanhopes Vater auf der linken Handfläche getragen. Ein merkwürdiges Zusammentreffen! Und jener Dalton war obendrein an Herrn Whites Todestag verschwunden. Wenn es auch Torheit war zu glauben, daß dies nicht auf bloßem Zufall beruhe, so vermochte Stanhope doch den Gedanken nicht los zu werden, daß zwischen den beiden so seltsam gezeichneten Männern irgend eine Verbindung bestehen müsse. Wie sein Vater zu der Narbe gekommen war, hatte er nie erfahren. Er erinnerte sich, daß er als kleiner Knabe einmal danach gefragt hatte, und dachte noch mit Schrecken daran, wie düster sich des Vaters sonst so heitere Stirn umwölkte. Auch die Mutter wußte es nicht, bei welcher Gelegenheit der Vater seine Hand so schrecklich verletzt hatte. Sie bedeutete ihm nur, daß er nie wieder davon sprechen sollte, weder mit ihr, noch sonst jemand auf der Welt.

Stanhope erwähnte denn auch die Narbe nie wieder, aber in Gedanken beschäftigte er sich oft damit und jetzt, da seine Neugier auf so seltsame Weise erregt worden war, ließ sie sich nicht wieder beschwichtigen.

Als er aus der Fähre ans Ufer stieg, stand sein Entschluß fest. Er wollte sich unverzüglich nach dem Markham-Platz begeben und Näheres über den Mann zu erfahren suchen, der an der linken Hand genau dieselbe Narbe trug wie sein Vater.

Zwölftes Kapitel.
Markham-Platz Nr. 6

Die Dämmerung war bereits hereingebrochen als Stanhope die Stadt erreichte. Bald leuchteten an allen Seiten funkelnde Lichter auf und mahnten ihn, daß er klüger tun würde, das Unternehmen auf den folgenden Tag zu verschieben, statt sich allein zur Nachtzeit in eine ihm völlig unbekannte Gegend zu wagen. Aber seine Ungeduld war zu groß; er dachte an keinen Aufschub. Nach einigen Erkundigungen fand er den Weg in jenen abgelegenen Stadtteil. Er hatte erwartet, überall dem Anblick von Armut und Not zu begegnen und war angenehm überrascht, als er um die Ecke der kleinen Straße bog, die auf den Platz führte, daß die Gebäude ringsum zu der besseren Klasse von Mietshäusern gehörten und einen saubereren, anständigen Eindruck machten.

Nr. 6 war bald gefunden; auf Stanhopes Läuten öffnete eine lahme, alte Frau die Tür. Sie sah den stattlichen jungen Herrn zuerst verdutzt an, sobald er aber den Namen Dalton nannte, geleitete sie ihn dienstbeflissen durch einen schmalen Gang nach einer Glastür, die von innen mit einem Vorhang bedeckt war.

»Da drinnen hat er gewohnt,« sagte sie mit schlauem Lächeln; aber er ist fort. Eines Tages ging er aus und kam nicht wieder. Seine Tochter weiß sich nicht zu raten und zu helfen.«

Während sie sprach glaubte Stanhope einen Aufschrei zu hören und sah sich bestürzt um.

»Fräulein Dalton fürchtet sich vor fremden Leuten,« bemerkte die Alte, welche das Geräusch auch vernommen hatte.

»War das die Tochter und ist sie noch ein Kind?«

Die Alte grinste. »Jung genug ist sie wohl.«

»Ich möchte sie nicht beunruhigen,« sagte er. Ist sonst niemand im Hause, der ihren Vater gekannt hat?«

»Mein Mann kann Ihnen Auskunft geben, wenn er will. Manchmal ist er aber brummig und man muß ihm erst die Zunge lösen. Sie haben wohl keinen Tabak bei sich?«

»Nein, aber der läßt sich kaufen.«

Er drückte ihr ein Geldstück in die Hand und sie hinkte ihm voran den Gang hinunter nach einer Stubentür, in die sie eintrat.

Im Begriff ihr zu folgen, blickte er noch einmal zurück. Was war das? Träumte er, oder sah er sich plötzlich in eine Welt entrückt, wo selige Geister einander begegnen? Da stand sie in der Glastür, sein Liebling, seine Mary, mit ausgestreckten Armen, die Augen von Tränen überströmt. Nein, das war keine Täuschung; sie war es selbst, er hatte sie wieder gefunden – und an diesem Orte!

»Mary,« rief er, alles um sich her vergessend. Aus diesem einen Worte sprach sein ganzes Sehnen und Verlangen. Sie hörte es und über ihr liebreizendes Antlitz flog ein holdes Lächeln; sie war in dem verflossenen Jahr zur Jungfrau erblüht.

»Gott schickt mir einen Freund, gerade da ich ihn am nötigsten brauche,« rief sie, und trat wieder in das Zimmer zurück. Stanhope folgte ihr, doch die Tür hinter ihr blieb offen.

»Ich kam, um Thomas Dalton zu suchen, der verschwunden ist,« sagte er; »daß ich Sie hier finde –«

»Der, den Sie Thomas Dalton nennen, ist mein Vater,« stammelte sie. »Ich weiß nicht warum – ich verstehe weder dies, noch manche andere Seltsamkeit unseres Lebens. Seit wir hier wohnen, hat er den Namen Dalton angenommen.«

Stanhope erschrak bis ins Herz hinein. War diese holde Gestalt die Tochter eines Abenteurers? – Die Anstalt, in der sie erzogen worden, hatte einen zu guten Ruf, als daß ihm ein solcher Gedanke je in den Sinn gekommen wäre; und doch – sie las die Zweifel in seinen Mienen.

»Mein Vater besitzt hohe Bildung und Gelehrsamkeit,« versicherte sie; »aber er ist nicht wie andere Leute, und deshalb erscheint sein Tun mir oft rätselhaft und Ihnen vielleicht auch.«

Es sprach so viel echt weibliche Würde aus diesen Worten, daß Stanhope davon aufs Tiefste gerührt ward. Hätte er seinem Herzen folgen können, er würde sie auf der Stelle mit sich genommen haben, weit weg aus dieser zweifelhaften Umgebung, dahin, wo ihr seine Liebe die eigene Heimstätte bereiten wollte. Aber es lag ja ein Abgrund zwischen ihnen, den er nicht überschreiten sollte, – das durfte er nicht vergessen.

»Teilen Sie mir mit, was Sie beunruhigt,« sagte er mit brüderlicher Herzlichkeit, »vielleicht kann ich Ihnen helfen und einen Ausweg finden. Haben Sie keine Ahnung, wohin Ihr Vater gegangen ist?«

»Nicht die geringste.«

Er sah sich jetzt genauer in dem seltsam ausgestatteten Raume um, in welchem sie sich befanden. Das Zimmer war einfach möbliert, doch keineswegs ärmlich, und auf dem breiten Bücherbrett, das rings an den vier Wänden herum lief, standen viele Werke von bedeutendem Wert, wie er auf den ersten Blick erkannte.

Sie beobachtete ängstlich, wie seine Augen von der dunklen Zimmerdecke nach der bloßen Diele wanderten und von dort nach dem Tisch, der mit sonderbaren Dingen von unheimlichem Aussehen bedeckt war, über deren Zweck und Wesen sie sich schon häufig selbst den Kopf zerbrochen hatte, wenn sie den Vater damit arbeiten und hantieren sah.

»Besitzen Sie denn außer Ihrem Vater keine Angehörigen?« fragte Stanhope nach einer Pause.

»Nein,« lautete ihre Antwort, wir stehen ganz allein in der Welt. Meine Freundinnen aus der Schule sind die einzigen, die ich je besessen habe. Ich fühle mich sehr einsam.«

»Sind Sie, seit Ihr Vater fort ist, hier ganz allein in der Wohnung geblieben?«

»Freilich,« versetzte sie zusammenschauernd, »es ließ sich ja nicht ändern. Ich mußte ihn hier erwarten, wo er von mir gegangen ist. Hätte er mich nicht von meinen Freunden getrennt – aber ich darf nicht so über meinen Vater reden. Er ist die Güte selbst gegen mich. So lange er bei mir ist, fehlt mir nichts, nur in seiner Abwesenheit fühle ich mich bedrückt. Weshalb nur hat er mich ohne ein Abschiedswort verlassen? Er mußte doch wissen, wie bang mir zu Mute sein würde. Glauben Sie, daß ihm ein Unglück zugestoßen sein kann?«

Sie sah ihn mit verstörten Blicken an.

Statt der Antwort schwebte Stanhope eine Frage auf den Lippen, die er für sein Leben gern gestellt hätte. Doch fürchtete er sie zu kränken.

»Wie ist denn das Äußere Ihres Vaters –« sagte er endlich; »können Sie ihn mir beschreiben – ist er groß?«

»Nein, eher klein und schmächtig, nicht so groß wie Sie.«

»In der Zeitung ist eine Narbe erwähnt, die er an der linken Hand hat. Trägt er sonst kein bemerkenswertes Kennzeichen?«

»Ich verstehe nicht, was Sie meinen.«

»Hat er nie die Blattern gehabt, ist er nicht pockennarbig?«

»Bewahre, wie kommen Sie darauf? Mein Vater hat schöne und feine Züge, das Gesicht eines Gelehrten; aber er sieht oft sorgenvoll aus.«

Stanhope sah ein, daß er auf einer falschen Fährte gewesen war. Dieser Mann hatte also nicht die Pistole für seinen Vater gekauft. Er war enttäuscht, faßte sich jedoch schnell.

»Wie schien denn seine Stimmung, ehe er verschwand? War sie gedrückter als gewöhnlich?«

Die Tränen, die in ihren Wimpern gezittert hatten, rollten ihr jetzt langsam über die Wangen.

»O ja; aber ich darf Ihnen nichts davon sagen, er hat mir immer verboten, von seinen Angelegenheiten zu reden; er muß einen furchtbaren Schrecken gehabt haben, denn sein Gesicht –« sie stockte, die bloße Erinnerung machte sie schaudern.

Aber Stanhope durfte sie nicht schonen; nicht nur um seinetwillen, sondern auch in ihrem eigenen Interesse mußte er das Verhör fortsetzen. »Wenn Ihr Vater gefunden werden soll, Fräulein Evans (der Name Dalton wollte ihm nicht über die Lippen), so dürfen Sie nichts vor mir verbergen,« sagte er eindringlich.

Sie zögerte und schwankte, offenbar wurde ihr der Entschluß schwer. Doch plötzlich ermannte sie sich. »Sie sollen alles wissen,« rief sie. »Wie kann ich schweigen, wenn sein Wohlergehen, vielleicht sein Leben auf dem Spiele steht – er selbst würde das nicht verlangen. Nicht wahr, Sie werden mein Vertrauen ehren und weder die Polizei unterrichten, noch –« Sie hielt plötzlich inne und deutete nach dem Hausgang. »Die Wirtsleute horchen,« flüsterte sie.

»Sprechen wir leiser,« riet er, »ich möchte die Tür nicht schließen. Die Alte hat einen bösen Ausdruck im Gesicht und Sie sind zu schutzlos, um ihre üble Nachrede gering zu achten.«

»Wohl wahr,« sagte sie errötend. »Könnte ich nur zu Fräulein Grazia gehen. Aber mein Vater würde das nicht wünschen. Er glaubt sicher mich hier zu finden bei seiner Rückkehr – wenn er je wiederkommt.«

Stanhope hegte andere Pläne für sie, aber er beschloß, noch nicht damit hervorzutreten. Er hatte sich so gestellt, daß er den Gang übersehen konnte.

»Wollten Sie mir nicht sagen –« drängte er.

»Was meinen Vater erschreckt hat? Wenn ich es nur selber wüßte! Er saß hier am Tisch, – sie deutete auf den alten grünen Ledersessel – ich hörte ihn plötzlich aufspringen, eilte aus dem hinteren Zimmer herbei und fand ihn an dem Platz, wo Sie jetzt stehen, zitternd wie Espenlaub. Ich hatte ihn schon oft in ähnlichem Zustand gesehen, aber niemals in solcher Angst und mit so wilden Blicken. Noch ehe ich genug Fassung wiedergewonnen hatte, um ihn zu fragen was ihm fehle, zog er einen Schlüssel aus der Tasche, warf ihn mir zu und stürzte zur Tür hinaus. Als ich ihm nacheilte, war er schon fort aus dem Hause und ich konnte ihn unter der Menge auf der Straße nicht mehr entdecken. Seitdem ist er verschwunden; es scheint mir so seltsam, so schrecklich.«

»Aber,« warf Stanhope ein, »ist er denn barhaupt fortgegangen? Wissen Sie, ob er Geld bei sich hatte?«

»Damit war mein Vater immer reichlich versehen,« beteuerte sie im Flüsterton und mit einem Seitenblick nach der Zimmerecke, wo ein alter Kasten stand. Den Hut hatte er im Vorbeigehen vom Tisch genommen, wo er ihm stets zur Hand lag; ich durfte ihn niemals forthängen, auch sonst nichts auf dem Tisch anrühren.«

Stanhope betrachtete die Gegenstände genau, welche methodisch auf dem Tisch geordnet waren.

»Ihr Vater hat sich mit elektrischen Versuchen beschäftigt,« sagte er.

»So – meinen Sie? Dann ist dies wohl auch eine elektrische Maschine? Sehen Sie, bitte!«

Sie war leicht wie eine Elfe durch das Zimmer geglitten, wo sie in der dunkelsten Ecke einen langen Vorhang zurückzog, den er bisher nicht bemerkt hatte. Er folgte ihr und beugte sich vor, um den enthüllten Gegenstand näher zu betrachten.

»Fassen Sie es nicht an,« rief sie schreckensbleich und streckte die Hand aus, um ihn zurückzuhalten; dabei entglitt ihr der Vorhang und schloß sich wieder, so daß er den Gegenstand ihrer Furcht aufs neue verbarg. »Verzeihung,« stammelte sie, »ich war zu hastig – aber mein Vater –«

»Es ist doch nichts geschehen, – ich glaubte einen Schrei zu hören,« tönte jetzt eine dünne Stimme hinter ihnen; die lahme Alte stand in der Tür.

»Fräulein Dalton hat sich ein wenig erschreckt, als sie mir ihres Vaters Apparat zeigen wollte,« erklärte Stanhope mit rascher Geistesgegenwart. »Wir sind alte Bekannte, das Fräulein und ich.«

»Das ist ja schön; vielleicht können Sie ihr etwas Trost zusprechen,« versetzte die Alte mit erheuchelter Gutmütigkeit und hinkte wieder hinaus.

Mary atmete erleichtert auf. »Ich bin froh, daß sie die Maschine nicht gesehen hat. Vater wurde einmal sehr böse als sie hereinkam, während der Vorhang aufgezogen war. Er hat sie nie jemand gezeigt, und wenn Leute im Zimmer waren, mußte ich immer acht geben, daß keiner in die Nähe kam. Ich fürchte mich selbst davor und vermeide jene dunkle Ecke so viel wie möglich. Wo ich den Mut hergenommen habe, sie Ihnen zu zeigen, weiß ich selbst nicht.«

Stanhope hätte die Maschine gern noch einmal gesehen, doch wagte er nicht darum zu bitten. »Sie haben so lange hier mit Ihrem Vater allein gelebt, das ist der Grund Ihrer nervösen Ängstlichkeit,« sagte er.

»Wohl möglich,« murmelte sie und versank in träumerisches Sinnen.

Wie sie so dastand in ihrem einfachen Kleide, konnte er die Augen nicht abwenden von der zarten, lieben Gestalt. Die reine weiße Stirn, umrahmt von einer Fülle krausen Goldhaars, der kindlich sanfte Blick der Augen, die fein geschwungenen Linien um Nase und Mund, die dem Gesicht einen so vornehmen, geistvollen Ausdruck verliehen, die weiche Rundung von Kinn und Wange – kurz, die ganze entzückende Erscheinung, halb schelmische Anmut, halb weibliche Würde, fesselte ihn unwiderstehlich.

In ihrem Innern schien ein Kampf vorzugehen. »Warum haben Sie mich nur gefragt,« flüsterte sie nach einer Weile, »ob mein Vater Blatternarben im Gesicht hätte? Ist Ihnen ein solcher Mann bekannt?«

Er fühlte, wie ihm die Röte in die Wangen stieg. War ihm denn ganz entfallen, was ihn eigentlich in dieses Haus geführt hatte? Dachte er nur noch an sie und ihren Kummer?

»Erst möchte ich wissen, ob Sie einen solchen Mann kennen,« erwiderte er vorsichtig.

»Nein, aber sobald mein Vater fort war, kam ein pockennarbiger Herr hier ins Zimmer und fragte nach ihm. Ich dachte, Sie hätten vielleicht davon gehört und vermutet, daß er mit meinem Vater in Verbindung stehe.«

Bei diesen überraschenden Worten hatte Stanhope Mühe, seine Fassung zu behaupten. »Sie haben ganz recht,« sagte er und seine Stimme bebte; »wie sah denn der Mann sonst aus, können Sie ihn mir beschreiben?«

»Er war sehr groß und breitschulterig. Seine Augen waren zum Fürchten – ich glaubte, ich müsse vergehen vor seinem Blick.«

»Ging er gleich wieder fort, als er Ihren Vater nicht fand?«

»Ja, doch schaute er sich erst im ganzen Zimmer um, auch mich sah er an und verzog sein Gesicht zu einem häßlichen Lachen.«

»Und gleich nachdem Ihr Vater verschwunden war, kam er?«

»Jawohl; ich traf ihn schon hier, als ich wieder eintrat; Frau Braun war bei ihm; die Alte, welche Sie eben sahen.«

»Also war er schon im Hause, als Ihr Vater es so eilig verließ. Vielleicht –« Er stockte. Sollte er Furcht und Argwohn in des Mädchens Brust erwecken? »Hat er irgend einen Auftrag hinterlassen oder gesagt, er würde wiederkommen?« forschte er weiter.

»Nein, er blieb nur noch einmal auf der Schwelle stehen und lachte höhnisch. Mir war sein Besuch sehr unheimlich, und als mein Vater gar nicht wiederkam, fing ich an zu fürchten –«

»Sie dürfen nicht hier bleiben,« fiel ihr Stanhope eifrig ins Wort. »Ich würde es mir nie verzeihen, wenn ich Sie mit Ihrer Angst allein ließe. Packen Sie Ihre nötigsten Sachen zusammen –«

Sie schüttelte jedoch den Kopf. »Ich darf nicht von hier fort,« erklärte sie traurig und sorgenvoll. »Ihnen möchte ich den Grund sagen, aber es wäre gefährlich, wenn sonst jemand darum wüßte. Könnten wir nicht unsere Tür ein wenig schließen?«

Stanhope blickte in den Gang hinaus, es war niemand zu sehen, aber die Tür des gegenüberliegenden Zimmers stand gleichfalls offen. Er stieß dieselbe leicht zu, daß nur noch eine Ritze blieb. Dann schaute er Mary fragend an, aber sie schien unschlüssig, was sie tun solle.

»Ich bin zu jung und unerfahren für solche Verantwortlichkeit,« rief sie seufzend. »Vielleicht bege-he ich ein Unrecht gegen meinen Vater, wenn er noch lebt, aber ich fürchte, jener rätselhafte Mann mit den stechenden Augen ist schuld an seinem Verschwinden. Er hat sich noch einmal im Hause blicken lassen und – – – – hier,« sagte sie plötzlich entschlossen, »nehmen Sie diesen Schlüssel, er öffnet den Koffer dort drüben, prüfen Sie seinen Inhalt. Ich mißtraue den Brauns und werde unterdessen an der Tür Wache halten.«

Verwundert, was das zu bedeuten habe, tat Stanhope ihr den Willen. Der Schlüssel drehte sich leicht in dem Schloß des großen altmodischen Kastens, und als er den Deckel zurückschlug, sah er zu seinem Erstaunen nichts als eine Menge alter Kleider, sauber zusammengelegt und über die ganze Oberfläche ausgebreitet. Auf einen Wink Marys nahm er sie heraus und fand darunter einen wirklichen Schatz. Gold, Silber, Banknoten, Coupons von Staatspapieren, alles lag offen da auf einem viereckigen Stück Tuch aufgehäuft. Bestürzt breitete Stanhope die Kleider wieder darüber, als fürchte er, die Wände möchten das Geheimnis verraten und gierige Hände sich nach den Reichtümern ausstrecken.

»Den Kasten können Sie freilich hier nicht zurücklassen,« sagte er, Mary den Schlüssel wieder einhändigend, »den nehmen wir einfach mit.«

»Ich wußte nichts von dem Inhalt des Koffers; nie hatte ich einen Blick hineingeworfen,« versicherte sie. »Mein Vater war schon zwei Tage fort, als ich ihn öffnete. Daß er mir all das viele Geld überläßt, scheint darauf hinzudeuten, daß er lange fortzubleiben gedenkt. Meinen Sie nicht auch?«

Stanhope hielt es für ein Zeichen, daß der Mann in den Tod gegangen sei, doch sprach er seine Befürchtung nicht aus. Im Gegenteil, er beruhigte die Tochter mit der Versicherung, der Vater habe ihr alle nötigen Mittel zur Verfügung stellen wollen, für den Fall seiner längeren Abwesenheit. Sie glaubte dies gern und Stanhope erkannte, mit wie großer Liebe und Verehrung sie an ihrem Vater hing, trotzdem dieser sich in so viele Rätsel hüllte.

»Freilich,« rief sie, »das sähe ihm ganz gleich. Er war immer so liebevoll um mich besorgt und ließ es mir an nichts fehlen. Doch ahnte ich nicht, daß wir so reich wären. Der Mann mit den Blatternarben aber weiß es vielleicht, er könnte wiederkommen und dann —«

»Würde er weder Sie noch den Kasten mehr vorfinden,« ergänzte Stanhope. »Sofort werde ich einen Wagen holen lassen.«

»Wenn aber mein Vater zurückkehrte?«

»So wird er Ihren Aufenthaltsort erfahren. Ich bringe Sie zu Frau White; sie ist gut und freundlich und wird Sie herzlich willkommen heißen.«

Wie bleich sie plötzlich wurde! Sie schien einer Ohnmacht nahe. War der Druck so schwer gewesen, von dem sie sich jetzt befreit fühlte? Er wollte sie mit seinen Armen stützen, aber sie gab es nicht zu.

»Frau White?« stieß sie mühsam heraus. »Ihre Gattin?«

Ein Schwindel ergriff ihn. Deshalb also hatte Fräulein Grazia ihn mit so verstörten Blicken betrachtet! Mary liebte ihn, und sie war kein Kind mehr, sie hatte ihr Herz erkannt, und dies Herz sollte er brechen!

Dreizehntes Kapitel.
Neue Überraschungen

»Bewahre,« rief Stanhope, sobald er sich wieder gefaßt hatte, »ich bin nicht verheiratet. Die junge Witwe meines Vaters, von der ich sprach, ist ungefähr in Ihrem Alter. Sie vermag mehr für Sie zu tun als ich. Darf ich Sie zu ihr bringen?«

Er sah ihre Augen glänzen und die Farbe in ihre Wangen zurückkehren und dachte mit bitterem Schmerz an seines Vaters letzten Befehl. Als sie eingewilligt hatte, ihm zu folgen, machte er die Zimmertür weit auf.

»Ich will dem Hausmeister unser Vorhaben auseinandersetzen, während Sie den Koffer packen,« sagte er. »Sind Sie ihnen noch etwas schuldig, oder ist alles bezahlt?«

»Frau Braun hat sich gestern die Miete auf das nächste Vierteljahr von mir vorausbezahlen lassen.«

»Um so besser. Sie werden Ihres Vaters Bücher und den Apparat doch vorläufig hier lassen wollen.

Den Schlüssel zur Wohnung werden wir den Brauns freilich anvertrauen müssen.«

Mary zögerte noch einen Augenblick, sie kämpfte mit ihrem Gewissen; doch zeigte das glückliche Lächeln in ihren Mienen, wie gern sie sich den Anordnungen des Freundes fügte, dem sie von ganzer Seele vertraute.

Als sie in dem hinteren Zimmer verschwunden war, schickte Stanhope sich an, den Hausmeister aufzusuchen. Plötzlich stand er jedoch still und lauschte. Er hatte ein Geräusch vernommen, das nicht aus dem Nebenzimmer kam, wo Mary ihre Sachen zusammenpackte; auch war es verschieden von dem leisen Gemurmel, welches aus der Stube jenseits des Ganges zu ihm herüberschallte. Sobald er darauf horchte, verstummte es, doch jetzt begann es von neuem und er zweifelte nicht länger, daß es leise, heimliche Fußtritte waren, die sich von der Haustür her näherten. Es dauerte lange, bis der Eindringling die kurze Strecke zurückgelegt hatte, so vorsichtig kam er herangeschlichen. Wer konnte es sein, und was suchte er zu dieser Abendstunde hier im Hause? Unwillkürlich dachte er an den pockennarbigen Mann. Vielleicht stand er schon im nächsten Augenblick dem einzigen Menschen gegenüber, der ihn über die wahre Ursache von seines Vaters Tod aufklären konnte.

Jetzt mußte er schon ganz dicht herangekommen sein, denn der Lauscher drinnen konnte ihn atmen hören, und doch trat er nicht ein. Stanhope ertrug die Spannung nicht länger, rasch öffnete er die Tür und blickte hinaus.

Er sah eine Gestalt, die sich ängstlich zurückzog, — aber der pockennarbige Mann war es nicht. Ein bleiches, glattes Gesicht verbarg sich hinter dem breitkrempigen Hut. Unter großen buschigen Brauen schauten ein paar scharfe Augen hervor und die feingeschnittenen Lippen bebten. Der Fremde war in einen losen Mantel gehüllt und sein braun gelocktes Haar, das über den Kragen herabhing, zeigte, daß er noch weit jünger sei, als der Ausdruck des Gesichts vermuten ließ.

Wer aber war dieser seltsame Mensch? Stanhope zweifelte nicht, daß es Herr Dalton selbst sein müsse. So verbeugte er sich denn ehrerbietig und war im Begriff, seine Anwesenheit an diesem Ort zu erklären, als jener sich hoch aufrichtete und mit argwöhnischer Stimme, der man jedoch eine große persönliche Erleichterung anhörte, in scharfem Tone rief:

»Wer sind Sie, Herr? Was haben Sie hier in meiner Wohnung zu tun? Wo ist meine Tochter?«

»Wenn Sie Herr Dalton sind, wie ich vermute, so erlauben Sie mir Ihnen zu sagen, daß Ihre Tochter soeben die nötigen Vorbereitungen trifft, um sich auf einige Zeit in den Schutz einer Dame zu begeben, da sie Ihre Rückkehr sobald nicht erwartete. Jetzt wird sie freilich wünschen hier zu bleiben.«

Der Argwohn des alten Mannes schien durch diese Antwort nicht gehoben. Er trat rasch in das Zimmer, und während er die Türe hinter sich schloß, blickte er sich nach allen Seiten um, wobei er besonders den geschlossenen Vorhang und den großen Koffer ins Auge faßte.

Auch das höchst anziehende Äußere des wohlgestalteten jungen Mannes, der ihm gegenüberstand, betrachtete er mit bedeutsamen Blicken.

»Wie kommen Sie dazu, sich für diese Angelegenheit zu interessieren?« fragte er scharf.

»Ich habe Fräulein Daltons Bekanntschaft in Bay Ridge gemacht,« lautete Stanhopes Antwort, »doch kam ich nicht hierher, um sie aufzusuchen; ich hatte andere Geschäfte hier im Hause und unser Wiedersehen war ein ganz zufälliges. Da ich im Laufe der Unterhaltung erfuhr, in welcher schwierigen Lage sie sich befand, hielt ich es für meine Pflicht ihr beizustehen.«

Das vertrauenerweckende Wesen des jungen Mannes, sein offener Freimut ließen keinen Zweifel an der Reinheit seiner Absichten aufkommen.

»Ich bin Ihnen sehr verbunden,« erwiderte Dalton kurz; »aber wie Sie sehen braucht meine Tochter keinen Beschützer mehr. Hier kann sie keine Besuche empfangen, ich empfehle mich Ihnen daher bestens.«

Stanhope verbeugte sich und griff nach seinem Hut. »Entschuldigen Sie mich, bitte, bei Fräulein Evans – Verzeihung,« stammelte er errötend, »unter diesem Namen kannte ich sie in Bay Ridge.«

»Es ist der Name, der ihr gebührt; vergessen Sie, daß sie je einen anderen getragen hat. Sie gehört einem höheren Gesellschaftskreise an und deshalb wünsche ich, daß sie sich Dalton nennt, so lange wir hier unsern Wohnsitz aufschlagen.«

»Für mich wird sie immer Fräulein Evans bleiben,« rief Stanhope.

Der alte Mann ging unruhig hin und her.

»Ich habe Sie nicht nach Ihrem Namen gefragt,« sagte er, »weil die Bekanntschaft auf keine Weise fortgesetzt werden kann; doch möchte ich Sie bitten, falls Sie in hiesiger Stadt wohnen und der Zufall Sie noch einmal mit meiner Tochter zusammenführen sollte, derselben als ein Fremder gegenüber zu treten.«

Höchlich betroffen über diese Zumutung zauderte Stanhope, eine Antwort zu geben. War es denn nicht überhaupt am besten, wenn er Mary nie wiedersah? Sie durften einander nicht angehören; sein Lebensglück war zerstört, aber auch ihr innerer Friede schien gefährdet – das hatte ihm die kurze Zeit ihres beglückenden Beisammenseins deutlich gezeigt. In einer Trennung auf Nimmerwiedersehen lag für sie das einzige Heil. Aber er wagte nicht, das furchtbare Wort auszusprechen und ohne Abschied von ihr zu gehen.

»Ich will tun, was Sie verlangen,« sagte er endlich, dem Alten, der bebend vor ihm stand, fest ins Auge blickend, »nur gestatten Sie mir zuvor, Fräulein Evans mitzuteilen, daß nicht mein Wunsch, sondern ihres Vaters Wille mich zwingt, ihr auf ewig Lebewohl zu sagen.«

»Dessen bedarf es nicht,« rief Dalton, »ich selbst —« er hielt erschreckt inne. Die Zimmertür öffnete sich und mit dem Freudenruf: »Mein Vater,« kam Mary hereingestürzt und lag an des Alten Brust.

Stanhope warf noch einen wehmütigen Blick auf das geliebte Mädchen: »Ich sehe, Sie bedürfen meiner Dienste nicht länger, Fräulein Evans,« sagte er in gepreßtem Ton. »Wenn ich fort bin, fragen Sie Ihren Vater, warum ich jetzt so plötzlich scheide und weshalb wir uns fortan nur begegnen dürfen, als hätten wir uns nie gekannt.«

Er war im Begriff sich zu entfernen, als ein halb zorniger halb angstvoller Ausruf Daltons ihn auf der Schwelle zurückhielt.

»In die Zeitung eingerückt? Unglückliche, was hast du getan! Wie lautete die Anzeige, sprich – sage sie mir Wort für Wort.«

Sie vermochte vor Schrecken keinen Laut hervorzubringen.

»Rede,« drängte er, »die Spannung bringt mich um. Welchen Namen hast du genannt – Dalton oder Evans?«

»Dalton, Dalton,« stammelte sie. »Ich wußte nicht, daß ich unrecht tat; ich fürchtete, es sei dir ein Leid geschehen – o, sieh mich nicht so an –«

»Sage mir den Wortlaut der Anzeige – das ist alles, was ich wissen will.«

Sie schaute verwirrt und ratlos um sich, das Gedächtnis schien ihr zu versagen; da begegnete sie Stanhopes mitleidsvollem Blick.

»Frage ihn,« flehte sie, »er muß die Anzeige gelesen haben.«

Rasch zog Stanhope das Zeitungsblatt aus der Tasche, welches den bewußten Aufruf enthielt.

Daltons Zorn war verflogen; er las die Zeilen ohne sichtliche Bewegung, nur als er die Narbe erwähnt fand, sah ihn Stanhope die Linke plötzlich krampfhaft schließen.

»Es ist nicht so schlimm, als ich dachte,« beruhigte er seine ängstlich bebende Tochter. »Sage, mein Kind, hat sich niemand nach mir erkundigt während meiner Abwesenheit? Hast du keinen Besuch gehabt?«

Stanhope bezwang sich nicht länger; vielleicht war der Augenblick gekommen, seine eigenen Zweifel zu lösen. »Ein Mann ist hier gewesen,« rief er »und hat sich überall im Zimmer umgesehen. Er hat Blatternarben im Gesicht; sein keckes Benehmen hat Fräulein Evans so sehr erschreckt, daß ich ihr aus diesem Grunde riet, im Hause einer mir befreundeten Dame Schutz und Zuflucht zu suchen. Sie fürchtet, der Mann möchte wiederkommen.«

Dalton schien einer Ohnmacht nahe, er hielt sich nur mühsam aufrecht und blickte angstvoll nach der Tür.

»Wann war das?« stöhnte er; »doch nicht heute?«

»Nein, schon vor einigen Tagen,« erwiderte die Tochter rasch. »Aber gestern war er wieder hier im Hause, ich sah ihn die Treppe hinaufgehen, ich glaube er hat ein Zimmer im oberen Stock gemietet.«

Eine wahnsinnige Angst bemächtigte sich des alten Mannes. »Warum hast du das nicht gleich gesagt!« rief er. »Weißt du nicht, daß er mein Feind ist? Zehn kostbare Minuten sind verloren, in denen ich hätte handeln können.« Jetzt fiel sein Blick auf Stanhope, dessen Gegenwart er ganz vergessen zu haben schien. »Sie müssen entschuldigen,« stammelte er, »aber ich habe allen Grund jenen Mann zu fürchten – glauben Sie, daß mich jemand hat ins Haus kommen hören?«

»Die Brauns vielleicht,« erwiderte Stanhope, »ihre Zimmertür steht offen und wir haben nicht allzu leise gesprochen.«

»Man muß den Brauns Geld geben, sie sind bestechlich. Hier sind fünf Dollars, zehn, zwanzig – nur damit sie schweigen. – Sie aber, mein Herr, sagten Sie nicht, Sie wollten meine Tochter an einen sicheren Ort bringen? Das ist ein guter Gedanke, ich weise ihn nicht zurück. Können Sie den Plan noch ausführen, so soll meine Tochter rasch zusammenpacken was sie braucht, denn sie darf keine Nacht mehr hierbleiben und ich auch nicht.«

Die plötzliche Wendung der Dinge überraschte Stanhope so sehr, daß er keines Wortes mächtig war. Er verbeugte sich stumm zum Zeichen seiner Einwilligung.

»Wir werden Sie nicht lange warten lassen,« rief der Alte, »bleiben Sie unterdessen als Wächter hier, in fünf Minuten sind wir wieder bei Ihnen.« Er schritt mit der Tochter auf das Hinterzimmer zu.

»Aber,« rief Stanhope, aus seiner Erstarrung erwachend, »wir brauchen einen Wagen, Fräulein Evans' Koffer muß fortgeschafft werden.«

»Ich will für alles sorgen,« erwiderte der Alte, »nur bleiben Sie – erwarten Sie uns hier.«

Mary warf Stanhope noch einen freudestrahlenden Blick zu, dann verschwand sie mit ihrem Vater im Nebenzimmer.

Schon im nächsten Augenblick kam der Alte jedoch zurück, schritt rasch auf die Kiste zu, welche den verborgenen Schatz enthielt, beugte sich nieder, warf die Kleider heraus und verließ gleich darauf ohne Wort und Gruß das Zimmer wieder, einen kleinen Reisesack in der Hand.

Vermittelst einer sinnreichen Vorrichtung hatte sich das Stück Zeug auf dem Boden der Kiste durch einen einzigen Griff in einen Geldsack verwandelt.

Stanhope befand sich in einer schwierigen Lage. Solange er das Mädchen allein und schutzlos wußte, war es seine Pflicht gewesen, ihr zur Seite zu stehen. Doch nun ihr natürlicher Beschützer zurückgekehrt war, lagen die Sachen ganz anders. Daß Herr Evans ihm die Tochter anvertrauen wollte, ohne auch nur nach seinem Namen zu fragen, mußte ihm zum mindesten befremdlich erscheinen, es warf ein noch abenteuerlicheres Licht auf den Vater, der seiner Tochter Wohlfahrt und Glück so rücksichtslos aufs Spiel setzte.

Von solchen und ähnlichen Gedanken beunruhigt, bemerkte Stanhope nicht, wie die Zeit verfloß. Endlich dauerte ihm das Warten doch zu lange; er zog seine Uhr heraus und horchte. Im Nebenzimmer war alles still, nicht einmal Marys leichter Tritt ließ sich vernehmen. Er beschloß, die Uhr in der Hand, noch fünf Minuten zu warten. Bald jedoch bezwang er seine Ungeduld nicht länger; er eilte nach der Tür und klopfte, – als keine Antwort erfolgte trat er ein.

Das Zimmer war leer, die Tür am andern Ende stand offen; sie führte in den Hausgang und von da durch ein Hinterpförtchen auf die Straße. Stanhope erkannte auf der Stelle, daß er nicht weiter zu suchen brauche. Vater und Tochter waren entflohen; wahrscheinlich würde er das geliebte Mädchen niemals wiedersehen – der Traum seines Lebens war vorüber. –

Stanhope war im Begriff den Ort zu verlassen; aber da lag ja noch auf dem Tisch das Geld, welches Dalton dorthin geworfen hatte. Es war bestimmt, die Brauns zum Schweigen zu bewegen. Was würden sie von der plötzlichen Flucht jener beiden denken, die so unmittelbar auf die unerwartete Rückkehr des Vaters gefolgt war? – Der junge Mann hielt es für seine Pflicht, zu einer Verständigung mit den Hausmeistersleuten zu kommen, obgleich ihm diese Aufgabe höchlich zuwider war.

Der alte Schuhflicker, ein weißhaariger, mürrischer Mann, saß in seiner Ecke bei der Arbeit, ohne bei Stanhopes Eintritt auch nur aufzublicken. Desto bereitwilliger ging seine geschwätzige Frau auf alles ein, was von ihr verlangt wurde. Begierig griff sie nach den Banknoten und versprach reinen Mund zu halten über Herrn Daltons Kommen und Gehen. Es sei ganz richtig, daß das schöne Fräulein den Mietzins für das nächste Vierteljahr vorausbezahlt habe; sie werde das Zimmer verschließen, und möchten die Herrschaften zurückkommen oder nicht, sie würden ihr Hab und Gut stets finden, wie sie es verlassen hätten; der junge Herr solle nur ganz ohne Sorge sein.

»Noch eins,« rief Stanhope, ihren Redeschwall unterbrechend: »Hier im Hause wohnt ein Mann, den ich sprechen muß. Ich kann mich nicht auf seinen Namen besinnen; er ist groß und breitschulterig und hat ein Gesicht voll Blatternarben.«

Der Schuhflicker war aufgestanden und öffnete schon den Mund zum Sprechen; aber seine Frau kam ihm zuvor.

»Ein solcher Mensch wohnt hier nicht,« rief sie schnell.

»Daß er vor einigen Tagen hier gewesen ist, weiß ich,« entgegnete Stanhope. »Er hat im oberen Stock ein Zimmer bewohnt.«

»Bewahre,« rief die Frau, »nur angesehen hat er's, aber nicht gemietet. Er sagte, es sei zu unsauber und ging wieder.«

»Wie heißt der Mann?«

»Glauben Sie, daß ich jeden, der meine Zimmer ansieht, nach seinem Namen frage?«

»Ich habe eine Schuld an ihn zu zahlen,« fuhr Stanhope fort, »wenn er je wieder kommen sollte – –«

»Die Zimmer waren ihm ja nicht sauber genug, da wird er sich schwerlich noch einmal blicken lassen.«

Bei diesen Worten schaute ihn die Alte mit einem Blick voll so überlegener Schlauheit an, daß Stanhope einsah, er würde ihr nichts entlocken, was sie entschlossen war, zu verschweigen. Nachdem er Frau Braun nochmals eingeschärft hatte, für das Eigentum der Daltons Sorge zu tragen, da es sicher abgeholt werden würde, wenn die Besitzer nicht zurückkehrten, verließ er das Haus, in welchem er innerhalb weniger Stunden soviel Unerwartetes erlebt hatte.

Drittes Buch.
Herzenskämpfe.

Vierzehntes Kapitel.
Eine Überraschung

Es gibt Ereignisse, welche so tief in unser Leben eingreifen, daß wir fühlen, die Zukunft, wie sie sich auch gestalten möge, könne zu unserer Vergangenheit in keinerlei Beziehung mehr stehen. An einem solchen Lebensabschnitt war Stanhope jetzt angekommen. Während er durch die nächtlichen Straßen seinem Hause zufuhr, sehnte er sich, so schnell wie möglich aus dem Lärm und Gewühl in die Ruhe und Stille seiner eigenen Gemächer zu gelangen. Gleich am nächsten Morgen wollte er sich dann in die Arbeit stürzen und durch rastlose Tätigkeit zu vergessen suchen, was ihm noch vor kurzem als das höchste Glück auf Erden erschienen war.

Der Traum war ausgeträumt; nun galt es eine Entscheidung zu treffen, welchem Beruf er seine Kräfte zuwenden wollte. Vielleicht würde er am besten tun, eine politische Laufbahn zu wählen, wie sie sein Vater in den letzten Jahren mit so großem Erfolg betreten hatte. Die Liebe aber wollte er aus seinem Herzen bannen, nebst allen weichen Gefühlen, die der Hoffnung stets neue Nahrung zuführen.

Unter solchen und ähnlichen Gedanken erreichte er endlich das Ziel seiner Fahrt. Völlig ermüdet von den mancherlei Eindrücken und Aufregungen des Tages, sank er bald in festen Schlummer, der ihm Stärkung und Erquickung brachte.

Als er am nächsten Morgen das Frühstückszimmer betrat, begrüßte ihn Frau White mit so freudigem Ausdruck, daß er sich erstaunt fragte, was das zu bedeuten haben könne; denn jede Lust lag seinem Herzen fern. Sie wandte nun den Blick nach dem Fenster hin und als Stanhopes Auge dem ihrigen unwillkürlich folgte, sah er dort eine blonde, junge Dame stehen mit krausem Haar und lieblichen Zügen, bei deren Anblick ihm alles Blut zum Herzen strömte.

»Meine neue Gesellschafterin,« sagte Flora und fügte dann, der Fremden näher tretend, freundlich hinzu: »Erlauben Sie mir, Ihnen Herrn White vorzustellen, liebe Mary. Herr White, dies ist Fräulein Dalton, deren Bekanntschaft ich meiner Freundin, Frau Delapaine, verdanke.«

Stanhope traute seinen Augen kaum, er fragte sich, ob er wache oder träume; die gestrige Überraschung war nichts im Vergleich zu dieser wunderbaren Begebenheit. Da stand das junge Mädchen, das er eben noch unter so ganz anderen Verhältnissen gesehen hatte, als Schützling der Witwe seines Vaters in dem reich ausgestatteten Gemach und blickte ihn vertrauensvoll und glücklich an, als sei nun aller Kummer zu Ende.

Um seine Verwirrung und Bestürzung zu verbergen, verneigte er sich tief und murmelte eine Erwiderung, die verbindlich klingen sollte. Ach, für ihn war dieses unerwartete Wiedersehen kein Glück, nur eine Erneuerung des qualvollen inneren Kampfes, der ihm allen Lebensmut raubte.

Die halbe Stunde, welche sie bei der Mahlzeit zubrachten, dünkte ihm eine Ewigkeit. Er selbst sprach wenig und hörte nur wie im Traum dem Geplauder der beiden Damen zu, welche wie zwei völlig gleichstehende Gefährtinnen traulich mit einander verkehrten. Ihm gegenüber zeigte sich Mary weder schüchtern noch befangen und doch schien auch sie sich an Daltons Worte zu erinnern, daß sie, wenn das Schicksal sie je wieder zusammen führte, einander als Fremde begegnen sollten. Auf seine höfliche Frage, ob sie immer hier am Orte gewohnt habe, erwiderte sie leicht errötend, aber mit ungezwungener Offenheit, sie habe meist in Philadelphia gelebt. Erst vor einigen Monaten sei sie mit ihrem Vater nach New-York gezogen, jedoch in eine weit weniger angenehme Gegend der Stadt als diese.

Ihre natürliche Anmut und die leichte sichere Art und Weise, mit der sie sich den neuen Verhältnissen anpaßte, erhöhten noch Stanhopes Verwunderung. Woher nahm sie diese Kenntnis der Welt und ihrer Umgangsformen? Hatte ihr Vater recht gehabt mit seiner Behauptung, sie sei für höhere Kreise bestimmt? Ihre Anwesenheit hier im Hause, Frau Whites Verkehr mit ihr wie mit einer Standesgenossin, das alles konnte unmöglich ein Spiel des Zufalls sein. Thomas Dalton hatte es zuwege gebracht, aber wie – das blieb für Stanhope ein Rätsel.

»Wie dankbar bin ich der guten Delapaine,« rief Frau White mit sichtbarer Freude, »erst neulich sprach ich mit ihr davon, daß ich eine Schwester, oder wenigstens eine Gefährtin haben möchte zum Trost in meiner Einsamkeit. Sie sagte, sie wisse eine junge Dame, die wie für mich geschaffen sei, und nun hat sie mir dies liebe Mädchen hier geschickt. Erst gestern Abend ist Fräulein Dalton angekommen und schon weiß ich, daß ich mir keine bessere Freundin wünschen könnte.«

Floras Blick ruhte bei diesen Worten mit aufrichtiger Bewunderung auf Mary; sie ahnte nicht, wie seltsam die Schicksalsfügung war, welche gerade diese drei Menschen hier zusammenbrachte.

Um dem Diener einen Befehl zu geben, trat Frau White einen Augenblick in das Nebenzimmer; auch Stanhope war aufgestanden; er griff eben nach der Morgenzeitung als er dicht neben sich Marys Stimme vernahm.

»Mein Vater hat mich hierher gebracht,« sagte sie in leisem aber festem Ton. »Mir ist es gerade so unverständlich wie Ihnen. Ich soll Frau White Gesellschaft leisten, mit Ihr ausfahren, ihr vorlesen. Verraten Sie mich nicht, um meines Vaters willen.«

Die Worte hatte sie sich wohl vorhin überlegt, als sie bei Tische saßen, aber die sichtbare Bewegung, mit der sie die Bitte vorbrachte, ihr liebliches Erröten war der unmittelbare Ausdruck ihres Gefühls.

Einen Moment noch ruhten Stanhopes Augen mit Wonne auf dem goldschimmernden Haar und den geliebten Zügen; dann verbeugte er sich ehrfurchtsvoll und ohne den geringsten Anschein geheimen Einverständnisses. Er legte die Zeitung hin, bat, Mary möge ihn bei Frau White entschuldigen, da seine Geschäfte ihn abriefen und verließ das Zimmer mit freundlichem Gruß.

Die Hand auf ihr klopfendes Herz gedrückt, blickte ihm das junge Mädchen nach. Für sie war dies Wiedersehen ohne Bitterkeit, das las man in ihren glückstrahlenden Mienen.

Fünfzehntes Kapitel.
Männerart

Mit dem festen Entschluß, seinen Koffer zu packen, um sofort nach Washington abzureisen, hatte sich Stanhope auf sein Zimmer begeben. Als er dort jedoch die inzwischen eingelaufenen Briefe durchzusehen begann, erkannte er bald, daß er sein Vorhaben fürs erste aufgeben müsse. Er bedurfte noch geraume Zeit, um die Geschäfte seines verstorbenen Vaters zu ordnen, und dieser Pflicht konnte er sich nicht entziehen.

Im Laufe des Tages erfuhr er, ohne besonders danach zu fragen, noch manche Einzelheit über Marys Ankunft im Hause. Ein Wagen hatte sie gebracht und zwar nur wenige Minuten vor seiner eigenen Rückkehr. Sie mußte also unverzüglich vom Markham-Platz dorthin gefahren sein. Ihren Koffer hatte sie nicht bei sich; derselbe kam bald nach dem Frühstück mit dem Paketwagen, er war ganz neu und gar nicht schwer; davon konnte sich Stanhope selbst überzeugen. Von ihrem Vater traf keinerlei Botschaft ein.

Gegen Mittag ging Stanhope in Geschäften aus und als um sechs Uhr die Essensstunde herannahte, begab er sich in das Klubhaus, wo er den Abend schreibend und lesend verbrachte. Es kostete ihm keine geringe Überwindung, der Stätte fern zu bleiben, nach der ihn seines Herzens Verlangen zog, aber das kurze Zusammensein mit Mary am Morgen hatte ihn darüber belehrt, daß er nur hoffen durfte, in dem Kampf Sieger zu bleiben, wenn er ihre früheren Beziehungen möglichst zu vergessen trachtete und die Gegenwart des geliebten Mädchens mied, soviel dies unter den schwierigen Verhältnissen tunlich war.

Dieser erste Abend war nur der Anfang einer langen und mühseligen Selbstüberwindung. Gern wäre er der Versuchung entflohen und hätte das Haus verlassen, in dem er sich gezwungen sah, den beiden Damen täglich mindestens einmal zu begegnen, aber die Pflicht bannte ihn unerbittlich an des Vaters Schreibpult. Mit Mary allein zu sein vermied er aufs Äußerste, und Flora, welche wußte, in wie seltsamer Lage er sich der ganzen Frauenwelt gegenüber befand, mußte es ja begreiflich finden, wenn er ihre Gesellschaft nicht vorzugsweise aufsuchte.

Trotzdem er sich aber so geflissentlich zurückzog, war es ihm nicht entgangen, wie schnell Mary heimisch geworden war in dem Reichtum und Luxus ihrer neuen Umgebung, ohne doch dabei etwas von ihrer Einfachheit und Natürlichkeit zu verlieren. In Floras Nähe erschien ihr Wesen noch anziehender als sonst. Die beiden waren fast unzertrennlich, man sah sie stets beisammen und die junge Witwe fand in der frischen, noch unberührten Seele und dem feingebildeten Geist ihrer liebenswürdigen Gefährtin einen Reiz und Genuß, wie ihn kein früherer Umgang je für sie gehabt hatte.

Daß Flora und Mary die Zurückhaltung Stanhopes schmerzlich empfanden, konnte dem jungen Mann nicht verborgen bleiben. In Floras Augen war er entschuldigt, aber wie sollte sich Mary sein seltsames Benehmen erklären? Die Wochen vergingen und mit Besorgnis nahm Stanhope in Marys Wesen eine steigende Unruhe wahr, ihr Frohsinn schwand und ihr Blick ward trübe. Der Gedanke, daß er, ohne es zu wollen, dem armen Kind vielleicht Kummer bereite, schmerzte ihn tief und er sann auf Mittel und Wege, sie, ohne ihr Zartgefühl zu verletzen, wissen zu lassen, weshalb es nicht mehr in seiner Macht stehe, über seine eigene Zukunft zu bestimmen.

Im Begriff auszugehen traf er eines Tages mit Flora, die aus der Stadt zurückkehrte, in der Vorhalle zusammen.

»Wie freue ich mich, Stanhope,« rief die junge Witwe lebhaft, »Sie einen Augenblick allein zu sehen. Sie vertiefen sich doch allzusehr in die Arbeit und entziehen uns Ihre Gesellschaft ganz und gar. Fräulein Dalton muß sich wirklich darüber wundern, daß Sie auch nicht einen Abend daheim zubringen. Wenn Sie jeden freundschaftlichen Verkehr mit uns Frauen meiden, müssen wir ja glauben, Sie seien ein Weiberfeind geworden.«

Flora war, während sie dies sprach, in das Wohnzimmer getreten, wohin ihr Stanhope mechanisch folgte. »Meine Zeit ist jetzt so sehr von anderen Dingen in Anspruch genommen, daß ich einstweilen auf die Freuden der Geselligkeit verzichten muß,« sagte er. »Sie dürfen mir das nicht als Unhöflichkeit auslegen. Fräulein Dalton wird es gewiß nicht tun; denn in ihrer Stellung kann sie wohl keine besonderen Ansprüche erheben.«

»In ihrer Stellung? Glauben Sie etwa, ich betrachte dies liebreizende junge Mädchen wie eine bezahlte Gesellschafterin? Sie ist mir eine liebe Freundin und der Umgang mit ihr mein größtes Vergnügen. Wundert Sie das etwa?«

»O nein,« entgegnete Stanhope, – »ich finde das sehr natürlich. Fräulein Dalton ist eine höchst anziehende Erscheinung.« Er sprach in einem Ton, der seine niedergeschlagene Stimmung deutlicher verriet, als er selber wußte.

Die junge Witwe sah ihn betroffen an. Eine Weile schwieg sie und fuhr dann mit völlig verändertem Wesen fort:

»Ich habe immer gehofft, Sie würden mir eine Mitteilung machen,« – sie stockte – »haben Sie noch keine Spur des jungen Mädchens gefunden, welches Sie –« der Satz blieb unvollendet, die Worte wollten ihr nicht über die Lippen.

»Fragen Sie mich nicht,« rief er heftig bewegt. »Ich bin gezwungen, das Gefühl aus meiner Seele zu reißen, und jede Hindeutung auf das, was ich für immer vergessen muß, macht mir den Kampf noch schwerer.«

Flora schrak unwillkürlich zurück: auf einen solchen Ausbruch war sie nicht vorbereitet. Sie warf einen trostlosen Blick um sich her; wie öde und wertlos erschien ihr in diesem Moment das Leben, die Welt, die Pracht und der Luxus, der sie umgab und um dessen Besitz sie noch vor wenigen Monaten ihr eigenes Selbst verhandelt hatte.

»Verzeihen Sie,« stammelte sie endlich, »daß ich Ihnen wehe getan habe. Es soll nie mehr geschehen. Ich sprach nur aus Freundschaft.«

»Und ich sprach aus der Tiefe meiner bekümmerten Seele. Vergeben Sie mir meine Ungeduld. Viel lieber will ich selber leiden, als jemand kränken, der so gütig und edel ist wie Sie.«

»Dies Lob verdiene ich nicht,« rief sie beschämt und dennoch beglückt, »aber ich will versuchen –«

Hier wurden sie von Felix unterbrochen, der eine Botschaft auszurichten hatte. Flora benutzte gern die Gelegenheit, um der Unterredung ein Ende zu machen, welche in ihrem Herzen wieder Gefühle wach gerufen hatte, die sie für immer erstickt zu haben glaubte. Sie folgte dem Diener ins Vorzimmer und bald hörte Stanhope sie die Treppe hinaufsteigen. Er seufzte tief auf und wollte sich eben entfernen; da sah er in der dunkelsten Ecke des Gemachs eine schlanke Gestalt sich von dem halb verborgenen Divan erheben und vor ihm stand mit bleichem Gesicht das geliebte Mädchen, welches fort und fort alle seine Gedanken beherrschte.

Der Anblick überwältigte ihn. »Mary!« rief er in namenloser Überraschung.

»Ich hatte Ihre Worte gehört,« sagte sie leise. »Es war nicht meine Schuld; dann aber schämte ich mich aufzustehen und das Zimmer zu verlassen.«

Er fühlte, daß der entscheidende Augenblick seines Lebens gekommen war. »Wenn Sie alles gehört haben,« entgegnete er, »so wissen Sie auch, daß ich einen tiefen, unheilbaren Gram im Herzen trage. Das Gefühl, von dem ich sagte, ich müsse es aus meiner Seele reißen, ist nichts anderes als meine Liebe zu Ihnen, Mary.«

Ein Ausruf der Verwunderung entrang sich ihren bebenden Lippen.

»Diese Liebe ist mein Verhängnis und meine Seligkeit, sie stürzt mich in Verzweiflung und bringt mir unsagbaren Schmerz,« fuhr er fort, ohne seine Leidenschaft, die er bisher mit starkem Willen gezügelt hatte, noch länger zurückzuhalten. »Von dem ersten Augenblick an, da ich Sie sah, liebte ich Sie mit aller Glut meines Herzens. Aber ein grausames Schicksal versagt mir die Freuden des Ehestandes. Sie mein zu nennen, wäre mein höchstes Glück, dennoch —«

»Ich bin nicht wert, Ihre Gattin zu sein,« flüsterte sie in schmerzlicher Bewegung.

Sie so gedemütigt zu sehen, vermochte er nicht zu ertragen. Er ergriff ihre Hand und beteuerte, daß sie für ihn stets die herrlichste Blume ihres Geschlechts sein würde.

»Aber weshalb —« begann sie, und fügte dann wie erschreckt über ihre eigene Kühnheit leise hinzu: »ich weiß – mein Vater, nicht wahr?«

Er schwieg einen Augenblick. Ja, Ihr Vater hätte vielleicht im Wege gestanden, wenn sonst kein Hindernis vorhanden gewesen wäre. Aber jetzt war er nicht der Stein des Anstoßes.

»Nicht Ihr Vater – sondern der meinige,« sagte er endlich seufzend.

Sie blickte mit trüben Augen verwundert zu ihm empor.

»Er ist ja tot.«

Wie konnte er es ihr erklären? Welche Worte sollte er wählen? – Sie kam ihm jedoch zuvor.

»Ich verstehe,« sagte sie mit edlem Stolz: »Samuel Whites Sohn darf keine Tochter von dunkler Herkunft zum Weibe nehmen. – Leben Sie wohl, Herr White!«

Er hielt ihre Hand fest. »Nein,« sagte er flehend, »verlassen Sie mich nicht, bis ich Ihnen erklärt habe, warum ich meinem Herzen nicht folgen darf. Mein Vater hat, ehe er starb, für mich die Wahl getroffen. Er tat es ohne mein Wissen, aber ich kann in einer so wichtigen Angelegenheit nicht seinen Wünschen zuwider handeln. Wenn ich je in die Ehe trete, so müßte ich ein Mädchen heiraten, das ich bis heute nie gesehen habe. Ich werde unvermählt bleiben. – Nicht wahr, Sie begreifen jetzt mein Verhalten Ihnen gegenüber, liebe Mary?«

Statt der Antwort schüttelte sie nur das Haupt, starr und unnahbar stand sie vor ihm, höchstens konnte er in dem weichen Glanz ihrer Augen eine Spur der Teilnahme an seinem Kummer lesen. Ein bitterer Seufzer entrang sich seiner Brust; er beugte sich tief über ihre kalte Hand. »Sie wissen nicht, was mein Vater mir gewesen ist,« sagte er, »sonst würden Sie verstehen, daß ich seinem Wunsche gehorchen muß.«

»Ich darf hier nicht länger bleiben,« war ihre einzige Erwiderung.

Seine Erklärung war ihr unverständlich, das erkannte er wohl. »Nicht meines Vaters Reichtum bindet mich,« stammelte er verwirrt. »Wäre er arm gewesen, ich würde ihm ebenso unbedingten Gehorsam geleistet haben. Es lagen Gründe vor —« Aber von diesen konnte er nicht zu ihr reden. Sie hatte seinen abgerissenen Worten mit gesenktem Haupt zugehört; jetzt entzog sie ihm leise ihre Hand.

»Es ist sehr gütig von Ihnen, mir noch weiteren Aufschluß geben zu wollen,« murmelte sie, »aber mir genügt die eine Tatsache, welche Sie zuerst erwähnten. Sie gehören einer Anderen an. O, warum muß ich das erst jetzt erfahren!«

Länger vermochte sie ihr Gefühl nicht zu beherrschen. Sie preßte beide Hände auf ihre wogende

Brust, große Tränen standen ihr in den Augen und flossen langsam über ihre Wangen. Von Leidenschaft übermannt schloß Stanhope sie in die Arme.

»Du liebst mich,« rief er, »du leidest Schmerzen gleich mir. O Mary, Mary!«

»Ja, ich liebe dich und leide wie du. Dies eine Mal sei es gestanden. Jetzt aber gehe ich fort – fort von hier –«

Er sah sie fragend an. »Wohin?«

»Ich weiß es nicht; ich glaubte hier eine Heimat gefunden zu haben – eine andere besitze ich nicht.«

Es klang so hilflos, so verlassen. Was hatte er getan! Wie durfte er diesem armen Kind den einzigen Schutz und Zufluchtsort rauben!

»Ihr Vater,« murmelte er.

»Ich kenne seinen Aufenthaltsort nicht. In dem Hause, wo Sie mich trafen, wohnt er nicht mehr. Ich stehe ganz allein. Aber das schadet nichts,« fügte sie schnell hinzu. »Ich werde mir andere Freunde erwerben, werde eine neue Heimstätte finden. Frau White –«

»Nein,« unterbrach er sie heftig, »wenn eines von uns dies Haus verläßt, so will ich es sein. Sie dürfen nicht freundlos und heimatlos bleiben. Schlagen Sie sich das Fortgehen ganz aus dem Sinn. Versprechen Sie mir, nie wieder daran zu denken.« –

»Aber, Sie sind ja der Herr des Hauses. Sie müssen bleiben.«

»Nicht doch. Das Haus gehört Frau White.«

»Wirklich? Und weiß sie –«

»Daß ich Sie liebe? Nein, ich habe ihr nie gesagt, daß Sie Mary Evans sind.«

»Nicht? – Das ist gut!« murmelte sie. »Aber ich höre Schritte. Sie ist es selbst. Lassen Sie mich fort.«

»Zuerst versprechen Sie mir, dies Haus nicht zu verlassen.«

»Versprechen kann ich nichts, doch will ich Sie in diesem Fall zuvor davon benachrichtigen.«

Als sie sich umwandte war schon an kein Entrinnen mehr zu denken. Die Tür hatte sich geöffnet und Flora stand im Zimmer, vor Überraschung keines Wortes mächtig.

Mit rascher Geistesgegenwart trat Stanhope auf sie zu. »Ich habe mich bei Fräulein Dalton entschuldigen müssen,« sagte er in ruhigem Tone. »Leider hatte das Fräulein mit angehört, was wir soeben hier gesprochen haben, doch hat sie mir die scheinbar unehrerbietige Rede verziehen, wie Sie sehen.«

Die junge Witwe war viel zu weltgewandt, um auch nur durch das leiseste Zeichen ihr Mißfallen zu verraten. Lächelnd hörte sie die ihr gebotene Erklärung an und als Stanhope sich bald darauf empfahl, verabschiedete sie sich so freundlich von ihm, als sei nichts vorgefallen.

Mary hatte Mühe gehabt, die verlorene Fassung wiederzugewinnen und ihre Gemütsbewegung war Flora natürlich nicht entgangen. Sich über die Ursache derselben Gewißheit zu verschaffen, lag ihr zunächst am Herzen.

»Einen jungen Mann, wie Stanhope White, findet man unter Tausenden nicht wieder,« warf sie scheinbar absichtslos hin. Die arme Mary drückte ihre Zustimmung aus und bemühte sich, das Gespräch fortzusetzen so gut sie konnte. Wie sehr erschrak sie jedoch, als Flora ohne jede Vorbereitung plötzlich die Frage an sie stellte, ob sie wohl schon einmal geliebt habe.

Sie errötete tief vor Verwirrung und Bestürzung und vermochte keine Antwort zu geben. Bei dem Anblick der tief schmerzlichen Erregung des jungen Mädchens bereute Flora ihr übereiltes Verfahren; rasch schlang sie die Arme um den Hals ihrer Gefährtin und drückte ihr einen herzlichen Kuß auf die Stirn.

»Habe ich Ihnen wehe getan, Mary?« rief sie, »o, verzeihen Sie mir; ich hätte nicht so leichtsinnig reden sollen, aber wie konnte ich ahnen, daß ich eine Wunde berührte. Armes Kind! ich weiß nur zu gut, welches Leid die Liebe bringen kann, und jede Frau, welche liebt, flößt mir Mitleid ein.«

»O, dann bemitleiden Sie auch mich,« murmelte Mary unwillkürlich.

Flora ward bleich. »Wer – wer ist es?« rief sie, die Hand des jungen Mädchens ergreifend.

»Fragen Sie nicht,« flehte dieses in sichtlicher Qual.

»Gewiß nicht, wenn es Ihnen Kummer bereitet,« entgegnete Flora. »Ich möchte Sie vor allem behüten, was den Frieden Ihrer Seele stören kann. Damit Sie sehen, wie groß meine Liebe und mein Vertrauen zu Ihnen ist, will ich Ihnen eine Geschichte erzählen von jemand, den Sie kennen, eine Geschichte, die noch nie über meine Lippen gekommen ist. Doch nicht jetzt und nicht hier – heute Abend, wenn wir zusammen in meinem Boudoir am Kamin sitzen, sollen Sie sie hören.«

Sechzehntes Kapitel.
Von Angesicht zu Angesicht

Der Tag erschien den beiden Frauen endlos lang; Mary bedurfte ihrer ganzen Seelenstärke, um die ihr obliegenden geselligen Pflichten mit äußerer Ruhe zu erfüllen und auch Flora fand die Aufgabe nicht leicht, Kondolenzbesuche zu empfangen und die Würde ihrer Stellung zu behaupten, während ihre Gedanken mit ganz andern Dingen beschäftigt waren. Ihre Eltern kamen zu Tische und Frau Hastings' große Zungenfertigkeit, ihre oft taktlosen Bemerkungen, schienen selbst der Tochter heute unerträglich. Mary war gleich nach aufgehobener Tafel auf ihr Zimmer gegangen, aber Floras Geduldsprobe endete erst, als ihre Mutter endlich der Unterhaltung müde ward, deren Kosten sie fast allein bestritt und sich zum Heimweg rüstete.

Nun saß die junge Witwe, die Hände im Schoß, gedankenvoll in ihrem reizenden Wohngemach, um Mary zu erwarten, die allabendlich hier einige gemütliche Stunden mit ihr zu verplaudern pflegte, bevor sie sich beide zur Ruhe begaben. Noch einmal zog der Auftritt des Morgens vor Floras Seele vorüber; wieder sah sie bei ihrem Eintritt die zwei erregten, bestürzten Gesichter. Warum hatte denn auch er eine solche Gemütsbewegung gezeigt, während er sich bis jetzt der Fremden gegenüber so kühl und gleichgültig verhalten? Es war ein Rätsel, das sie nicht zu lösen vermochte und ihr Verlangen, von Mary darüber Aufschluß zu erhalten, wurde immer dringender. Das junge Mädchen befand sich ja unter ihrem Schutz, war es da nicht Pflicht, ihr mit mütterlichem Rat zur Seite zu stehen? – Flora wartete jedoch vergebens; es war spät geworden, schon verkündete der glockenhelle Ton der Stutzuhr auf dem Kamin die zehnte Stunde und noch immer ließ sich

kein Fußtritt vernehmen. Vielleicht war Mary zu schüchtern und verschämt, um zu ihr zu kommen, dann mußte Flora sie selbst aufsuchen. Der Entschluß war kaum gefaßt, so ward er auch ausgeführt und die junge Witwe stieg die Treppe zum Zimmer ihrer Gefährtin hinauf. Als auf ihr Klopfen keine Antwort erfolgte, drückte sie leise auf die Klinke und trat ein. Das Gemach war leer, doch in dem dahinter gelegenen Ankleidezimmer brannte Licht und sie folgte dem Schein. Den Kopf in die Hand gestützt, in tiefes Sinnen verloren, saß Mary an einem kleinen Tisch und wandte sich nicht einmal nach der Eintretenden um, deren weiche Fußbekleidung ihr Nahen fast unhörbar machte. Wie angewurzelt blieb jetzt Flora auf der Schwelle stehen und fragte sich, ob sie wache oder träume. Vor Mary auf dem Tisch lagen ganze Haufen Papiergeld und Münzen in solcher Menge, wie sie Flora, die doch jetzt Tausende zur Verfügung hatte, noch nie beisammen gesehen. Wie kam dies junge Mädchen – ihre bezahlte Gesellschafterin – zu solchem Reichtum? Warum starrte sie den Schatz mit so unbeweglichen Blicken an? Was hatte das alles zu bedeuten? – Neben ihr lag ein offener Sack, der alle die Scheine, die Gold- und Silberstücke enthalten haben mochte. Ratlos und verwirrt stand Flora vor diesem Rätsel da.

Ein tiefer Seufzer aus Marys Brust brach jetzt den Bann, welcher die beiden gefesselt hielt. Rasch trat Flora näher und ihre Gefährtin sah auf. Über dem aufgehäuften Schatz begegneten sich ihre Blicke.

»Verzeihen Sie,« sagte Flora mit bleichen Lippen, »Sie haben mein Klopfen nicht gehört.« Ihr Ton war kalt, ihre Haltung würdevoll.

Mary senkte das Haupt und eine tiefe Röte stieg in ihre Wangen. »Ich war in Gedanken,« entgegnete sie. »Dies Geld, das Sie so verwundert betrachten, ist so viel, viel mehr als ich dachte. Ich wußte gar nicht, daß ich so reich sei und bin ordentlich erschrocken.« Mit unsicherer Hand begann sie die einzelnen Geldpakete wieder in den Sack zu legen.

Bestürzt und verwundert sah ihr Flora zu.

»Das Geld ist also Ihr Eigentums« fragte sie ungläubig.

»Gewiß,« lautete die Antwort. »Mein Vater sagte mir, ich solle es gleich auf die Bank bringen, aber ich habe dies Geschäft verschoben, weil ich fürchte, man möchte es auffallend finden.«

»Aber, wenn Sie so große Summen besitzen, weshalb traten Sie denn bei mir als Gesellschafterin ein? Wünschen Sie durch Ihr Gehalt den Schatz noch zu vermehren?«

»Nein, o nein!« Mary war aufgestanden; sie mochte wohl fühlen, in wie zweifelhaftem Licht sie vor Frau White erschien. »Nicht um des Erwerbs willen bin ich in dieses Haus gekommen, sondern nur –, weil mein Vater mich herbrachte. Er hat mir all dies Geld gegeben, aber warum ich trotzdem hier eine Stelle annehmen sollte – ist mir ebenso unerklärlich wie Ihnen.« Sie senkte den Blick, als vermöchte sie den forschenden Augen, die auf ihr ruhten, nicht Stand zu halten und ein flammendes Rot bedeckte ihre Wangen.

»Denken Sie nichts Böses von mir, Frau White,« flehte sie leise. »Sie haben mir viele Güte erwiesen – wenden Sie sich nicht von mir ab.«

»Ich habe Sie freundlich aufgenommen, weil ich Gefallen an Ihnen fand und Ihnen vertraute,« sagte Flora, ohne sich durch die Bitte rühren zu lassen. »Ich hielt Sie für ein offenherziges und rechtschaffenes junges Mädchen; Sie im Besitz dieses Geldes zu sehen, ist mir befremdlich, denn es paßt nicht zu Ihrer Stellung hier im Hause und ist an und für sich höchst seltsam. Daß Sie selber es nicht zu erklären wissen, macht das Rätsel noch dunkler. Es muß ein Geheimnis über Ihrem Leben schweben. Glauben Sie, daß Frau Delapaine uns vielleicht darüber Aufschluß geben kann?«

»Ich kenne die Dame nicht näher.«

»Ist es möglich? – Aber auf ihre warme Empfehlung hin habe ich Sie ja zu mir genommen. Ist sie vielleicht mit Ihrem Vater genau bekannt?«

»Das kann sein, aber er hat mir gegenüber ihren Namen nie erwähnt.«

»Unbegreiflich! Nun, ich werde Frau Delapaine morgen darum befragen. – Ist denn Ihr Vater ein so reicher Mann, daß er Ihnen solche Summen zur Verfügung stellt?«

»Er ist nicht ohne Vermögen, aber ich glaube, er hat mir fast alles gegeben, was er besitzt. Nein, Sie müssen nicht schlecht von ihm denken,« fuhr die Tochter eifrig fort, da sie Argwohn und Mißtrauen in Frau Whites Mienen zu lesen meinte. »Mein Vater ist ein guter Mensch, Sie dürfen ihm nicht unrecht tun.«

»Vor allem wollen wir den Schatz wieder verwahren,« sagte Flora, um dem Gespräch eine andere Wendung zu geben. Mit ihrer Hilfe ward der Sack rasch gefüllt und beiseite gelegt; dann nahmen beide einander gegenüber am Tische Platz.

»Am besten wird es sein, Sie bitten Ihren Vater, morgen herzukommen und das Geld wieder an sich zu nehmen, das Ihnen nur zur Last zu sein scheint,« bemerkte Flora.

»Ich selbst werde morgen nicht mehr hier im Hause sein,« war alles, was die arme Mary über die Lippen brachte. Ihrer offenen, arglosen Natur war jede Heimlichkeit ein Greuel. Sie selbst hätte nur allzu gern Licht in das Dunkel gebracht, das sie umgab; besonders aber hegte sie jetzt den dringendsten Wunsch, einen Ort zu verlassen, an dem sich für sie die Liebe in Verzweiflung, die Freundschaft in Argwohn verwandelt hatte.

»Sie wollen mich doch nicht verlassen?« fragte Flora betroffen.

»Wie könnte ich noch länger hier bleiben, da ich keine Antwort auf Ihre Fragen weiß, die doch – das kann ich mir nicht verhehlen – nur allzu berechtigt sind. Bin ich auch noch ein Kind in vielen Dingen, so weiß ich doch, was ich mir selbst schuldig bin. Wenn es möglich wäre, ginge ich noch in dieser Stunde.«

Hätte nicht in Floras tiefstem Herzen der Verdacht geschlummert, daß zwischen Stanhope und dem jungen Mädchen eine geheime Beziehung obwalte, sie würde jeden andern Argwohn verscheucht und ihre liebreizende Gefährtin in die Arme geschlossen haben, um sich nimmermehr von ihr zu trennen. Aber jene Vermutung ließ ihr keine Ruhe; sie mußte Gewißheit haben.

»Sie dürfen nicht gehen,« sagte sie, »bevor ich Ihnen die Geschichte erzählt habe, von der ich heute Morgen sprach; vielleicht gibt das unsern Gedanken eine andere Richtung. Wollen Sie mir zuhören?«

»Wenn das, was Sie mir mitteilen wollen, Herrn White betrifft,« stammelte Mary, »so erlassen Sie mir, bitte–«

»Ich habe keinen Namen genannt.«

Das junge Mädchen schluchzte laut auf und barg ihr Gesicht in den Händen. »Ich habe mich verraten,« flüsterte sie nach einer Weile, »aber was tut das? Für mich ist jetzt überhaupt nichts mehr von Wichtigkeit, als dies Haus so schnell wie möglich zu verlassen.«

»Aber mir kann es durchaus nicht gleichgültig sein,« entgegnete Flora abweisend. »Haben Sie eine Neigung zu Stanhope White gefaßt, so bin ich gewissermaßen verantwortlich dafür. Ich hätte Ihnen gleich sagen sollen, daß sein Herz nicht mehr frei ist, denn es ist nur zu natürlich, daß ein so schöner junger Mann wie er, jedes Weib bezaubert. Ich mache mir wirklich Vorwürfe, daß ich Sie nicht gewarnt habe. Allein, Sie sahen einander so wenig, daß ich glaubte –«

»Sie sagen mir nur, was ich schon weiß. Eine Heirat zwischen uns ist unmöglich.«

»Völlig unmöglich. Sie haben ja unser Gespräch gehört. Die eine Frau hat man für ihn bestimmt; er selbst aber liebt eine andere, die er schon gekannt hat, lange ehe Sie hierher kamen.«

»Ich weiß,« murmelte Mary.

Flora hatte ihre Eifersucht bisher mutig bezwungen, jetzt flammte sie mit doppelter Stärke auf.

»Sie wissen es?« rief sie. »Hat er es Ihnen gesagt? Während ich glaubte, ihn wegen seines Mangels an höflicher Rücksicht Ihnen gegenüber entschuldigen zu müssen, haben Sie also geheime Zusammenkünfte gehabt –«

»Nur eine,« fiel ihr Mary ins Wort, »welche Sie unterbrachen.«

Flora sah sie mit ungläubigen Blicken an. »Sie müssen einander viel gesagt haben in der kurzen Unterredung.«

»Genug, um mich zu überzeugen, daß meines Bleibens hier nicht länger ist. Sie sehen, ich bin nicht glücklich, ist das nicht der beste Beweis für den Inhalt unseres Gesprächs?«

Ihr müdes Lächeln, der hoffnungslose Ton ihrer Stimme ließen Flora keinen Zweifel mehr; sie atmete wie erleichtert auf. Von ihrer wilden Furcht befreit, schien sie jetzt ein inniges Mitgefühl für das arme Kind zu ergreifen, das wie sie der Liebe Lust und Leid erfahren hatte.

Sie wollte Mary gerührt an sich ziehen, aber diese wich der Umarmung aus und gab nicht undeutlich zu erkennen, daß sie allein zu sein wünsche. So sah sich denn Flora genötigt, das junge Mädchen sich selbst zu überlassen und vor der Hand auf jede weitere Aussprache zu verzichten.

Siebzehntes Kapitel.
Aufklärungen

Nach einer schlaflos verbrachten Nacht hatte sich Flora gerade in ihr Wohnzimmer begeben, als sie zu ihrer Überraschung Mary in Hut und Mantel bei sich eintreten sah; Stanhope folgte ihr auf dem Fuß.

»Fräulein Dalton will das Haus verlassen,« begann letzterer nach flüchtigem Gruß. »Als ich zum Frühstück hinuntergehen wollte, traf ich sie auf der Treppe. Sie sagte, ein Mißverständnis, das zwischen ihr und Ihnen entstanden sei, nötige sie, sich ohne Aufschub von hier zu entfernen. Verhält sich das wirklich so?«

»Wenn Fräulein Dalton der Aufenthalt in diesem Hause nicht länger zusagt,« entgegnete die junge Witwe mit Würde, »so darf ich mir nicht anmaßen sie zurückzuhalten. Da sie in völlig unabhängiger Lage ist, hat sie allein darüber zu bestimmen. Ich muß jedoch sagen, daß ich es ziemlich gefährlich für ein junges Mädchen finde, mit einer so großen Summe Geldes durch die Stadt zu gehen.«

Sie deutete auf den kleinen Sack, den Mary am Arme trug.

Stanhope warf einen Blick darauf, schien jedoch nicht verwundert, sondern nur um ihre Sicherheit besorgt. »Wäre es nicht besser, das Geld in eine Bank zu bringen?« fragte er.

»Das war auch meines Vaters Wille, aber ich habe es bisher unterlassen,« entgegnete Mary.

»Herr Dalton gehört zu den Leuten, die ihr Geld am liebsten in ihrer eigenen Behausung verwahren,« fügte Stanhope erklärend hinzu. »Ich selbst habe dort weit größere Summen gesehen, als seine Tochter jetzt bei sich haben kann.«

Flora traute ihren Ohren kaum.

»Sie kannten also Fräulein Dalton,« rief sie »und wußten, daß sie nicht war, wofür ich sie hielt, als ich sie zu mir nahm?« –

»Ich wußte, daß Sie in ihr eine Gefährtin, eine Freundin finden würden – denn, Flora, sie ist Mary Evans.«

Einen Augenblick stand die junge Witwe wie vom Donner gerührt, doch schnell faßte sie sich wieder. »Ist es möglich – sie – Mary Evans – und ich habe sie gekränkt, an ihr gezweifelt! – O, verzeihen Sie mir,« bat sie, zu Mary gewendet und ihre Hand ergreifend.« Er hatte mir gestanden, er liebe ein Mädchen dieses Namens und ich vermochte es nicht zu ertragen, daß er sich für eine andere erwärmte. Alles wäre anders gekommen, hätte ich ahnen können, wie die Sachen standen. – Ich habe ja versprochen, für Mary Evans zu sorgen – nicht wahr, Stanhope? – und das werde ich auch tun, selbst gegen Ihren Willen.«

Sie nahm ihr geschäftig Hut und Mantel ab und schloß sie liebreich in die Arme. Mary widerstand nicht länger: »Aber ich kann nicht bleiben,« flüsterte sie, »es wäre zu schwer und schmerzlich für mich, Sie müssen das ja einsehen. Lassen Sie mich fort von hier, damit erweisen Sie mir den besten Freundschaftsdienst.«

Stanhope war unruhig auf und ab gegangen. »Wenn meine Gegenwart der Grund Ihres Fortgehens ist, Mary,« sagte er endlich, vor ihr stehen bleibend, »so kann ich Ihnen mitteilen, daß ich bereits die nötigen Schritte getan habe, um alle Geschäftspapiere meines Vaters von hier fortzuschaffen. Ich verlasse dies Haus noch heute. Wollte Gott, es läge in meiner Macht, die Sache auf eine andere – eine ganz andere Weise zu lösen.«

Flora hatte in tiefem Sinnen dagestanden.

»Und warum sollten Sie nicht Ihrem Herzen folgen, Stanhope?« sagte sie jetzt im Ton innigster Überzeugung. »Über der Treue gegen die Toten dürfen wir die Pflichten gegen die Lebenden nicht vergessen. Hat Ihr Vater Ihnen auch geboten, keine andere zur Frau zu nehmen als Nathalie Yelverton, so wissen Sie doch nicht einmal, ob es in der ganzen Welt überhaupt ein Mädchen dieses Namens gibt Wollen Sie nun in blindem Gehorsam gegen einen Befehl, den Ihr Vater vielleicht selbst aufs Bitterste beklagen würde, nicht nur Ihr eigenes Lebensglück,

sondern auch den Frieden dieses jungen unschuldigen Geschöpfes auf immer zu Grunde richten? Es wäre ein verhängnisvoller Irrtum – glauben Sie das mir, der Witwe Ihres Vaters.«

»Könnte ich es doch,« seufzte Stanhope aus tiefster Seele.

»Sie können und werden es,« fuhr die Witwe fort. »Mary, die Sie lieben, die Ihnen vertraut, sie nicht ohne Schutz und Heimat zu lassen ist Ihre heiligste Pflicht. In den höchsten Fragen darf der Mann nur dem Rat seines Gewissens folgen, kein Mensch hat ihm Vorschriften zu machen, selbst der eigene Vater nicht. Der Ihrige ahnte gar nicht einmal, daß Sie schon andere Verpflichtungen hatten.«

»Das ist wahr, o Gott, es ist wahr!«

»Wenn Sie dies einsehen, so widerstreben Sie dem Zuge Ihres Herzens nicht länger, er wird Sie sicher an das ersehnte Ziel bringen.«

Flora sah, daß ihre Worte Eindruck gemacht hatten und verließ rasch das Zimmer, überzeugt, daß sie es getrost Mary überlassen dürfe, ihre Sache weiter zu führen.

Achtzehntes Kapitel.
Stanhope und Mary

Aus ihr spricht mein guter Engel,« rief Stanhope, als sich die Tür hinter Flora geschlossen hatte. »Sage mir, Geliebte, kannst du mir mein Zögern, meine Zweifel vergeben? Willigst du ein, mein Weib zu werden?«

»Und Nathalie Yelverton?«

»Sie mag kommen wann sie will, ich habe nichts mit ihr zu schaffen.«

»Aber weshalb verlangte Ihr Vater, daß Sie jenes Mädchen heiraten sollten?« –

»Er hat keine Gründe angegeben; es würde mir Glück und Ehre bringen,« sagte er.

»Und würden Sie auch Glück und Ehre in einer Verbindung mit mir finden? Es liegt ein Schatten auf meinem Leben, den ich nie habe verscheuchen können. Wie, wenn er nun auch Ihren guten Ruf und Namen verdunkeln sollte?«

Der junge Mann war bleich geworden.

»Ist Ihr Vater nur ein Sonderling oder – verzeihen Sie mir, Mary – liegt seinem seltsamem Wesen irgend ein Unrecht – etwas Böses zu Grunde? Könnte es uns in Schmach und Schande stürzen?«

»Mein Vater ist fast mein einziger Gefährte und Lehrer gewesen. Wenn man den Baum an seinen Früchten erkennt, so können Sie nach meiner Geistes- und Herzensbildung das Wesen meines Vaters beurteilen. Er hat mich nur Gutes gelehrt und mir stets die liebevollste Nachsicht bewiesen.«

»Er hat einen Engel aus dir gemacht,« rief Stanhope, sie stürmisch an sein Herz drückend, »hierfür könnte ich ihm alles verzeihen. Vielleicht gelingt es uns, ihn von seiner Furcht zu heilen; wenigstens kann er mir sagen –«

»Wer weiß, ob Sie ihn je wiedersehen. Er hat auf lange Zeit Abschied von mir genommen und ich kenne seinen Aufenthaltsort nicht. Das bekümmert mich schwer.«

»Seltsam, höchst seltsam!« murmelte Stanhope. »Es muß seine Absicht gewesen sein –«

»Ich will Ihnen sagen, was seine Absicht war: Er wollte seine Einwilligung zu unserer Verbindung geben – eine andere Erklärung für seine Handlungsweise finde ich nicht. Glauben Sie mir, dies wäre nie über meine Lippen gekommen, hätten Sie mich nicht gefragt, ob ich Ihr Weib werden will. Nun aber sollen Sie alles erfahren, was ich selber weiß.«

»Das verstehe ich nicht, Mary. Warum entfloh er damals und ließ mich vergebens auf seine Rückkehr warten? Er muß doch dir gegenüber irgend einen Vorwand gebraucht haben, um zu erklären, warum er das Haus ohne mich verließ.«

»Er sagte mir nur, ich solle ihm sogleich folgen, der Herr habe versprochen, alle nötigen Anordnungen zu treffen, dann käme er nach. So gingen wir denn zur Hintertür hinaus, wo schon ein Wagen für uns bereit stand.«

»Wirklich! der Schritt war also schon im voraus überlegt!«

»Allem Anschein nach, nicht wahr? – Als wir im Wagen saßen, sprach mein Vater mit mir, sehr traurig, aber sehr liebevoll. Er küßte mich, und meine Wange war naß von seinen Tränen. Wir waren schon lange gefahren, da beugte er sich über mich und flüsterte – –«

»Sprich weiter, liebes Herz.«

»Ich bringe dich in ein Haus, wo du eine junge Dame und einen Herrn finden wirst. Mache dir die Dame – sie ist Witwe – zur Freundin und –« Marys Verwirrung war so groß, daß ihre Stimme zu einem Flüsterton herabsank – »und heirate den Herrn, so wirst du deinen alten Vater glücklich machen an seinem Lebensabend.«

Auf Stanhopes Stirn lagerte sich eine düstere Falte. »Und du, was antwortetest du?«

»Muß ich das auch gestehen? – Was hätte ich denn anders sagen können, als: wo ist Herr White? Ich glaubte, du brächtest mich zu der ihm befreundeten Dame? Daß er dies tat, ahnte ich ja nicht und ich dachte an jenem Abend nur an Sie.«

Er drückte einen innigen Kuß auf ihre Stirn. Ja, sie war unschuldig und rein; sie wußte nichts von den Berechnungen ihres Vaters.

»Das war gut und recht; an mich allein sollst du immer denken. – Und was erwiderte dein Vater?«

»Er fragte mich, ob Sie Herr White wären, und als ich dies bejahte, schwieg er lange; ich glaube vor Überraschung. Den Sack mit dem Gelde gab er mir erst, als der Wagen hier vor dem Hause hielt. Dann nahm er Abschied von mir und sagte, er könne mich nun ohne Furcht verlassen, da für meine Zukunft gesorgt sei. Wohin er gehe, dürfe er mir nicht anvertrauen, aber er würde stets imstande sein, über meine Wohlfahrt zu wachen und sich an meinem Glück zu freuen. Ich solle nicht nach ihm suchen, auch mit andern nicht über ihn reden, bis er von selbst wieder zum Vorschein käme. Ich solle mich Mary Dalton nennen, unter diesem Namen erwarte mich die Dame. – So kam ich in dieses Haus und sah Sie wieder – aber wie anders war alles geworden!«

Sie hatte den Blick zu ihm erhoben, ihre Lippen bebten, die Wangen glühten ihr vor Scham und innerer Erregung. Alles hatte sie nun gestanden und ihre Brust befreit. Wie reizend sie aussah im Kranz der blonden Locken, mit den seelenvollen Augen, deren Zauberkraft er noch nie widerstanden hatte. Aus der Liebe dieses holden Wesens würde er Hoffnung, Tatkraft, Begeisterung für alles Große und

Gute schöpfen. Ein Leben ohne sie schien ihm jetzt undenkbar.

Die seltsamen Umstände, die ihren Eintritt in sein Haus begleitet hatten, das Dunkel, das ihren Vater umgab und auch sie selbst geheimnisvoll umhüllte, Zweifel und Unbehagen – alles war vergessen in diesem Augenblick.

»Mary, ich liebe dich von ganzem Herzen,« rief er »und abermals frage ich dich: willst du die Meine werden?«

Wie groß auch die Wonne sein mochte, die sie empfand, sie ließ sich nicht von dem Freudentaumel berauschen. Leise entwand sie sich seinen Armen und ihre ganze Kraft zusammenraffend erwiderte sie:

»Heute vermag ich noch keine Antwort zu geben. Lassen Sie mich eine Woche hier im Hause bleiben; nach Ablauf dieser Zeit will ich mich entscheiden. Wanken Sie in Ihrem Vorsatz, steigt irgend ein Gedanke, ein Zweifel, in Ihnen auf, der Ihren Frieden stört, oder Sie bereuen läßt, was Sie heute getan haben, – dann versuchen Sie nicht, mich zu halten. Weit lieber will ich mit gebrochenem Herzen zu Grabe gehen, als jemals in den Augen meines Gatten Mißtrauen in meine Vergangenheit und Furcht vor der Zukunft lesen. Davor möge mich der Himmel bewahren.«

Die Worte verfehlten ihren Eindruck auf Stanhope nicht. Er sah ein, daß jeder Versuch, ihren festen Entschluß zu erschüttern, jetzt vergeblich sein würde und fügte sich in den unvermeidlichen Aufschub.

Neunzehntes Kapitel.
Eine Krisis

Am Nachmittag desselben Tages führte Flora ihren Plan aus, Frau Delapaine aufzusuchen, in der Hoffnung, von ihr eine Erklärung der seltsamen Umstände zu erhalten, welche zu Marys Aufnahme in ihrem Hause geführt hatten. Allein sie erreichte diesen Zweck nicht. Frau Delapaine, eine würdige Dame und langjährige Freundin von Stanhopes verstorbener Mutter, schwieg beharrlich auf alle an sie gestellten Fragen. Als sie jedoch aus Floras Bericht ersah, daß Stanhope, den sie wie ihren eigenen Sohn liebte, ein wärmeres Interesse für das junge Mädchen gefaßt hatte, sprach sie ihre große Befriedigung darüber aus, und meinte, sie könne ihm zu einer solchen Wahl nur Glück wünschen, es schiene ihr eine in jeder Hinsicht passende Verbindung.

Durch diesen Ausspruch ward Flora in hohem Grade beruhigt, obgleich sie unverrichteter Sache heimkehren mußte.

Drei Tage vergingen. In dem stattlichen Hause der Fünften Avenue herrschten nicht mehr Trübsinn und Niedergeschlagenheit; Hoffnung und Frohsinn waren dort eingekehrt. Selbst die Dienstleute empfanden die Veränderung und warfen einander bedeutsame Blicke zu. Stanhope kam zu Tisch nach Hause, heitere Gespräche würzten das Mahl, und Mary, von schwerem Drucke erlöst, entfaltete ihre ganze natürliche Liebenswürdigkeit. Sie sah des Geliebten glückstrahlende, zufriedene Miene und bevor sie abends ihr Haupt auf das Kissen legte, flüsterte sie dankbaren Herzens: »Wieder ein Tag vorüber und keine Wolke des Zweifels hat seine Stirn getrübt.«

In Stanhopes Innern sah es jedoch bei weitem nicht so friedlich aus wie sie glaubte. Solange Mary zugegen war, übte freilich ihr Zauber nach wie vor seinen Einfluß auf ihn aus, sah er sich aber allein, so ergriff ihn eine innere Unruhe, deren er nicht Herr zu werden vermochte. Bald wünschte er, die Woche wäre vorüber und sein Geschick entschieden, bald standen ihm wieder die Worte jenes verhängnisvollen Briefes seines Vaters in Flammenschrift vor der Seele. Wie dringend war darin der letzte Wunsch ausgedrückt – wie streng der Befehl! Und er, der Sohn, durfte es wagen einem solchen Verlangen zuwider zu handeln! Der Gedanke quälte ihn stets von neuem.

Nur wenn er überlegte, daß sein Vater, der sonst so ruhige und verständige Mann, zu jenem tyrannischen Beschluß durch eine, ihm gegenüber völlig unbegründete Eifersucht getrieben worden war – ja, dann wurde ihm klar, daß er kein Unrecht tue, da ja das Ganze aus einem unglückseligen Irrtum entstanden sei. Es ließ sich keine Nathalie Yelverton sehen und das bestärkte ihn noch in diesem Glauben; trotzdem mischte sich ein bitterer Tropfen in seinen Freudenbecher und er konnte die Furcht vor kommendem Unheil nicht los werden.

Ein an sich unbedeutender Vorfall sollte ihm dies bald deutlich zum Bewußtsein bringen und auch Mary darüber aufklären. Am Sonntag Morgen trafen sie auf dem Rückweg von der Kirche mit einigen Bekannten zusammen, in deren Begleitung sich ein fremdes junges Mädchen befand. Plötzlich sah Mary, daß Stanhope erbleichte; mit aschfahlem Gesicht und bebenden Lippen fragte er den Herrn neben ihm: »Fräulein Yelverton? ... Nannten Sie die junge Dame nicht so?«

»Bewahre, lieber White,« lautete die Antwort, »es ist Fräulein Antonie Silverstone aus St. Louis.«

Stanhope atmete erleichtert auf; allein auf Marys Brust lagerte es sich wie ein drückender Alp. War seine Furcht, jene Unbekannte auftauchen zu sehen, so groß, dann würde sie stets als drohende Wolke am Himmel ihres Glückes stehen und ihnen Ruhe und Frieden rauben.

Ihre trüben Blicke verrieten Stanhope nur zu deutlich, was in ihr vorging.

»Mary,« rief er, sobald sie wieder daheim waren, »verzeih mir und nimm dir eine solche Kleinigkeit nicht so sehr zu Herzen.«

»Das ist keine Kleinigkeit,« erwiderte sie bekümmert. »Ein unsichtbares Band fesselt Sie an jenes Weib, ohne daß Sie es vielleicht selber wissen. Sie fürchten ihr Erscheinen und auch ich würde in beständiger Angst davor schweben müssen, wenn ich einwilligte, Ihre Gattin zu werden.«

»Kein Band auf der Welt kann mich so fest binden, als meine Liebe zu dir. O Mary, wie könnten wir ohne einander leben? Nie, niemals würde ich einem andern Weibe Treue schwören. Willst du den schönen Bund unserer Seelen zerreißen? Nein, du vermagst es nicht – du kannst mich nicht verlassen.«

Der Wunsch, alle ihre Zweifel zu besiegen und zugleich die Qual seiner eigenen Brust zu betäuben, ergriff ihn mit solcher Gewalt, daß er alles andere darüber vergaß. Stürmisch schloß er sie in seine Arme. »Du bist mein,« rief er, »und keine Macht der Erde soll dich mir rauben.«

Sie hob wie flehend die Hand empor; er aber, von heftiger Leidenschaft erregt, überhäufte sie mit Küssen und Liebkosungen. Da sie noch immer keinen Laut von sich gab, beugte er sich besorgt über sie.

Liebe strahlte in ihrem Gesicht, aber es war totenbleich.

»Mary,« rief er verzweifelnd, »sprich zu mir, sage, daß du mich hörst.«

Doch ihre Lippen blieben geschlossen, ihre Gestalt lag schwer und regungslos in seinen Armen. Sie hatte das Bewußtsein verloren.

Zwanzigstes Kapitel.
Marys Entscheidung

Zwei Tage lag Mary krank darnieder; am Nachmittag des dritten fühlte sie sich wieder stark genug, um das Bett zu verlassen und ihrem Schicksal ins Auge zu sehen. Ihrer harrte eine schwere Aufgabe, bei deren Erfüllung ihr niemand helfen konnte.

Flora war lange bei ihr gewesen und hatte sich liebevoll bemüht, ihr Zerstreuung zu verschaffen. Auf einem Tischchen neben dem Bett stand ein Strauß prachtvoller Rosen in einem Glas; Stanhope hatte dieselben für sie ausgewählt und von ihm kam auch das Kästchen mit ihrem Namen, das zwischen den Rosen verborgen lag. Was sein Inhalt war, wußte sie ohne es zu öffnen; sie wollte den kleinen goldenen Reif nicht sehen, der für sie das Sinnbild aller Erdenfreude war, von der sie scheiden mußte, um den Weg der Entsagung und der Pflicht zu gehen. Denn der Kampf, der jetzt in ihrem Innern tobte – das wußte sie – würde damit enden, daß sie in wenigen Stunden dies Haus auf immer verließe. Und sie mußte gehen ohne ein letztes Lebewohl, ohne einen Druck seiner Hand, der ihr Mut und Kraft gegeben hätte, das schwere Opfer zu vollbringen. Wohin aber sollte sie sich wenden? Welchen Ort sollte sie wählen, damit er ihr nicht folgen könnte? Nur eine Zufluchtsstätte schien ihr geeignet und doch dachte sie nicht ohne Grauen daran sie aufzusuchen. Die elende Wohnung auf dem Markham-Platz erschien ihr jetzt, nachdem sie ein so ganz anderes Leben kennen gelernt hatte, doppelt armselig. Und doch war dies der einzige Ort, an dem sie hoffen durfte ihren Vater wiederzusehen. Dort standen noch seine Apparate und seine geliebte Maschine. Er hatte ja versprochen über der Tochter Wohl zu wachen, sicherlich würde er erfahren, daß sie ihr Glück nicht gefunden hatte, und zu ihr zurückkehren. Aber ach, wie furchtbar war der Entschluß, alles hinter sich zu lassen, was der Sonnenschein ihres Lebens gewesen war.

Ihr Geld lag sicher in der Bank; die kostbaren Kleider und andern Luxusgegenstände, die sich während des letzten Monats in ihrem Besitz angesammelt hatten, packte sie in den Koffer, den sie zurücklassen wollte. Mit leeren Händen war sie in dies Haus gekommen, ebenso wollte sie auch von dannen gehen. Nun galt es noch, die Abschiedsbriefe an Stanhope und Flora zu schreiben, was viele Zeit in Anspruch nahm und ihr manche bittere Träne kostete.

Als diese schwere Pflicht erfüllt war, legte sie sich wieder zur Ruhe nieder, um Kraft zu sammeln für alles was ihr noch bevorstand, denn im Laufe des Abends wollte sie ihre Flucht bewerkstelligen. Flora, das wußte sie, speiste heute bei ihrer Mutter und Stanhope ging sicherlich in den Klub. Sie brauchte dann nur nach einem Wagen zu schicken und durfte somit hoffen, ihr Vorhaben ohne Schwierigkeit ausführen zu können.

Einundzwanzigstes Kapitel.
Stanhopes Plan

Unterdessen hatten unten im Bibliothekszimmer Stanhope und Flora ein ernstes Gespräch miteinander. Daß Mary nicht in die beabsichtigte Verlobung willigen würde, war ihnen beiden klar, auch schien ihr Zögern unter den bestehenden Verhältnissen nur zu leicht begreiflich.

Um diesem für alle Beteiligten so qualvollen Zustande der Dinge ein Ende zu machen, hatte Stanhope den Entschluß gefaßt, noch einmal auf ein Thema zurückzukommen, das er gehofft hatte, nie wieder berühren zu müssen.

»Flora,« sagte er mit sichtlichem Widerstreben, »ich hätte nicht gedacht, daß ich die Umstände, welche meines Vaters Tod begleiteten, je wieder Ihnen gegenüber erwähnen würde; allein die seltsame Lage, in der ich mich befinde, zwingt mich dazu. Wenn ich mit Sicherheit annehmen könnte, daß mein Vater jenen Brief unter einer falschen Voraus-

setzung geschrieben hat, nur zu dem Zweck, eine Verbindung zwischen uns zu verhindern, die so wie so unmöglich war, dann würde ich keinerlei Bedenken mehr tragen, seinen Wünschen zuwider zu handeln. Es würde mir gelingen, Mary zu überzeugen, daß ich ihr mit ungeteiltem Herzen angehöre und sie sollte nie wieder auch nur den Schatten des Gedankens hegen dürfen, daß sie, um mein Glück zu fördern, mir entsagen müsse.«

Flora sah ihn erwartungsvoll an.

»Aber mich verfolgt die Furcht,« fuhr er fort, »daß der Befehl meines Vaters einem anderen und stichhaltigeren Beweggründe entsprungen ist. Gibt es wirklich eine Nathalie Yelverton und gebietet es meine Ehre, um irgend eines Umstandes willen, sie zu heiraten, so darf ich den Wünschen des eigenen Herzens nicht folgen. Mein Ungehorsam würde vielleicht das Andenken meines Vaters schädigen und dem jungen unschuldigen Mädchen, das mir vertraut, hätte ich schweres Unrecht getan.«

»Und warum erörtern Sie alle diese peinlichen Fragen von neuem?«

»Nicht ohne guten Grund. Wir glaubten zu wissen, Flora, was meinen Vater in den Tod getrieben hat; aber leicht kann unsere Vermutung irrtümlich gewesen sein. Es ist mir bisher nicht gelungen, den Mann aufzufinden, der die Pistole für meinen Vater gekauft hat und von dem ich Aufklärung zu erhalten hoffte. Der Beschreibung nach war er groß, von starkem Körperbau und hatte Blatternarben im Gesicht. Nun ist in dem Hause, das Mary bewohnte, ehe sie hierher kam, vor kurzem ein solcher Mann gesehen worden. Wenn es derselbe wäre –«

»Aber das ist höchst unwahrscheinlich. Leute mit Pockennarben sieht man häufig.«

»Gewiß; doch habe ich nun einmal das bestimmte Gefühl, daß er es ist.«

»Mich wundert, daß Sie ihn dann nicht ausgesucht haben!«

»Ich tat es, habe aber meinen Zweck nicht erreicht. Doch will ich jetzt den Versuch wiederholen. Zwar werde ich den Mann selbst schwerlich in jenem Hause finden, doch erhalte ich dort vielleicht eine Auskunft, die mir auf seine Spur verhilft.«

»Und was gewinnen Sie dadurch?«

»Ich hoffe durch ihn zu erfahren, ob ich auch ferner zu fürchten habe, daß Nathalie Yelverton eines Tages zum Vorschein kommt.«

»Von ihm?«

»Ich weiß, es klingt unverständig, aber an wen könnte ich mich sonst wenden? Meine Hoffnung, Licht in das Dunkel zu bringen, wird wohl vergeblich sein, aber ich will nichts unversucht lassen. Gleich heute Abend fahre ich nach jenem Hause.«

»Möchten Sie Ihren Zweck erreichen!«

»Flora, es schmerzt mich auch um Ihretwillen, die alten, kaum vernarbten Wunden wieder aufzureißen, aber ich sehe keinen andern Ausweg.«

»Sie haben recht. Denken Sie nicht an mich, Stanhope. Hier handelt es sich um Marys Glück und das Ihre.«

Sie trennten sich. Flora, um nach dem Hause ihrer Eltern zu fahren, Stanhope, um sich zur Mahlzeit in den Klub zu begeben und dann seine Nachforschungen anzufangen. Kaum hatte man beide Kutschen in verschiedener Richtung fortrasseln hören, als Mary im dunkeln Alltagskleid leise die Treppe herabkam. An der nächsten Straßenecke hielt eine Droschke, in welche sie einstieg, nachdem sie dem Kutscher befohlen hatte, nach dem Markham-Platz zu fahren. Kurze Zeit darauf ward an einer andern Gegend der Stadt und aus einem andern Munde der gleiche Befehl erteilt:

»Nach dem Markham-Platz.«

Viertes Buch.
Stefan Huse.

Zweiundzwanzigstes Kapitel.
Ein fremder Mieter

Als Mary das Ziel ihrer Fahrt erreicht hatte, hieß sie den Kutscher, nachdem sie ihn abgelohnt, noch zehn Minuten warten; sei sie bis dahin nicht zurückgekehrt, so solle er weiterfahren. Dann schritt sie auf ihre alte Wohnung zu.

Wer schildert jedoch ihr Erstaunen, als sie über ihres Vaters Fenster ein Schild angebracht sah, das ihr beim Schein der Straßenlaterne grell entgegen leuchtete

›Stefan Huse,
Galvanoplastische Anstalt‹

stand in großen Buchstaben darauf geschrieben. Ein trostloses Gefühl der Verlassenheit, der Heimatlosigkeit überkam sie. Der fremde Name, das veränderte Aussehen des Hauses, das sie noch vor wenigen Wochen bewohnt hatte, versetzten sie plötzlich in eine unbekannte Welt, in der sie nichts zu suchen und zu fordern hatte. Nur die gerechte Entrüstung über die Treulosigkeit der Hausmeistersleute bewog sie näher heran zu treten, um der Sache auf den Grund zu kommen. In dem Zimmer des neuen Mieters brannte noch Licht und Mary konnte durch die matten Fensterscheiben in das Gemach blicken, welches ihr Vater so sorgsam vor den Augen eines jeden Unberufenen zu verhüllen pflegte.

Die ganze Einrichtung war völlig verändert, der Raum in eine Werkstatt verwandelt. Die große elektromagnetische Maschine, das Gefäß mit der Kupfervitriollösung und noch andere seltsame Geräte, deren Zweck sie nicht kannte, fesselten zuerst ihre Aufmerksamkeit, nach und nach fielen ihr jedoch auch allerlei Gegenstände ins Auge, mit denen sie vertraut war, die ihrem Vater gehörten; vor allem die wohlbekannte Geldkiste, die in einer Ecke stand, und der lange dunkle Vorhang im Hintergrund, welcher stets den geheimnisvollen Apparat verhüllt hatte. War vielleicht auch dieser auf der alten Stelle geblieben?

Ein bejahrter, sehr hochschulteriger Mann, der mit ihr zugekehrtem Rücken am Tische stand, war eben beschäftigt, verschiedene glänzende Gegenstände in Seidenpapier zu wickeln. Jetzt wandte er sich und trat an das Fenster. Mary sah einen Augenblick sein höchst eigenartiges Gesicht, von krausem grauem Haar umrahmt; dann ward es dunkel vor ihren Augen – der alte Galvanoplastiker hatte den Rollvorhang herunter gelassen.

Die Wohnung gehört mir, ich habe sie noch auf zwei Monate gemietet, war Marys unwillkürlicher Gedanke. Rasch näherte sie sich der Haustür und zog die Klingel. Ein Unbekannter öffnete und fragte nach ihrem Begehr.

Sie wünschte die Hausmeisterin, Frau Braun, zu sprechen.

»Die Brauns sind ausgezogen, ich habe jetzt das Haus zu verwalten,« lautete die Antwort.

»Aber die Zimmer dort drüben gehören von Rechts wegen mir,« rief Mary bestürzt, »und ich sehe, daß ein Fremder eingezogen ist. Hat denn Frau Braun sie zum zweiten mal vermietet, oder haben Sie es vielleicht getan?«

»Ja, aber ich glaubte, es wäre ganz in der Ordnung. Der letzte Mieter soll das Weite gesucht haben. Entschuldigen Sie – Sie sind am Ende gar die junge Dame, die hier mit ihrem Vater gewohnt hat?«

Mary bezwang ihre wachsende Angst. »Die bin ich,« erwiderte sie. »Ehe ich fortging, habe ich noch die Miete für das laufende Vierteljahr bezahlt. Ich dachte die Wohnung abgeschlossen zu finden, meines Vaters Möbel und Bücher waren darin, auch – —«

»Bedaure,« versetzte der Mann, »von der Bezahlung weiß ich nichts; Frau Braun wird das Geld wohl für sich behalten haben.«

Das junge Mädchen stand ratlos da; ihr blieb nichts übrig, als den Ort zu verlassen; aber ihres Vaters Apparat – was sollte aus dem werden? –

»In dem Zimmer war auch eine Maschine, ein Modell, auf das mein Vater großen Wert legte; es ist doch nicht zu Schaden gekommen?«

»Eine Maschine? Wohl das blanke Ding hinter dem Vorhang? Wir haben nicht gewagt es anzurühren«.

»Morgen werde ich wiederkommen und es abholen,« erwiderte Mary und verließ das Haus. Schon im nächsten Augenblick kam sie jedoch mit einer Gebärde des Schreckens durch die noch offene Tür zurückgestürzt. Ein leichter Jagdwagen rollte die Straße daher; das schöne Gespann war ihr nicht unbekannt.

»O, was soll ich beginnen?« rief sie in banger Furcht. Sie fühlte nur allzu deutlich, daß, wenn Stanhope sie jetzt entdeckte, sie nicht die Kraft haben würde ihm zu widerstehen. Gab sie aber seinen Bitten nach, so war es vielleicht sein Verderben.

Zum Glück hielt der Wagen auf der gegenüberliegenden Seite der Straße vor dem hell erleuchteten Apothekerladen. »Er kommt hierher, er wird mich finden. Kann ich mich denn nirgends verbergen?« Sie sah sich hilflos um, der Hausverwalter hatte sich bereits zurückgezogen, aber jetzt hörte sie eine Tür gehen – das frühere Zimmer ihres Vaters öffnete sich – der alte Mann, den sie erst am Fenster erblickt hatte, stand auf der Schwelle und starrte sie bestürzt und verwundert an. Mit flehend erhobenen Händen eilte sie auf ihn zu. »Er kommt, er kommt!« mehr vermochte sie nicht zu sagen. Der Greis schien jedoch ihr Verlangen auch ohne Worte zu verstehen.

»Nur hier herein,« rief er mit seltsam rauhem Ton, faßte sie am Arm, zog sie in seine Werkstatt und schloß die Tür. Im nämlichen Augenblick verkündete der Schall der Hausglocke, daß Stanhope Einlaß begehrte.

Dreiundzwanzigstes Kapitel. Der Galvanoplastiker

Statt den Gang unserer Erzählung rasch weiter zu verfolgen, müssen wir nun leider erst einige Wochen zurückgreifen, um Näheres über Stefan Hufe und seinen Einzug in die Wohnung am Markham-Platz zu berichten.

Nachdem Thomas Dalton mit seiner Tochter auf so rätselhafte Weise verschwunden war, trat zwei Tage darauf ein alter Mann in die bereits erwähnte Apotheke, ließ sich den Wohnungsanzeiger geben und begann darin zu blättern. Er war wie ein Handwerker gekleidet, doch schienen seine seinen Gesichtszüge nicht zu der wettergebräunten Haut zu passen, auch der gänzliche Mangel an Augenbrauen gab ihm ein so seltsames Aussehen, daß der Gehilfe, welcher die Kunden bediente, ihn von Zeit zu Zeit verwundert betrachtete.

»Ich suche eine Wohnung,« sagte er jetzt aufblickend, »die ich mir zur Werkstatt einrichten kann für meine galvanoplastischen Arbeiten. Dort drüben hängt ein Zettel heraus, sind die Zimmer zu vermieten?«

»Das kann wohl sein; wenigstens hat sich der frühere Bewohner aus dem Staube gemacht,« lautete die Antwort.

»Und das Eckhaus daneben ist wohl eine Drucke-rei mit Maschinenbetrieb? Da könnte ich mir die Motor-Kraft, die ich brauche, mit geringen Kosten verschaffen. Ich will die Wohnung doch einmal an-sehen.«

»Sie scheinen mir jetzt nicht gerade in einer Ver-fassung, um viel zu arbeiten,« bemerkte der Gehilfe mit einem bedeutsamen Blick auf des Mannes Hän-de, die er beide in Leinwand verbunden trug.

»Ach, das geht bald vorüber,« entgegnete je-ner, »ich habe sie mir neulich unvorsichtiger Weise mit Schwefelsäure verbrannt, aber die Salbe, welche ich brauche, wird sie schnell wieder heilen.«

Der Gehilfe nickte und wandte sich einem eintre-tenden Kunden zu, ohne sich weiter um den Alten zu kümmern. Dieser verließ den Laden und wäh-rend er auf die andere Straßenseite hinüberging, spielte ein Lächeln der Befriedigung um seine Lip-pen. Er klingelte an dem Hause Nummer 6 und ver-langte die Zimmer zu sehen. Der Hausverwalter war bereit sie zu zeigen, doch bemerkte er, es ständen Sachen des vorigen Mieters darin, die noch etwa ei-nen Monat an Ort und Stelle bleiben müßten, wenn der alte Dalton sie nicht schon früher abholen ließe.

»Die werden mir Wohl im Wege sein,« murmelte der Fremde, »aber wir wollen sehen.«

Kurtis, der Hausverwalter, schloß die Wohnung auf. »Kommen Sie,« sagte er, »es liegt und steht noch alles genau so, wie die Leute es verlassen ha-ben.«

Der Fremde trat ein, sah sich hastig um, und sein erster Blick traf den Vorhang, hinter dem der Tisch mit Thomas Daltons Modell stand. Der Raum war düster, kalt und wenig einladend, dem Mieter schien er jedoch zu behagen.

»Hier am Fenster könnte ich meine Platten und Abdrücke bearbeiten, dort drüben wäre ein guter Platz für den Behälter mit der Kupferauflösung und meine Maschine. Wenn man mir nur erlaubt ein Loch durch die Wand zu bohren, da, wo im Neben-haus die Druckmaschine steht, so daß ich sie als Motor benützen könnte, dann wäre für alle meine Bedürfnisse gesorgt. Es war gerade die Nähe der Druckerei, die mich auf den Gedanken brachte mich hier einzumieten. Herrn Daltons Sachen würde ich einstweilen dort an die Wand stellen; auf das Brett oben kämen die fertigen Bestellungen, bis sie abge-holt werden. – Was ist denn hinter dem Vorhang? Vielleicht ein Platz um Kleider aufzuhängen?«

»Nein, da steht eine Maschine,« versetzte Kurtis, »es muß ein gefährliches Ding sein. Mein Vorgän-ger hier im Amt, Braun hieß er, hat mich ausdrück-lich gewarnt, es ja nicht anzurühren. Da Sie Techni-ker sind, verstehen Sie sich vielleicht auf derglei-chen.« Er hatte den Vorhang zurückgezogen und der Fremde betrachtete mit funkelnden Augen das noch unvollendete Modell, welches auf einem Tischchen vor ihm stand. In allen seinen Teilen prüfte er es mit den Blicken, als suche er den Zweck jedes einzelnen zu ergründen. Er wandte sich erst ab, als Kurtis den Vorhang wieder fallen ließ.

»Nun, was halten Sie davon?« fragte der Haus-meister.

»Irgend eine verrückte Erfindung,« erwiderte der Fremde, eine gleichgültige Miene annehmend, und setzte dann die Besichtigung der Zimmer fort.

Er entschloß sich endlich, die Wohnung zu mie-ten, und richtete in dem Vorderzimmer seine Werk-statt ein. Sobald er die Hände wieder brauchen konnte, begann er seine Arbeit und bald hörte man Tag für Tag das große Rad am Fenster schwirren und sah die hagere, gebückte Gestalt darüber ge-neigt und beschäftigt, bald diesen, bald jenen Ge-genstand abzuschleifen oder zu polieren. Die Be-stellungen, welche zuerst nur spärlich einliefen, nahmen bald zu, je mehr die Erzeugnisse der neuen Industrie Anklang fanden; nach zwei oder drei Wo-chen war der alte Galvanoplastiker schon eine be-kannte Persönlichkeit in der Nachbarschaft.

Pünktlich um acht Uhr abends stand das Rad am Fenster still und der Rollvorhang wurde herabgelas-sen, aber drinnen hörte man es noch immer schwir-ren und summen bis spät in die Nacht hinein.

Daß Stefan Huse keine sehr gesellige Natur war, hatten die Nachbarn bald herausgefunden. Wortkarg und meist in Gedanken versunken, nahm er wenig teil an dem, was um ihn her vorging, und selbst Kurtis, der Hausverwalter, gab es endlich auf, sich mit ihm in ein Gespräch einzulassen. Man sah ihn stets fleißig bei der Arbeit und bald fiel es niemand mehr ein, sich weiter um sein Tun und Treiben zu kümmern.

Hätten ihn die Leute jedoch beobachten können, wenn er, vor jedem Späherauge verborgen, beim Schein der Lampe hinter den fest verschlossenen Fenstern saß, sein verändertes Wesen wäre ihnen sicherlich aufgefallen. Das war nicht mehr der einfache Handwerker aus niederem Stande, ein höheres Geistesleben sprach aus seinen Zügen, er nahm eine straffere Haltung an, alle seine Bewegungen waren schneller und kräftiger.

Den ersten Teil des Abends verbrachte er mit Zeitungslesen, doch schienen ihn weniger die politischen Ereignisse und Leitartikel zu interessieren, als vielmehr Familiennachrichten und zwanglose Plaudereien aus den reichen und vornehmen Gesellschaftskreisen, zu denen er doch schwerlich je Zutritt gehabt hatte. Sein einfaches Mahl bereitete er sich selbst auf einem kleinen Kochofen; hatte er es verzehrt und vielleicht noch einen kurzen Gang ins Freie gemacht, so begab er sich wieder an die Arbeit. Er gönnte sich keine Erholung und mußte wohl auch wenig Ruhe bedürfen, denn oftmals fand ihn die Morgendämmerung noch in voller Tätigkeit.

Was ihn Nacht für Nacht wach erhielt und ihm alle Müdigkeit vergessen ließ, war aber nichts anderes, als seine unausgesetzte Arbeit an Thomas Daltons Modell, welches er allem Anschein nach zu vollenden beabsichtigte. Daß er den Zweck der Maschine gleich erkannt hatte und ihm auch die Gedanken des Erfinders nicht verborgen waren, bewies die Sicherheit und Entschlossenheit, mit der er ans Werk ging. Auf den ersten Blick entdeckte er das geheime Fach, in dem sich alles vorfand, was er noch zur Fertigstellung der Maschine brauchte, sowie sämtliche Werkzeuge, deren er bedurfte. Nun arbeitete er rastlos, aber wie es schien mit angsterfüllter Seele; bei jedem unerwarteten Geräusch, das durch die nächtliche Stille tönte, schrak er zusammen, als ob ihn eine Schuld bedrücke und er sich vor Entdeckung fürchte; auch warf er von Zeit zu Zeit forschende Blicke nach der Tür und dem Fenster, um einen etwa verborgenen Lauscher zu erspähen.

Zuweilen sprach er auch mit der Maschine, als wäre sie ein lebendiges Wesen, dem er sein Geheimnis anvertrauen könnte. Es mußten wohl furchtbare Worte sein, die er ihr zuflüsterte, denn seine Stimme bebte dabei und er zitterte an allen Gliedern. Endlich aber war die Stunde gekommen, da das Werk fertig vor ihm stand, und er betrachtete es mit triumphierenden Blicken. Prüfend drückte er bald auf den blanken Messingknopf, der an der einen Seite des Apparats angebracht war, bald auf einen ganz gleichen an der entgegengesetzten Seite, – aber niemals auf beide zugleich, nein, das vermied er sorgfältig. Wußte er doch, welche furchtbare Kraft die Maschine besaß und was für eine entsetzliche Wirkung entstehen würde.

Der Gang des Apparats schien ihn zu befriedigen; er seufzte erleichtert auf, beendigte seine Versuche, unterbrach die Leitung, nahm den Riemen ab, der zu der elektromagnetischen Maschine gehörte, und verbarg das vollendete Werk wieder hinter dem dunkeln Vorhang.

Zur Ruhe begab er sich jedoch nicht. Die ganze Nacht hindurch schritt er wie ein gequälter Geist im Zimmer hin und her. Was er erstrebt und gehofft hatte, war erfüllt, aber es schien ihm nur Grauen zu bereiten. Erst als das Licht des anbrechenden Tages die schwarzen Schatten verscheuchte, schlugen seine Pulse nicht mehr so heftig und seine wilde Erregung besänftigte sich.

Drei Wochen waren verflossen bis zu dieser ereignisreichen Nacht, seit er in seiner Werkstatt arbeitete, etwa zwei Tage später hatte er ein entsetzliches Erlebnis, einen Schrecken, der ihm Mark und Bein erschütterte.

Vierundzwanzigstes Kapitel.
Daltons Erfindung

Über eine dringende Arbeit gebeugt, die noch am nämlichen Tage abgeliefert werden mußte, saß Stefan Huse, mit dem Rücken der Stube zugewendet, an seinem Rad Er arbeitete mit emsigem Fleiß und war ungewöhnlich heiter gestimmt, sei es nun, daß ein Hoffnungsstrahl in seine verdüsterte Seele gefallen war, sei es, daß er den Segen nutzbringender Tätigkeit empfand, die jede Sorgenlast tragen hilft. Da vernahm er plötzlich hinter sich im Zimmer eine Stimme, bei deren Klang ihm alles Blut in den Adern stockte; wie erstarrt saß er da, außerstande auch nur ein Glied zu rühren.

Es war eine weiche, volltönende Stimme, aber todbringend für Stefan Huse. Ihm war, als drücke eine kalte Hand ihm die Kehle zu und er meinte zu ersticken. Sollte seine letzte Stunde gekommen sein? Er horchte atemlos, ob er den Laut noch einmal hören würde.

»Nein, nein,« dachte er in wilder Verzweiflung, »es kann nicht sein, ich täusche mich; er ist es nicht. Jetzt bin ich nicht vorbereitet, nicht äußerlich und nicht innerlich. Ich habe die Stimme nur im Traum gehört, er ist es nicht.«

Aber es war kein Traum, es war Wirklichkeit. Wieder vernahm er die volltönende Stimme, es schüttelte ihn wie Fieberfrost, er fuhr krampfhaft zusammen, aber er wandte den Kopf nicht und sah sich nicht um.

Das längst erwartete Ereignis war so urplötzlich gekommen, es raubte ihm alle Selbstbeherrschung, er war seiner Sinne kaum mächtig. Oft schon hatte er es sich vorgestellt; wachend und träumend hatte er die Begegnung, den ganzen Auftritt, wohl hundertmal durchlebt. Aber nun die Stunde da war, überraschte sie ihn völlig wie ein Donnerschlag aus blauer Luft. Niemals hatte er geglaubt, sie würde so ganz ungeahnt kommen, ohne daß er in Bereitschaft sei – und gerade wenn an der Maschine hinter dem Vorhang der Riemen abgenommen war. – In seiner Not kam ihm plötzlich ein rettender Gedanke. War er denn nicht Stefan Huse, der alte Galvanoplastiker, dem keinerlei Gefahr drohte? Diese Gewißheit gab ihm die verlorene Fassung zurück und seine Erstarrung wich. Schon im nächsten Augenblick hatte er seine Arbeit wieder aufgenommen; mechanisch hielt er den zu glättenden Gegenstand an das schwirrende Rad, während er dabei mit allen Kräften bestrebt war zu erlauschen, was hinter ihm vorging. Bald vermochte er auch die Worte zu unterscheiden, welche die so fürchterliche Stimme hinter ihm sprach. Daß sie nicht an ihn gerichtet waren, gewährte ihm die größte Erleichterung, offenbar mußte der Hausverwalter ebenfalls eingetreten sein.

»Aha, Sie haben also eine Werkstatt aus dem Zimmer gemacht,« bemerkte der Fremde, »das sieht ja aus, als erwarteten Sie den früheren Mieter nicht zurück.«

»Ein Vogel in der Hand ist besser als zehn auf dem Dach,« entgegnete Kurtis lachend. »Herr Huse bezahlt pünktlich und läßt des andern Habseligkeiten ruhig im Winkel stehen.«

Der Fremde warf einen forschenden Blick im Zimmer umher; er war groß und breitschulterig gebaut, eine imposante Persönlichkeit, neben der wohl die meisten Männer klein und unbedeutend erschienen. Noch auffallender wurde aber seine Erscheinung durch den Umstand, daß sein Gesicht über und über mit Blatternarben bedeckt war.

»Gehen Sie nur wieder an Ihr Geschäft,« sagte er jetzt, zu seinem Begleiter gewendet. »Ich will unterdessen einmal mit Herrn Huse sprechen. Während Kurtis nun das Zimmer verließ, schritt jener langsam nach dem Fenster hin. Von Zeit zu Zeit blieb er stehen und betrachtete alle Gegenstände auf dem Tisch oder auf dem Wandbrett, die seine Aufmerksamkeit erregten, ja, er nahm wohl auch dieses oder jenes in die Hand, um es genauer anzusehen. Dem Manne, der während dieser Besichtigung fast vor Todesangst verging, wurden die wenigen Minuten zur Ewigkeit.

Die magnet--elektrische Maschine war in vollem Gange und in der Kupferauflösung hingen allerlei Gegenstände von verschiedener Form und Größe. Vor dem Behälter stand der Fremde still und streckte eben die Hand danach aus, als eine scharfe durchdringende Stimme vom Fenster her ihm Einhalt gebot.

»Nehmen Sie sich in acht,« rief Huse in schrillem Ton, »es ist gefährlich, an einem Ort herumzustöbern, wo eine galvanische Batterie steht.«

»Man könnte einen Schlag bekommen, meinen Sie,« erwiderte der Unbekannte lachend, während er mit großem Interesse die Sachen in der Lösung betrachtete.

»Ja, einen Schlag,« wiederholte Huse, ohne den Kopf zu wenden.

Der andere richtete sich hoch auf; die breite Brust, der starke Gliederbau, sprachen von unbezwungener männlicher Kraft. »Ein Schlag von dem kleinen Ding da,« sagte er verächtlich »würde mir kaum so viel schaden wie ein Mückenstich.«

»Möglich, aber doch sage ich: kommen Sie ihm nicht zu nahe!« Huse war aufgestanden; den Blick scheu zum Boden gewendet schritt er an seinem Besucher vorbei, nahm rasch den Riemen von der elektromagnetischen Maschine und trug ihn nach dem Vorhang hin, der Daltons Erfindung verhüllte. Sein Gesicht war aschbleich, wildes Entsetzen malte sich in seinen Zügen, die Augen drohten aus ihren Höhlen zu treten. Er zitterte wie im Fieber, während er den Riemen auf die neue Maschine legte.

Dem andern entging des Galvanoplastikers Aufregung völlig. Er war dicht an seine Seite getreten.

»Was haben Sie denn da für ein Ding?« fragte er neugierig.

»Eine neue Erfindung, eine Art elektrodynamische Maschine,« lautete die kurze Erwiderung. Dann nahm Huse seinen Platz am Polierrad wieder ein, scheinbar nur mit seiner Arbeit beschäftigt. Dennoch lauschte er mit verhaltenem Atem auf jeden Ton, der von drüben an sein Ohr schlug, und namenloses Grauen erfüllte seine Seele.

Der Fremde betrachtete die unbekannte Maschine mit augenscheinlichem Interesse, sah die rasende Schnelligkeit ihrer Bewegung und betastete prüfend bald den, bald jenen Teil. »Ich bin nicht bewandert genug in diesen Dingen, verstehe zu wenig davon. Was mag zum Beispiel der Zweck der Messingknöpfe sein?« –

Was für ein seltsamer Ton war das?

Stefan Huse hatte ihn ausgestoßen, – es klang, als wolle er ersticken. Dachte er, der unwillkommene Eindringling, den er offenbar kannte und fürchtete, werde beide Knöpfe zugleich berühren und durch die Kraft des Stroms tot zu Boden geschmettert werden? Konnte er ihn nicht warnen vor der grausen Gefahr, weil ihm vor Schrecken die Stimme versagte oder – wollte er es nicht? Wünschte er, das Verhängnis möchte jenen ereilen, oder schauderte er doch zurück vor der fürchterlichen Entscheidung? Seine Spannung sollte nicht von langer Dauer sein. Mit einem kurzen sorglosen Lachen gab der andere seine Beobachtung auf, näherte sich Huse von hinten und berührte seine Schulter.

»Entschuldigen Sie,« sagte er, als jener zusammenfuhr, »ich habe einen Auftrag für Sie.«

Der Galvanoplastiker hielt in der Arbeit inne, schüttelte den Kopf und murmelte ziemlich unverständlich, er habe schon mehr Aufträge als er auszuführen vermöchte und könne nichts Neues übernehmen.

»Es handelt sich nicht gerade um eine Bestellung,« fuhr jener fort, »doch würden Sie ein gutes Stück Geld dabei verdienen. Ich suche nämlich nach der Gelegenheit zu einer Unterredung mit Thomas Dalton, in dessen Zimmer Sie jetzt wohnen, wie Sie wissen.«

»Das geht mich nichts an,« entgegnete Huse, wieder eifrig weiter arbeitend.

»O doch.« erwiderte jener. »Der Mann ist plötzlich verschwunden –«

»Ich weiß,« fiel ihm Huse in's Wort, »ich habe ja hier all seinen Plunder noch stehen.«

»Eben deshalb wollte ich mit Ihnen sprechen.« Wie einschmeichelnd der Ton seiner Stimme klang und wie hoch seine gewaltige Gestalt den kleineren Mann überragte! »Wenn Dalton nicht tot ist – und ich glaube er ist noch am Leben – so wird er eines schönen Tages hierher kommen, um seine Sachen zu holen. Wahrscheinlich ganz im Geheimen, so daß außer Ihnen niemand etwas davon erfährt. Sollte dies der Fall sein–« Er zog eine Banknote heraus, um sie Huse auszuhändigen Als dieser jedoch keine Miene machte das Geld anzunehmen, fuhr der Fremde unbeirrt fort: »Dalton ist ein früherer Kamerad von mir; doch hat er kein rechtes Glück gehabt in der Welt; nun läßt es mir keine Ruhe, bis ich ihm eine alte Schuld abgezahlt habe, die mich seit lange drückt. Sie könnten mir dabei helfen, wenn Sie mir Nachricht geben wollten – sagen wir telegraphisch – sobald er sich hier einstellt.«

»Sie wollen ihm ein Leid antun,« murmelte der andere, »sonst würden Sie mir kein Geld anbieten.«

»Wie kommen Sie auf den Gedanken? Ich sage Ihnen ja, daß wir Kameraden waren und ich meine alte Schuld bezahlen will. Das Geld können Sie ruhig nehmen – ich habe keinen Mangel daran.«

Stefan Huse legte die Banknote hin und nahm seine Arbeit wieder auf. »Ich werde Ihnen telegraphieren,« murmelte er.

»Sie tun mir einen Gefallen,« sagte jener mit herablassendem Lächeln. »Nur ein Wort und an diese Adresse. Dalton selbst wird es Ihnen Dank wissen, wenn die Begegnung zustande kommt, ohne daß er vorher darum weiß. Nicht wahr, wir verstehen uns?«

Statt der Antwort steckte Huse die Banknote in die Tasche und legte die Karte, welche jener ihm reichte, auf den Fenstersims. Da er nun eifrig weiter arbeitete, ohne sich noch nach dem Fremden umzusehen, lachte dieser kurz auf, wie belustigt über den sonderbaren Kauz. »Also, ich verlasse mich auf Sie,« wiederholte er und schickte sich zum Fortgehen an.

Bald darauf hörte Huse erst die Zimmertür, dann die Haustür gehen. Kaum wußte er sich sicher vor seinem Feinde, so sprang er auf, ein wildes Feuer glühte in seinen Blicken, er zog die Banknote heraus, zerknitterte sie in den Händen und riß sie in Stücke, die er in den Kehrichtkasten schleuderte, welcher im Winkel stand. Mühsam schleppte er sich dann zu Daltons Maschine hin und entfernte den Riemen wieder. »Also nicht heute!« murmelte er, »wird es denn morgen geschehen? Und wenn es kommt – wird man es Mord nennen oder –«

Das Wort erstarb ihm auf der Lippe. Die furchtbare Erregung der letzten halben Stunde hatte seine Kräfte erschöpft, er sank bewußtlos zu Boden.

Als er wieder zu sich kam war die Dämmerung bereits hereingebrochen. Er trat an das Fenster, um es zu öffnen und frische Luft zu schöpfen; da fiel sein Blick auf die Karte, die ihm der Fremde gegeben. Beim letzten Abendschein las er den Namen, der darauf gedruckt stand.

Oberst Robert Deering.
Brevoort-Haus

Fünfundzwanzigstes Kapitel.
Unverhofftes Wiedersehen

Kehren wir nunmehr zu Mary zurück, die wir verließen als sie eben in ihres Vaters früherer Wohnung Zuflucht gesucht und gefunden hatte. Mit klopfendem Herzen stand sie lauschend da, bald hoffend, bald fürchtend, daß Stanhope den Weg zu ihr finden möchte. Sie hörte, wie er draußen die Klingel zog, wie er den Verwalter von seinem Begehr unterrichtete; dann kehrte letzterer zurück und die Haustür schloß sich wieder. »Jetzt« dachte sie, »wird der Wagen fortfahren,« allein sie vernahm kein Rädergerassel, so scharf sie auch horchte.

Mit einem tiefen Seufzer wandte sie sich hierauf dem fremden Gewerbemann zu, der sie eingelassen hatte. Sie betrachtete seine gebeugte Gestalt, das dünne, graue Haar, das ihm über die tief gefurchte Stirne fiel, die gebräunten und mit Narben bedeckten Hände, welche jetzt eifrig beschäftigt waren, einen polierten Gegenstand in Seidenpapier zu wickeln. Mehrere Sekunden lang schwiegen beide und kein Laut unterbrach die Stille draußen und drinnen. Plötzlich blickte der alte Mann empor, faßte sie fest ins Auge und flüsterte zärtlich:

»Mary!«

Mit dem Ruf: »Vater, mein Vater!« warf sie sich ihm in die Arme und er hielt sie lange und innig umschlungen. Als sie sich endlich aus der Umarmung löste, waren ihre Wangen tränenfeucht. Sie betrachtete den Greis, der vor ihr stand, mit verwunderten Blicken.

»Es ist mir ein Rätsel!« rief sie. »Bist du es denn, der das Geschäft hier in der Werkstatt betreibt? Du bist mein Vater und doch so verändert, ich würde dich nun und nimmermehr erkannt haben, hättest du mich nicht beim Namen gerufen.«

»Gott sei gedankt dafür!« murmelte er heftig bewegt. »Aber sage mir,« fuhr er fort, als ihre Augen wieder unwillkürlich nach dem Fenster schweiften, »vor wem bist du eigentlich geflohen?«

»Vor Stanhope White,« stammelte sie. »Er liebt mich, aber ich kann ihm nicht angehören. Ich weiß nicht, was aus mir geworden wäre, hättest du dich meiner nicht angenommen. Aber wie hast du dich nur so verwandeln können? Dein braunes Haar –«

Er errötete vor seinem eigenen Kind – es war ein schmerzliches Gefühl. »Ich habe es gefärbt, um mich unkenntlich zu machen.«

»Aber auch dein Gesicht ist so ganz anders, so dunkel und sonderbar. Du hast deine Augenbrauen verloren.«

»Nein, Mary, ich habe die Haare einzeln ausgerissen.«

»Unmöglich, Vater.«

»Was tut der Mensch nicht, wenn sein Leben bedroht ist?«

»Droht dir Gefahr von jenem pockennarbigen Manne? Hast du, um ihm zu entfliehen, dein ganzes Selbst verändert? Bist du deshalb ein Handwerker geworden?«

Ihr Vater nickte bejahend, und plötzlich wie ein Blitzstrahl die Dunkelheit erhellt, stand es klar vor Mary's Seele, daß dies die Furcht war, die ihn sein ganzes Leben lang gepeinigt hatte. Solange sie denken konnte, war er bemüht gewesen, einem Verhängnis zu entfliehen, das auf ihn lauerte. Die völlige Umwandlung seines äußeren Menschen war nur ein neuer Versuch, diesen Zweck zu erreichen.

»Aber Vater,« begann sie schüchtern, »warum rufst du nicht die Polizei zu Hilfe, deren Pflicht es doch ist, den friedlichen Bürger zu schützen? Du hast so schwer gelitten und alles geopfert, selbst deine Stellung unter den Menschen, nur um jenes tückischen Feindes willen – muß das denn sein?«

»Du kennst meinen Feind nicht, er ist nicht wie andere Leute, und die Polizei kann mir nicht helfen.«

»Von Kindheit an hast du mir nichts als Liebes und Gutes erwiesen, Vater. Ich habe dich stets geehrt und ehre dich noch. Doch ich weiß und erkenne jetzt, daß du triftige Gründe haben mußt, diesen Kampf allein auszufechten. Wäre es denn aber trotzdem nicht besser, du zögest mich in dein Vertrauen? Ich könnte, sobald ich die Wahrheit weiß, dir nach Kräften beistehen, während ich bei meiner jetzigen Unkenntnis stets Gefahr laufe, in Irrtümer zu geraten, die dir Schaden bringen.«

»Ich kann es dir nicht sagen, – und es würde nichts nützen,« erwiderte er in heftiger Erregung. »Du siehst, ich fürchte jenen Mann, und habe seit Jahren kein Mittel unversucht gelassen, um mich vor ihm zu verbergen. Öfters habe ich den Ort gewechselt, zuweilen auch, wie du weißt, meinen Namen. Das alles hat nicht genügt, ihn von meiner Fährte abzubringen. Auch hier hat er mich endlich aufgespürt und ich sah ein, daß mir nur noch ein Rettungsweg übrig blieb. Ich beschloß, mein altes Selbst aufzugeben, mich völlig unkenntlich zu machen und in einer ganz anderen Lebensstellung offen und frei in die Welt hinauszutreten. Von einem befreundeten Schauspieler hatte ich die Kunst erlernt, mein Äußeres sowohl als meinen Gesichtsausdruck vollständig umzugestalten. Das ist mir vortrefflich gelungen. Die Nachbarn haben mich nicht wiedererkannt, ja, meine eigene Tochter betrachtet mich mit zweifelnden Blicken, wiewohl ich mich ihr zu erkennen gegeben habe. Für Mecha-

nik war ich von jeher beanlagt, deshalb wählte ich ein technisches Gewerbe. Die Arbeit macht mir Freude und bringt mich auf andere Gedanken. Von dir muß ich mich freilich trennen, Mary, denn dein Geschick darf dem deines Vaters nicht gleichen. Ich lebe in Niedrigkeit, du aber bist jung und schön, deiner wartet ein glückliches, glänzendes Los!« Er drückte ihr einen liebevollen Kuß auf die Stirn.

»O Vater, deine Hände,« rief sie plötzlich erschreckt, »wie furchtbar mußt du sie verbrannt haben!«

»Es galt jene Narbe zu verbergen, mein Kind!«

»Entsetzlich! Armer, lieber Vater! Wie kannst du nur deine Arbeit verrichten mit den verkrüppelten Fingern? – sage mir – und das Modell? – steht es noch immer dort hinter dem Vorhang?« Sie sah ihn so teilnehmend an mit ihren unschuldigen Augen. Gewiß, sie ahnte nichts von der grauenhaften Bedeutung jener todbringenden Maschine.

»Ja,« murmelte er dumpf, »es ist hier und schon deshalb mußte ich in diese Wohnung zurückkehren.«

»Das freut mich,« rief sie, »der Verlust wäre dir schwer geworden.«

Mary war an das Fenster getreten. Hielten denn Stanhopes Pferde noch immer drüben vor der Apotheke? Sie mußte Gewißheit haben. Rasch zog sie den Rollvorhang in die Höhe und sah das Gefährt noch an derselben Stelle. Ihr Vater ergriff sie heftig beim Arm.

»Kind, was tust du?« rief er, sie erschreckt zurückziehend; »vergiß nicht, daß ich Stefan Huse, der Techniker bin. Was sollen die Nachbarn denken, wenn ich so vornehme Damenbesuche bei mir empfange!«

Sie sah ihn bestürzt an, dann blickte sie auf ihr Kleid, das zwar höchst einfach, aber gediegen in Stoff und Schnitt war.

»Vergib,« bat sie, »ich weiß kaum, was ich beginne, so lange er noch in meiner Nähe weilt. Glaubst du, daß er auf mich wartet? Er wird lange warten müssen – ich habe meinen Vater gefunden.«

»Liebt er dich, Mary, hat er dir seine Hand angetragen?«

»Ja, sehr bald nachdem ich dort ins Haus gekommen war.«

»Und wie steht es mit deinem Herzen? Sage es deinem alten Vater, mein Kind.«

Sie rang einige Augenblicke mit ihrem großen Schmerz dann brach sie in Tränen aus. »Ich liebe ihn so sehr,« rief sie schluchzend, »daß ich nie in die Heirat willigen werde. Wenn mein Entschluß bis jetzt noch nicht feststand, so hat deine heutige Mitteilung allem Schwanken ein Ende gemacht. Mein Platz ist an deiner Seite. Der herrliche, untadelige Mann muß eine würdige Gattin haben! Auch trennt uns seines Vaters Gebot, Herr White hat ihm noch an seinem Todestag befohlen, ein anderes Mädchen zu heiraten. Er kennt sie nicht – hat sie nie gesehen, aber – –«

»Ein anderes Mädchen – Herr White – unmöglich!«

Er rief die Worte in zorniger Erregung und schüttelte ungläubig das Haupt.

»Es ist so wie ich sage,« wiederholte Mary, »sie heißt Nathalie Yelverton und wir müßten in beständiger Furcht schweben, daß –«

»Nathalie Yelverton,« stammelte der Alte, dann schwieg er plötzlich und blickte verwirrt zu Boden. »Mary,« begann er nach einer Weile mit bebender Stimme, »du weißt, wie sehr ich dich liebe; dich glücklich zu sehen – wenn auch nur von ferne – ist mein höchster Wunsch, schon das Bewußtsein genügt mir. Kehre zu deinem Geliebten zurück, fürchte nichts; deiner wartet eine Zukunft voll Glanz und Sonnenschein; noch ehe ein Monat um ist, wird dich Stanhope White als seine Gattin heimführen.«

Mary war tief erschüttert; sie hatte gehofft, der Vater werde ihr beistehen, das schwere Opfer zu bringen. Wenn sie nicht nur gegen ihr eigenes Herz kämpfen mußte, sondern auch gegen des Vaters Willen, fürchtete sie zu unterliegen.

»Sprich nicht so,« flehte sie, »ich brauche Kraft, um meine Schwachheit zu bezwingen und zu tun, was ich als das Rechte erkannt habe. Ich wollte der Versuchung nicht nachgeben, deshalb bin ich entflohen. Laß mich jetzt bei dir bleiben.«

»Aber Kind, siehst du denn nicht, daß das unmöglich ist? Wo könntest du besser aufgehoben sein als bei Frau White? – Oder hast du andere Freunde?«

Sie schüttelte stumm das Haupt.

»Dein Geld ist doch in Sicherheit?« fuhr er fort, »das ist ein fester Halt für jemand, der auf sich selbst angewiesen ist. Nimm es wohl in acht bis zu deiner Heirat. Und, nicht wahr, jetzt darf ich nach einem Wagen schicken, der dich schleunigst wieder heimbringt?«

»Vater,« rief sie und die Verzweiflung gab ihr Kraft, »nichts soll mich dazu bewegen, wenn du mir nicht schwörst, daß auf deiner Vergangenheit kein Flecken ruht, daß Stanhope Whites Ehre nicht leiden würde, wenn er mich zur Gattin wählt.«

Eine furchtbare innere Erregung spiegelte sich in seinen einst anziehenden, jetzt so entstellten Zügen. »Und willst du deinerseits versprechen in die Heirat zu willigen, wenn ich den Schwur leiste?«

Sie hing in atemloser Spannung an seinen Lippen, alles andere war vergessen. »Ja, Vater!«

»Nun denn – vor Gottes Angesicht schwöre ich, daß Stanhope White, könnte er mein Leben überblicken, wohl viel Unglück und Trübsal darin sehen würde, aber nichts, was ihn und dich zu trennen braucht.«

Sie sah ihn glückstrahlend an. »Also ist es keine Schuld, nichts Entehrendes, was dich bedrückt. Gott sei gelobt und gedankt dafür!« In ihrer überströmenden Freude, die kein Zweifel mehr trübte, küßte sie seine narbigen Hände mit Inbrunst.

Bei ihrer Liebkosung schwand der Ausdruck von Hoheit und Würde, mit der er noch eben gesprochen, aus seinen Zügen. Unwillkürlich wich er vor seiner arglosen Tochter zurück. »Du hast meinen Eid gehört,« sagte er, »nun gib auch du mir dein Versprechen.«

Sie sah ihn mit flehenden Blicken an. »Ich kann nicht,« stammelte sie, »mir ist, als sollte ich ein Unrecht begehen. Erlaß es mir.«

Statt der Antwort schloß er sie in die Arme. »Du brauchst mir nichts zu geloben,« rief er, »ich verlasse mich auf deine Liebe. Der Tag, der euch beide vereinigt, wird der glücklichste meines Lebens sein.«

In ihrem Herzen tat sich ein ganzer Himmel voll Friede und Freude auf. »Vater,« rief sie, »du hast gesiegt. Hättest du mir deine Hilfe nicht versagt, vielleicht wäre ich stark genug gewesen –«

»Ja, ja,« fiel er ihr lebhaft ins Wort, »ich will alles auf mich nehmen und schuld sein an deinem Glück. Es macht mich wieder jung, dich so froh zu sehen; fast vergesse ich, daß ich mich auf immer von dir trennen muß. Du wirst mich einst noch für diese Stunde segnen, was du auch sonst von deinem alten Vater denken magst. Und nun zögere nicht länger, wir müssen Abschied von einander nehmen, mein Liebling. Um meinetwillen sei außer Sorge; der Mann, den ich fürchte, ist vor zwei Tagen hier in der Werkstatt gewesen und hat mich nicht erkannt. Lebe wohl, mein Kind, Gottes Segen über dich.«

Sie warf sich heftig in seine Arme. »Und soll ich dich nie wiedersehen? Darf ich dir nicht schreiben oder Nachricht von dir erhalten?«

»Nein, es gilt einem wachsamen Auge zu entgehen, der Verkehr mit dir würde mich verraten.«

»Aber wenn du meiner bedürfen solltest?«

»Dann will ich dir ein Zeichen schicken.« Er schrieb einige verschlungene Buchstaben auf ein Blatt Papier. »Siehst du das auf der letzten Seite des ›Herald‹ bei den Familiennachrichten, so weißt du, daß du hier erwartet wirst. Bis dahin vergiß diesen Ort. Thomas Dalton ist für immer verschwunden und mit Stefan Huse hat Stanhope Whites künftige Gattin nichts zu schaffen.«

Er drückte ihr noch einen letzten Kuß auf die Stirn, dann löste er sich sanft aus ihrer Umarmung und sie eilte fort. Als sie jedoch die Haustür öffnete und nach dem Wagen hinüberblickte, der noch immer vor der Apotheke hielt, fuhr sie heftig erschreckt wieder zurück.

In dem hell erleuchteten Torweg drüben standen zwei Männer in eifrigem Gespräch. Der eine war Stanhope und der andere – der Feind ihres Vaters, der Mann mit den Blatternarben, vor dem auch sie Furcht und Grauen empfand. Während sie sich noch voller Entsetzen fragte, was das zu bedeuten hätte und jeden Augenblick erwartete, daß sie herüberkommen und sie entdecken würden, traten jene plötzlich auf die Straße, der Wagen fuhr vor, sie stiegen beide ein, die Tür schloß sich und das Gefährt rollte mit ihnen davon.

Als Mary ihre Fassung wiedergewonnen hatte und kein Geräusch sich mehr vernehmen ließ, hörte sie an ihrer Seite eine Stimme die Worte flüstern: »Ich habe den Hausverwalter nach einem Wagen geschickt, meine Tochter, sage dem Kutscher, er soll so schnell wie möglich fahren. Du mußt noch vor Herrn White wieder daheim sein.«

Sechsundzwanzigstes Kapitel. Angriff und Verteidigung

An jenem ereignisreichen Abend war Stanhope, wie wir wissen, nach dem Markham-Platz gefahren, um den Aufenthaltsort des Mannes zu erkunden, der nach seiner Meinung einzig und allein imstande war, das Geheimnis aufzuklären, das seines Vaters Tod umgab. Als auf sein Klingeln an dem Hause Nr. 6 nicht die geschwätzige Frau Braun ihm öffnete, sondern Kurtis, der neue Hausverwalter, sah er ein, daß er seinen Zweck schwerlich erreichen würde.

Eben war er im Begriff, unverrichteter Sache wieder heimzukehren, als er gegenüber in dem hell erleuchteten Apothekerladen einen großen Mann von mächtigem Körperbau, eine wahre Reckengestalt, stehen sah, dessen ausdrucksvolle Gesichtszüge durch tiefe Blatternarben entstellt wurden.

War es möglich – betrog ihn sein Gefühl nicht – konnte dies der Mann sein, den er suchte? Unwiderstehlich trieb es ihn, sich Gewißheit zu verschaffen.

Stanhope trat in den Laden und Oberst Deering wandte sich nach ihm um. Es war eine Begegnung zwischen zwei einander völlig fremden Menschen, aber der erregte Blick, den sie wechselten, ließ dies kaum vermuten. Während der Oberst sich eine Zigarre anzündete, fuhr er fort, den andern mit der ihm eigenen überlegenen und stolzen Miene zu betrachten.

Stanhope's Herz klopfte fast hörbar. »Sie werden entschuldigen,« sagte er sich jenem nähernd, »aber, wenn ich nicht irre, sind Sie der Herr, nach welchem ich schon seit mehreren Wochen suche.«

Der Oberst schien auf eine so direkte Anrede nicht gefaßt, er vermochte dem jungen Mann mit den offenen fesselnden Zügen nicht sogleich frei ins Angesicht zu sehen; dann aber erwiderte er, mit dem freundlich verbindlichen Ton, der für die meisten etwas Einnehmendes hatte, »ich bin Oberst Deering und wohne in Brevoort Haus, wo mich jeder finden kann, der mich sucht.«

»Und mein Name ist Stanhope White.«

Wäre der Oberst darüber im Zweifel gewesen, man hätte ihm doch vielleicht einige Bestürzung angemerkt; allein er wußte, wen er vor sich hatte und verbeugte sich nur mit vollendeter Höflichkeit.

»Ich freue mich, Ihre Bekanntschaft zu machen,« sagte er. »Ihres Vaters Name ist mir natürlich nicht fremd und ich schätze es mir zur Ehre, mit dem Sohn zu verkehren.«

»Also kannten Sie meinen Vater?«

Der Oberst blies den Rauch seiner Zigarre in die Luft. »Um Vergebung – wer hat denn Ihren Vater nicht gekannt?«

Alles Blut wich aus Stanhopes Gesicht. Er sah, daß sie allein im Laden und unbeachtet waren, denn der Gehilfe hatte sich in den Hintergrund zurückgezogen. Rasch erwiderte er: »Ich meine, Sie waren persönlich mit ihm bekannt. Kamen Sie nicht in das Haus am Morgen seines Todes?«

Der Oberst betrachtete ihn mit kühlen Blicken.

»An jenem Morgen haben wohl viele Personen Ihr Haus betreten. Wenn ich auch dort war, so ist das nichts Besonderes.«

Stanhope stand dem Oberst an Größe nicht nach, wenn er auch schlanker von Gestalt war; das Bewußtsein seiner reinen Zwecke aber gab ihm Mut und Stärke. Unerschrocken entgegnen er, jedes Wort scharf betonend: »Ich frage danach, weil Sie es waren, der ihm an jenem Morgen die Pistole gebracht hat, aus welcher der verhängnisvolle Schuß kam, der ihm das Leben raubte.«

»Ach, das wissen Sie?« Des Obersten Stimme klang ruhig, ja rücksichtsvoll, aber er war doch erschüttert und außer Fassung gebracht, wie Stanhope deutlich erkannte, obgleich jener es nicht merken lassen wollte. Dies erregte seinen Argwohn und von ganzem Herzen wünschte er Jack herbei, damit er ihm in diesem wichtigen Augenblick mit seinem klaren Urteil beistehen könne.

»Sie geben also zu, daß meine Behauptung auf keinem Irrtum beruht? Sie haben die Waffe in der Nassau-Straße gekauft und sie meinem Vater am Hochzeitsmorgen übergeben?«

»Gewiß; warum sollte ich nicht?«

»Hatte er Sie darum gebeten?«

Er zögerte mit der Antwort. »Nein,« sagte er dann in gelassenem Ton. »Vielleicht wußte er nicht einmal, daß ich mich in der Stadt befand. Ich wollte ihm ein Geschenk machen, welches ihn an unsere Kameradschaft in früheren Zeiten erinnerte. Daß so verhängnisvolle Folgen daraus entstanden sind, hat mich natürlich aufs Schmerzlichste berührt. Ich ergreife daher die Gelegenheit, Ihnen mein Beileid auszusprechen, daß ein unglücklicher Unfall diesem so gemeinnützigen Leben ein allzu frühes Ende bereitet hat. Den Verstorbenen kann das freilich nicht wieder auferwecken, aber es erleichtert mir doch das Gemüt.«

»Sie haben recht lange gezögert, sich diese Erleichterung zu verschaffen.«

»Das gebe ich zu; ich würde den Gegenstand überhaupt nicht berührt haben, hätten Sie mich nicht dazu veranlaßt. Meinem Gefühl nach wäre es besser gewesen. Sie hätten nie erfahren, daß meine allzu eifrige Freundschaft Ihrem Vater Unheil gebracht hat.«

So sehr Deering auch bestrebt war, seine innere Erregung unter einem dreisten unbefangenen Wesen zu verbergen, Stanhope ließ sich nicht täuschen.

»Ich muß Sie bitten, Herr Oberst,« sagte er mit mühsam erzwungener Selbstbeherrschung, »mir eine längere Unterredung an einem Orte zu gewähren, wo ich die Fragen an Sie stellen kann, welche ich auf dem Herzen habe. Wichtige Gründe nötigen mich, mir über das traurige Ende meines Vaters völlige Klarheit zu verschaffen. Wollen Sie mich in den Klub begleiten? Wir werden dort völlig ungestört verhandeln können.«

»Aber ich habe Ihnen ja schon alles gesagt, was ich weiß,« entgegnete der andere verwundert. »Ich kann nur wiederholen, daß ich die bewußte Pistole am Hochzeitsmorgen als Geschenk für Ihren Vater im Hause abgegeben habe, zur Erinnerung an frühere Zeiten. Was könnte ich sonst noch hinzufügen?«

»Vieles. Sie haben meinen Vater gesehen, gesprochen —«

Der Oberst hatte die Asche seiner Zigarre fallen lassen und klopfte sie jetzt sorgfältig von seinem sauber gebürsteten Rock.

»Also diese Tatsache ist auch zu Ihrer Kenntnis gelangt,« sagte er, »Sie müssen die Angelegenheit recht gründlich untersucht haben, was unter den Umständen nur natürlich ist.«

»Mit Ihrer Hilfe hoffe ich der Wahrheit auf den Grund zu kommen,« rief Stanhope in leicht begreiflicher Aufregung. »Wollen Sie mich in den Klub begleiten?«

Deering war kein Mann von schnellen Entschlüssen, er überlegte erst lange und bedächtig. Was ihn an jenem Abend nach dem Markham-Platz geführt hatte, war der Wunsch, Stefan Huse, den Galvanoplastiker, noch einmal aufzusuchen. Ihr neuliches Gespräch, während der Mann bei der Arbeit saß, hatte ihn nicht ganz befriedigt. Daß er diese Absicht aufgeben sollte, war jedoch nicht die einzige Ursache seines Zögerns. Noch aus einem andern und weit triftigeren Grunde kam ihm Stanhopes Vorschlag ungelegen. Wenn er darauf einging, so wurden gewisse Tatsachen ans Licht gezogen, die er gehofft hatte, stets geheim halten zu können; andererseits durfte er aber auch, ohne Verdacht zu erregen, dem jungen Mann ein so natürliches Verlangen nicht abschlagen. Sicherlich würde er nicht eher wieder Ruhe haben, als bis er sich zu einer Art Erklärung herbeigelassen hätte. Nachdem er alles wohl erwogen hatte, hielt er es für das Beste, Stanhope gleich den Willen zu tun.

»Wenn Sie es wünschen,« sagte er in wahrhaft väterlichem Tone, »so steht meinerseits nichts im Wege.«

Die Fahrt nach dem Klubhaus wurde schweigend zurückgelegt; beide Männer waren vollauf mit ihren eigenen Gedanken und Plänen beschäftigt. Erst unmittelbar vor dem Halten des Wagens nahm Stanhope das Wort. »Hätten Sie etwas dagegen einzuwenden,« sagte er, »wenn mein Freund, Jack Hollister, unserer Unterhaltung beiwohnte, oder würde die Anwesenheit eines dritten Sie weniger geneigt machen, sich offen auszusprechen?«

»Wenn Sie Zuhörer zu haben wünschen,« lautete die gelassene Antwort, »so ist das Ihre Sache. Ich würde Ihnen jedoch raten, das Gespräch lieber unter vier Augen abzumachen. Meiner Überzeugung nach sollten dergleichen Dinge so wenig wie möglich an die Öffentlichkeit gelangen.«

Stanhope schwankte einen Augenblick, ob er diesem Rate Gehör geben, oder seinem eigenen Gefühl folgen solle. Er beschloß, einen Mittelweg zu wählen.

»Gut, lassen Sie uns die Unterhaltung allein beginnen,« versetzte er; »ich behalte mir jedoch vor, meinen Freund herbeizurufen, sobald mir seine Gegenwart wünschenswert erscheint.«

»Wie Sie wollen,« erwiderte Deering gleichmütig.

Im Klubhaus angelangt, ließ sich Stanhope ein Privatzimmer anweisen und beauftragte den Diener zugleich, Herrn Hollister, der sich im Lesesaal befand, zu bitten, in das Nebengemach zu kommen, da er ihn noch vor dem Fortgehen zu sprechen wünsche.

Das Zimmer, welches er nun in Deerings Begleitung betrat, war reich möbliert. Gerade der Tür gegenüber hing ein hoher Pfeilerspiegel, der ihr Bild in ganzer Größe zurückwarf; Stanhopes Mienen verrieten seine innere Erregung, das Gesicht des Obersten war ungewöhnlich blaß.

Sie standen einander jetzt Auge in Auge gegenüber.

»Sie haben meinen Vater am Morgen seines Todes gesehen, Herr Oberst,« begann Stanhope, jede Einleitung verschmähend, »und zwar allein in seinem Studierzimmer; gewiß haben Sie auch einige Worte mit ihm gewechselt.«

»Ganz recht; wir hatten ein kurzes Gespräch.«

»Ich befinde mich in einer seltsamen Lage, Oberst Deering! Ihnen – einem Fremden gegenüber – bin ich gezwungen, mein wichtigstes Geheimnis zu enthüllen, das mir nicht über die Lippen kommen sollte. Es betrifft meines Vaters Tod. Die Welt, die öffentliche Meinung, unsere Freunde, sind der Überzeugung, daß die Pistole zufällig losgegangen ist; aber wir, das heißt seine Frau und ich, fürchten, mein Vater habe sich selbst erschossen, um eines geheimen Kummers willen, oder aus irgend einer andern bis jetzt unaufgeklärten Ursache. Hierüber suche ich mir Licht zu verschaffen.«

»Ich werde Ihr Geheimnis bewahren,« versetzte Deering, »doch begreife ich nicht, warum Sie es mir anvertrauen. Daß Ihr Vater durch mich in einem so kritischen Augenblick in den Besitz der Waffe gelangt ist, lastet mir schon schwer genug auf der Seele.«

»Sie wissen nicht, um was es sich für mich handelt. Mein ganzes Lebensglück hängt davon ab, ob sich ermitteln läßt, in welcher Gemütsverfassung mein Vater an jenem verhängnisvollen Morgen war. Fiel der Schuß nicht mit Vorbedacht oder fiel er aus einem Beweggrund, der zu Ihrer Person in keinerlei Beziehung steht, dann bin ich berechtigt, meinem Herzen zu folgen und die Gattin heimzuführen, welche die Vorsehung für mich bestimmt zu haben scheint. Sind Sie dagegen auf irgend welche Weise in jene Angelegenheit verwickelt, dann ist dieselbe für mich noch von tausend Rätseln umhüllt. Ich müßte mich scheuen, einen entscheidenden Schritt zu tun, dessen Folgen unberechenbar wären, sowohl für mich selbst, als für das unschuldige Mädchen, das ich liebe.«

»Ihre Behauptungen sind mir unverständlich,« entgegnete der Oberst schroff und abwehrend. »Was veranlaßt Sie denn zu glauben, daß ich irgend welchen Einfluß auf Ihres Vaters Gemütsstimmung an jenem Morgen gehabt habe?«

»Ich rede nicht ohne guten Grund. Wir wissen, daß Sie etwa um zehn Uhr bei meinem Vater waren. Vorher erschien er heiter, glücklich und lebensfreudig, wie sich das an seinem Hochzeitstag nicht anders erwarten ließ. Als ich ihn wiedersah und zu ihm in den Wagen stieg, fand ich ihn blaß, schweigsam und höchst niedergeschlagen. Was ist wohl natürlicher als anzunehmen, daß Ihr Besuch etwas mit dieser Wandlung zu tun hat – einen andern hat er nicht empfangen.«

Der Oberst war unruhig auf und ab gegangen, jetzt blieb er Stanhope gegenüber stehen und blickte ihn lange und forschend an, als wolle er des jungen Mannes ganzes Sein und Wesen ergründen, samt der Zukunft, die vor ihm lag. »Sie hatten nicht unrecht, dies in Betracht zu ziehen,« äußerte er endlich in bedächtigem Ton, »doch werden Sie weitere Nachsuchungen anstellen müssen, um die Ursache zu finden, die Ihren Vater, einen so bedeutenden Mann, in den Tod getrieben hat, wie Sie argwöhnen. Was mich betrifft, so hatte ich nur den Zweck, ihm mein Geschenk zu überbringen, und die wenigen Worte, die wir dabei wechselten, waren nichts als die Begrüßung zwischen zwei alten Kameraden.«

»Wirklich – nichts anderes, Herr Oberst?«

Deerings Selbstbeherrschung war nicht leicht zu erschüttern. doch fühlte er, daß ihm die Röte in die Wangen stieg.

»Sie zweifeln an der Wahrheit meiner Rede, Herr White? – Entweder, Sie haben triftige Gründe dazu, oder, Sie sind nicht der Ehrenmann, für den ich Sie hielt.«

Statt der Antwort schritt Stanhope nach dem andern Ende des Zimmers und klopfte an die Wand.

»Ich wünsche, daß mein Freund bei unserm ferneren Gespräch zugegen ist,« sagte er, seine Aufregung gewaltsam bezwingend.

Als gleich darauf Jack Hollisters schlanke, vornehme Gestalt in der Türöffnung erschien, wartete Stanhope in seiner Ungeduld, das Gespräch wieder aufzunehmen, des Freundes Fragen gar nicht ab. »Schenke mir deine Aufmerksamkeit, Jack,« begann er stürmisch. »Oberst Deering verlangt zu wissen, warum ich bei meiner Ansicht beharre, daß er genauere Auskunft über meines Vaters letzte Lebensstunden zu geben vermag, aber nicht dazu geneigt ist. Ich möchte, daß du als Zeuge zugegen bist, wenn ich hierauf Antwort erteile. Willst du mir den Gefallen tun?«

Jack sah die Reckengestalt des Fremden, das Gesicht mit den Blatternarben und wußte, wen er vor sich hatte. Deerings flüchtiger und herablassender Ton bewies dagegen, daß er den modisch gekleideten jungen Herrn für zu unbedeutend hielt, um ihn seiner Beachtung zu würdigen. Dieser Umstand war sehr günstig für Jack, denn er erleichterte ihm die Rolle, die er zu spielen gedachte.

»Ich stehe gern zu Diensten,« sagte er in gleichgültig schläfrigem Ton und streckte sich behaglich in den bequemsten Lehnstuhl aus. »Sage dem Herrn nur, was du ihm mitzuteilen hast.«

Stanhope kannte seinen Freund und ließ ihn gewähren. Er wandte sich nun dem Obersten wieder zu.

»Ich wiederhole die Behauptung,« sagte er, »daß Sie meinem Vater eine Mitteilung gemacht haben müssen, die ihm plötzlich alle Lebenslust und Freude raubte, wenn nicht vielleicht schon Ihr bloßer Anblick in ihm eine furchtbare Erinnerung wach gerufen hat, die imstande war, einen Mann darnieder zu schmettern, den weder Schmerz noch Enttäuschung je zu bezwingen vermochte. Wie erschütternd die Wirkung Ihrer Unterredung war, beweist schon der Umstand, daß mein Vater unmittelbar darauf seine letzten Verfügungen traf. Auch scheint Ihre Gegenwart häufig Schrecken zu verbreiten. Ich kenne einen andern Mann, dem vor einer Begegnung mit Ihnen so sehr graut, daß er in seiner Angst aus dem Hause entflohen ist, um nie mehr dahin zurückzukehren.«

»Sie sind wirklich gut unterrichtet,« erwiderte Deering mit bedeutsamem Lächeln. »Fast scheint es mir, Sie wissen ebenso viel von meinen Angelegenheiten, als ich schon längst von den Ihrigen weiß.«

»Durchaus nicht. Ich weiß nichts Näheres über Sie. Aber Thomas Dalton kenne ich. Weshalb verfolgen Sie ihn und warum brachten Sie meinem Vater an seinem Hochzeitsmorgen eine Pistole zum Geschenk?«

Der Oberst schien auf jeden Angriff vorbereitet.

»Die beiden Menschen, die Sie da in einem Atem nennen,« sagte er, »haben nichts mit einander gemein.«

»Und doch bestand eine Ähnlichkeit zwischen ihnen; ich erinnere an die seltsame Narbe auf der Fläche der linken Hand. Sie behaupten, ein früherer Kamerad meines Vaters gewesen zu sein. Waren Sie nicht auch ein Kamerad von Thomas Dalton?«

Bei dieser Frage fuhr der Oberst sichtlich zusammen, auf seiner Stirn lagerten sich düstere Falten und der drohende Blick seiner Augen schien Stanhope warnend zuzurufen, er solle nicht weiterforschen.

»Das steht in keinerlei Beziehung zu der Sache, welche wir besprechen,« entgegnete er. »Samuel White ist tot und die Vergangenheit sollte füglich mit ihm begraben werden. Wenn aber Sie, sein Sohn, mich drängen, Ihnen dieselbe wider meinen Willen zu offenbaren, so bin ich bereit, Rede und Antwort zu stehen, soweit die Sache ihn betrifft.

Über mein Verhältnis zu Thomas Dalton haben Sie jedoch kein Recht, Auskunft von mir zu verlangen.«

»Sei es drum. Mir scheint, wir werden schon genug Trauriges zu hören bekommen, wenn das Geheimnis Ihrer früheren Beziehungen zu meinem Vater enthüllt wird. Es muß sich um Ereignisse handeln, die fast dreißig Jahre alt sind, denn ich zähle 25 Jahre und solange ich lebe, habe ich in unserm Hause Ihr Gesicht niemals erblickt.«

»Die Rechnung stimmt, Herr White. Vor 29 Jahren hat meine Hand zum letztenmal diejenige Ihres Vaters berührt.«

»Also nicht bei jener Begrüßung an seinem Hochzeits- und Todestage?«

Der Stoß war gut gezielt und traf. Zum ersten mal verlor der Oberst die erzwungene Fassung völlig und mußte sich abwenden, um seine Verwirrung zu verbergen. Stanhope erkannte seinen Vorteil und zögerte nicht, ihn zu benutzen.

»Sie sind ein Kamerad meines Vaters gewesen,« sagte er, »aber waren Sie auch sein Freund? Oder war Ihr Verhältnis nicht vielmehr ein erbittertes, feindliches, wie die Wahl jenes unseligen Hochzeitsgeschenkes vermuten läßt?«

Ein Augenblick hatte genügt, um Deering seine ganze Ruhe zurückzugeben. Mit verbindlichem Lächeln trat er wieder auf Stanhope zu und würde ihm vielleicht seine Bewunderung und Hochachtung für den verstorbenen Staatsmann ausgesprochen haben, hätte sich Jack nicht unerwartet in das Gespräch gemischt.

»Dein Gegenstand reißt dich zu weit fort,« sagte er in gleichmütigem Ton, indem er die Hand beruhigend auf des Freundes Arm legte. »Wenn der Herr Oberst deine letzte Frage nicht beantworten will, so würde ich an deiner Stelle nicht weiter in ihn dringen. Ob er Gefühle des Hasses oder der Freundschaft für den Verstorbenen hegte, hat an und für sich keinen praktischen Wert. Ich glaube, du tätest besser, die Unterredung heute Abend nicht weiter fortzusetzen; meinst du nicht auch, Stanhope?«

Der also Angeredete hatte Mühe, seiner Erregung sogleich Herr zu werden, aber als er des Freundes Auge so ernst und fest auf sich gerichtet sah, fügte er sich ohne Widerrede.

»Wenn du meinst, Jack,« murmelte er, »du bist bei kühlem Blut und ich habe mich vielleicht über Gebühr erhitzt.«

»Nur noch eine Frage könntest du an den Herrn Oberst richten, deren Beantwortung mir von Wichtigkeit scheint, nämlich, um welche Zeit er Herrn Whites Haus an jenem Morgen verlassen hat.«

»Das wissen wir ja bereits,« entgegnete Stanhope, »um zehn Uhr ist er dort gesehen worden. – Sie haben sich nicht länger im Hause aufgehalten, nicht wahr, Herr Oberst?«

»Nur wenige Minuten,« lautete Deerings Antwort. »Ist das nun alles, was Sie zu wissen wünschen?«

»Für heute Abend, ja. Ich werde mir erlauben, Sie morgen früh wieder aufzusuchen; mir bleiben noch viele Rätsel zu lösen übrig.«

»Sehr wohl. Sie haben meine Karte; ich wohne im Brevoort-Hause.«

Jack verwandte kein Auge von dem Manne, der mit unbeweglicher Miene sich höflich verbeugend das Zimmer verließ. Die Tür hatte sich kaum geschlossen als Stanhope hastig auf seinen Freund zueilte.

»Warum hast du unser Gespräch unterbrochen?« rief er. »Weshalb wolltest du nicht, daß er die Frage beantworten sollte, ob er meines Vaters Freund sei?«

»Er hatte sie schon beantwortet.«

»Nicht möglich; ich habe nichts gehört.«

»Ich auch nicht, aber desto mehr gesehen. Dir war sein Rücken zugekehrt, aber mir nicht, und als du die Frage stelltest, trat plötzlich ein Ausdruck von so bitterem, tödlichem Haß in seine Züge, daß ich wußte, es war deines Vaters Feind, der vor uns stand. Im weiteren Verlauf der Unterhaltung wäre vielleicht seine Schuld ans Licht gekommen und das wollte ich nicht.«

»Seine Schuld? Wie meinst du das, Jack? Jetzt bist du selbst in Aufregung – was für eine Schuld?«

»Höre mich, Stanhope – nein, sieh nicht nach der Tür, ich lasse dich nicht fort, bis er sicher das Haus verlassen hat. – Ich bin fest überzeugt, das heißt so fest, wie man es von einer Sache sein kann, die man nicht mit eigenen Augen gesehen hat, daß jener Mann die tödliche Waffe damals nicht nur in das Haus gebracht, sondern sie auch abgefeuert hat. Dein Vater ist eines gewaltsamen Todes gestorben und Oberst Deering war sein Mörder.«

Siebenundzwanzigstes Kapitel. Ein mitternächtliches Gespräch und dessen Folgen

Nicht ohne Zittern und Zagen hatte Mary die Rückfahrt nach dem Hause angetreten, aus dem sie erst wenige Stunden zuvor, wie sie glaubte, für immer entflohen war. Ihr guter Stern wollte jedoch, daß Flora und Stanhope noch nicht zurückgekehrt waren, als sie daheim anlangte. Nachdem sie rasch die beiden Abschiedsbriefe wieder an sich genommen, welche sie auf Frau Whites Schreibtisch zurückgelassen hatte, zog sie sich in ihr eigenes Zimmer zurück. Der trauliche, stille Raum erschien ihr wie ein ersehnter Hafen der Ruhe und von mannigfaltigen Gefühlen überwältigt, brach sie in einen Strom von Tränen aus, die ihrem stürmisch bewegten Herzen Erleichterung verschafften. War denn wirklich der schwere Kampf vorüber – sollte sie hier eine Heimat finden – durfte sie ihrer Sehnsucht folgen und den Ring des Geliebten tragen?

Aber wo war Stanhope jetzt und was hatte er mit dem unbekannten Verfolger ihres Vaters zu schaffen, in dessen Begleitung sie ihn zuletzt gesehen?

Von einer unbestimmten Angst erfüllt saß sie da und lauschte auf jedes Geräusch, das seine Heimkehr verkünden konnte. Gegen elf Uhr hörte sie Floras Wagen vorfahren, aber Mitternacht war schon vorüber, als sie Stanhopes Schritt auf der Treppe vernahm. Und er kam nicht allein – wer war denn bei ihm? – sollte der Mann mit den Blatternarben es wagen, das Haus zu betreten?

Bei dem Gedanken sprang sie entsetzt auf und eilte nach der Tür; doch mußte sie über ihre eigene Torheit lächeln, denn der Name ›Jack‹ klang an ihr Ohr. Was auch Herrn Hollister zu so später Stunde noch herführen mochte, jedenfalls wußte sie den Geliebten in Sicherheit. Mit dankerfülltem Herzen suchte sie nun endlich ihr Lager auf. Während Träume von einer glücklichen Zukunft sie umgaukelten, saßen die beiden Freunde oben in Stanhopes Wohnzimmer in ernstem Gespräch beisammen.

Von der ersten Bestürzung über Jacks furchtbare Anklage hatte sich Stanhope erholt, er war nun bereit, die Gründe zu vernehmen und sorgfältig zu prüfen, welche Jack zum Beweis für Deerings Schuld anzuführen hatte. Gleich durch des Freundes erste Mitteilung ward er aufs höchste überrascht. Jack behauptete nämlich, Herr White sei zur Zeit seines Todes nicht allein gewesen, wie man bisher geglaubt, das furchtbare Ereignis habe einen Zeugen gehabt. Der junge Rechtsanwalt hatte dies auf folgende Weise erfahren: Eine ihm befreundete Dame, welche dem White'schen Hause gegenüber wohnte, fragte ihn bei seinem letzten Besuch ganz zufällig, wer wohl der große stattliche Herr gewesen sei, den sie an Samuel Whites Todestage, unmittelbar bevor das Unglück bekannt wurde, die Stufen vor der vorderen Haustür habe herabkommen sehen. Als Jack erwiderte, soviel er wisse, habe die Familie um diese Zeit keinen Besuch empfangen, erzählte sie ausführlich, sie habe an einem Fenster des oberen Stockes gewartet, um die Neuvermählten abfahren zu sehen, da sei ihr jener fremde Herr durch seine ungewöhnliche Größe aufgefallen und wenige Minuten später habe sich die Trauernachricht verbreitet. »Fräulein Morton beschrieb mir den Fremden genau,« fuhr Jack fort, »und als ich Oberst Deering im Klubhaus sah, zweifelte ich keinen Augenblick, daß ich jenen Mann vor mir hatte und zugleich denselben, der die Pistole in das Haus gebracht.«

Stanhope sah den Freund mit ungläubigen Blicken an. »Verstehe ich dich recht?« fragte er verwundert. »Es war halb drei Uhr als wir den Schuß hörten, und Oberst Deering hatte die Waffe gegen Zehn Uhr gebracht. Willst du behaupten, daß er die ganze Reihe von Stunden im Hause war, ohne daß irgend jemand eine Ahnung davon hatte?«

»Unmöglich wäre es nicht; soviel ich weiß, hat ihn niemand das Haus verlassen sehen.«

»Aber wo sollte er sich verborgen haben? – die Studierstube stand wett offen und –«

»Vielleicht in deines Vaters Schlafzimmer. Wer Rache an einem Feinde nehmen will, wartet geduldig wohl länger als ein paar Stunden.«

»Hast du Beweise von seiner Anwesenheit dort? Auf bloße Vermutungen hin würdest du nicht zu solchen Schlüssen gelangen!«

»Du weißt, Stanhope, daß ich auf deine Veranlassung, sobald die Totenschau vorüber war, eine genaue Besichtigung der Zimmer deines Vaters vorgenommen habe. Zweierlei fiel mir damals auf. Ein Tabakgeruch in dem Schlafzimmer und auf einem Fenstersimse daselbst eine Anzahl von Zigarrenstumpen und verstreute Asche.«

»Sonderbar. Mein Vater rauchte nie mehr als eine Zigarre täglich, gewöhnlich des Morgens, während er die Zeitung las. Auch sind unsere Hausmädchen zu sehr an Ordnung gewöhnt, um dergleichen Abfall tagelang herumliegen zu lassen.«

»So höre weiter. Daß der Oberst deinen Vater haßte, steht für mich unerschütterlich fest. Er ist eine von jenen hartnäckigen Naturen, die den einmal gefaßten Vorsatz nun und nimmermehr aufgeben. Die Ursache seiner Feindschaft stammt wahrscheinlich aus jener längst vergangenen Zeit vor deiner Geburt her, als dein Vater im fernen Westen unter den Goldgräbern war. Langsam und sicher hat Deering sein Ziel verfolgt. Daß dein Vater gerade an seinem Hochzeitstag, auf dem Gipfel seines Glücks, das Opfer seiner Rachsucht werden sollte, lag vielleicht mit in seinem längst gehegten Plan. Durch ihn gelangte die Pistole am Morgen in deines Vaters Hände; warum der tödliche Schuß nicht damals schon abgefeuert ward, vermag ich nicht zu sagen. Nach der Begegnung mit seinem Feinde ist dein Vater wie umgewandelt; trotzdem wird die Trauung vollzogen. Dein Vater mag wohl gewußt haben, daß sein Leben bedroht war, doch glaubte er sicherlich nicht, daß er in so großer Gefahr schwebte, sonst hätte er wohl Maßregeln getroffen, sich vor den ferneren Nachstellungen seines Widersachers zu schützen.«

»Und dieser Widersacher, glaubst du, war die ganze Zeit über in meines Vaters Schlafzimmer verborgen?«

»Ja, doch ohne sein Wissen. Er muß beim Fortgehen die Schlafstubentür, statt der Tür zum Vorsaal daneben, geöffnet haben. Dein Vater war zu sehr mit seinen Gedanken beschäftigt, um dies zu bemerken. So fand er denn bei der Rückkehr von der Trauung den auf ihn lauernden Feind und ging in sein Verderben.«

»Wenn dies richtig ist, müßte mein Vater das Schlafzimmer in der ganzen Zwischenzeit nicht mehr betreten haben. Das ist nicht unmöglich; zur Trauung wollte er sich gleich nach dem Frühstück ankleiden – er verschob nie etwas auf den letzten Augenblick. Nach jener unheilvollen Unterredung hat er noch die bewußten Briefe geschrieben, und als ich kam, ihn zur Kirchenfahrt abzuholen, stand er von seinem Schreibtisch auf, griff nach Hut und Handschuhen, die bereit lagen, und folgte mir, ohne ein Wort zu sagen.«

»Er glaubte, sein Todfeind habe längst das Haus verlassen.«

»Aber wie konnte der Oberst die Pistole abfeuern, wenn er sie vier Stunden vorher meinem Vater übergeben hatte?«

»Vielleicht hat dein Vater die Gabe zurückgewiesen und der Oberst die Pistole nur aus dem Kasten genommen und sie dann in seine Tasche gleiten lassen; das scheint mir höchst wahrscheinlich.«

»Und während wir alle nach dem Studierzimmer stürzten, als der Schuß erdröhnte, hat er sich unbehelligt durch die hintere Halle entfernt und ist zur Vordertür hinaus gegangen. Das war leicht zu bewerkstelligen.«

»O Jack, Jack, wenn es wahr ist – und Oberst Deerings ganzes Benehmen, seine offenbare Aufregung während meines Kreuzverhörs scheinen es zu bestätigen – warum hast du mich zurückgehalten – es wäre mir eine Genugtuung gewesen, ihm die Anklage ins Gesicht zu schleudern.«

»Es hätte dir nur Spott und Hohn eingetragen. Nein, Stanhope, wenn wir ihn eines Verbrechens beschuldigen, müssen wir uns auf die Hilfe des Gerichts verlassen können.«

»Aber werden wir ihn auch finden? Wird er nicht die Flucht ergreifen, nun er weiß, daß wir Verdacht gegen ihn hegen?«

»Ich glaube kaum. Sein Äußeres ist zu auffallend, als daß er hoffen dürfte, der Polizei zu entgehen. Übrigens habe ich bereits an den Inspektor telegraphiert und Deering unter polizeiliche Aufsicht stellen lassen. Heute Morgen wollen wir auf das Polizeiamt gehen und dem Inspektor die Sache vortra-

gen. Stellt er uns dann einen Haftbefehl aus, so wird der gefährliche Mensch bald in Sicherheit sein.«

Als sich am Morgen nach dieser ereignisreichen Nacht die Hausgenossen beim Frühstück versammelten, war auch Jack Hollister zugegen. Noch ganz erfüllt von der wichtigen Angelegenheit, die der Entscheidung harrte, hatte er es über sich gewonnen, Flora zum ersten mal als Herrin des Hauses zu begrüßen und ihr Gast zu sein. Stanhope hatte Mary seit ihrer Krankheit noch nicht wiedergesehen, aber sein Fürchten und Bangen verwandelte sich bald in die seligste Hoffnung, als er sah, welche Liebe ihm aus ihren Augen entgegenstrahlte. Trug sie auch seinen Verlobungsring noch nicht am Finger, so wußte er doch, daß sein heißer Herzenswunsch von ihrer Seite nicht länger auf Widerstand stoßen werde. Allein dies frohe Beisammensein war nicht von langer Dauer. Mary mußte sich mit dem flüchtigen Wiedersehen begnügen, und auch Flora, die vor Begierde brannte, das Ergebnis von Stanhopes gestrigen Nachforschungen zu erfahren, sah sich genötigt, ihre Ungeduld zu zügeln. Die beiden Herren empfahlen sich sehr bald, um sich dem ernsten Geschäft zu widmen, das ihrer harrte.

Am nämlichen Tage um die Mittagsstunde trug der Diener im Brevoort-Haus Stanhope Whites Karte zu Oberst Deering hinauf. Als letzterer das Gastzimmer betrat, in welchem auf Stanhopes Wunsch die Begegnung stattfinden sollte, fand er außer den beiden Freunden noch einen dritten, ihm unbekannten Herrn vor, dessen Anwesenheit ihn überraschte.

»Darf ich fragen,« sagte Deering mit gerunzelter Stirn, »wen sie hier mitgebracht haben? Ich habe wohl versprochen, Herrn White zu empfangen, aber nicht seine sämtlichen Freunde.«

»Erlauben Sie, daß ich mich Ihnen vorstelle,« sagte der Fremde mit ruhiger Festigkeit: »Ich bin ein Polizeibeamter, Oberst Deering, und habe Ihnen diesen Haftbefehl vorzuzeigen, der auf Ihre Person lautet. Sie sind beschuldigt, Samuel White ermordet zu haben. Während man bisher allgemein glaubte, der große Staatsmann habe sich aus Zufall durch einen unglücklichen Pistolenschuß selbst entleibt, sind neuerdings Umstände ans Tageslicht gekommen, welche jene Annahme als irrtümlich erscheinen lassen. Ich muß Sie daher bitten, mir nach dem Polizeiamt zu folgen.«

Die Anklage traf Deering völlig unvorbereitet und er bedurfte seiner ganzen Willenskraft, um die notwendige Fassung zu bewahren. Einige Minuten stand er da, ohne Blick vom Boden zu erheben, ohne eine Erwiderung zu finden. Als er endlich sprach, merkte man ihm jedoch keinerlei Erregung mehr an, seine Stimme hatte ihren gewöhnlichen Klang.

»Daß man mich eines Verbrechens beschuldigt,« sagte er, »ist mir so überraschend, daß ich erst einiger Zeit bedurfte, um mir den Gedanken klar zu machen. Es müssen wohl triftige Verdachtsgründe gegen mich vorliegen, sonst würde ein Mann, wie Stanhope White, sich nicht dazu hergeben, mir solchen Schimpf anzutun. Ich will Ihnen daher auch keine weiteren Unbequemlichkeiten machen, sondern ohne Zögern und ohne Widerrede mitgehen. Schon beim ersten Verhör, das weiß ich, wird sich meine Unschuld sonnenklar herausstellen.«

»Es ist das Klügste, was Sie tun können,« versetzte der Beamte.

Achtundzwanzigstes Kapitel.
Seelenkampf

Es war gegen drei Uhr, als Stefan Huse von seinem Arbeitsstuhl aufstand und an den langen Tisch der Tür gegenüber trat, um ein Werkzeug zu holen, welches er gerade brauchte. Der schon für gewöhnlich düstere Raum lag an diesem trüben Tage fast völlig im Dunkel; nur am Fenster war es noch hell. Suchend blickte er über die verschiedenen Geräte, Bücher und Zeitungsblätter hin, die den Tisch bedeckten – da glänzte plötzlich ein Freudenstrahl in seinen matten Augen und er streckte die Hand aus nach einer halb verblühten weißen Rose, die vor ihm lag. »Mary!« flüsterten seine Lippen; »das kommt von ihr; sie schickt mir ein Zeichen, daß es ihr wohl geht und sie glücklich ist.«

Voll Wonne sog er den süßen Duft ein, warme Liebe strömte ihm zum Herzen und seine Augen wurden feucht, während er die köstliche Blüte an die Lippen drückte.

Er überlegte nicht lange, wer von seinen heutigen Kunden Marys Bote gewesen sein könne. Ohne Zweifel war es der alte Kutscher, der den Beschlag eines Pferdegeschirrs gebracht hatte, um ihn neu versilbern zu lassen. Nachdem er die Rose ins Wasser gestellt hatte, trug er sie ans Fenster und schwelgte entzückt in der frohen Hoffnung, daß sein Plan gelungen und seiner Tochter glückliche Zukunft gesichert sei. Zwar nahm er die Arbeit wieder auf, doch wurde sie ihm schwer; seine Gedanken schweiften fortwährend ins Weite und er wünschte, daß der Tag erst vorüber wäre und die Stunde gekommen, um welche er sich das Abendblatt von dem Zeitungsstand an der nächsten Straßenecke zu holen pflegte. Hatte Mary wirklich Stanhope White ihr Jawort gegeben, so würde sie sicherlich Sorge tragen, daß er eine Anzeige der Verlobung zu Gesicht bekäme, denn nur durch die Zeitung konnte er die Nachricht erhalten. Endlich war der ersehnte Augenblick da. Eine ungewöhnlich zahlreiche Menschenmenge umdrängte den Zeitungsstand. Es mochte sich wohl etwas Wichtiges ereignet haben, was die Gemüter erregte; doch wenn es sich nicht auf Mary bezog, hatte es ja jetzt keinerlei Wert für ihn. Er griff hastig nach dem ersten Blatt, dessen er habhaft werden konnte und eilte in seine Behausung zurück.

Das Feuer war herabgebrannt und das Zimmer kalt geworden; so legte er denn die Zeitung hin und schüttete erst frische Kohlen auf. Als er sie wieder zur Hand nahm, fiel sein erster Blick auf die großgedruckte Überschrift einer Spalte; er las:

» Oberst Deering verhaftet als Mörder von Samuel White, dessen Tod man bisher für einen unglücklichen Zufall hielt.«

Durfte er seinen Augen trauen oder war es ein Trugbild seiner erhitzten Einbildungskraft? Nein, es war Wirklichkeit – da standen die Worte schwarz auf weiß und darunter noch andere, um die Verhaftung näher zu erklären und Beweisgründe für die Schuld anzuführen. Er brach in ein höhnisches Gelächter aus und beugte sich gierig über das Blatt, als wolle er jede Silbe verschlingen.

Er las, daß die Beschuldigung von Stanhope ausging und daß die Gegenwart des Angeklagten am Tatort, zur Zeit da der Schuß abgefeuert wurde, erwiesen war. Der Gefangene leugnete zwar seine

Schuld mit großer Bestimmtheit, hatte jedoch zugegeben, daß er einen alten langjährigen Groll gegen den Verstorbenen gehabt hatte.

Länger vermochte der alte Mann seine leidenschaftliche Erregung nicht zurückzuhalten. »Gefangen,« jubelte er, »gefangen wie der Fuchs in der Falle! Seine eigene Unbesonnenheit hat ihn zu Grunde gerichtet und ich bin frei.«

Wieder vertiefte er sich in die Zeitung. Ein neuer Abschnitt:

» Die Polizei hält die Tatsache des Mordes aufrecht. Der Gefangene ist nicht geständig. Seit seiner Verhaftung hat Oberst Deering nur das eine Verlangen gestellt, daß man sogleich nach dem Aufenthaltsort eines gewissen Thomas Dalton forschen möchte, auf dessen Zeugnis er sich berufen wolle. Dieser Dalton hat, wie bereits bekannt, vor etwa vier Wochen seine Wohnung am Markham-Platz Nr. 6 heimlich verlassen und ist seitdem nicht wiedergesehen worden.«

Das Blatt zitterte in des Lesenden Hand. »Ha,« rief er, »das soll ihm nicht gelingen. Er hofft mich in seinen Fall mit hinabzuziehen – aber er kann es nicht: Thomas Dalton ist fort, vom Erdboden verschwunden. Selbst seine eigene Tochter weiß nicht, wo er ist, und wenn Gott es weiß, so verkündet er es nicht. Meine Rettungsstunde ist da. Alle Umstände treffen zusammen, um meinen Todfeind zu verderben und zu beweisen, daß er schuldig ist. Deering ist verloren und kann mir nicht mehr schaden.« Er rief die Worte wie im Freudenrausch und warf einen triumphierenden Blick nach dem Vorhang, welcher die todbringende Maschine verhüllte. Dann las er den weiteren Bericht, in dem alles gesammelte Beweismaterial, alle Verdachtsgründe gegen den Gefangenen aufgezählt waren. Allmählich verdüsterte sich jedoch seine Miene und der Freudenschein, der ihn förmlich verjüngt hatte, schwand aus seinen Zügen. Bald entsank die Zeitung der schlaffen Hand und er starrte regungslos vor sich nieder, wie gelähmt von Entsetzen. Plötzlich sprang er auf und ging mit hastigen Schritten in der Werkstatt hin und her. In seiner Seele tobte ein wilder Kampf. Zuerst gab sich das nur in einzelnen Ausrufen kund, dann stieß er Worte und Sätze heraus, bald flüsternd, bald stöhnend, je nachdem Furcht oder Hoffnung bei ihm die Oberhand gewann.

»Warum soll ich die Rettung nicht annehmen, die sich mir bietet? – Was kümmere ich mich um den Mann, dessen Tod mir Erlösung bringt! Schweige ich, so erfüllt sich sein Verhängnis, für ihn gibts keine Hilfe Vergangenheit und Gegenwart stehen gegen ihn auf. Je mehr man sein Leben durchforscht, um so triftigere Gründe wird man finden, ihm das Urteil zu sprechen. Selbst seine unerschütterliche Selbstbeherrschung und unbezwingbare Willenskraft werden nicht imstande sein, ihn aus dem Netz zu befreien, das sich über seinem Haupt zusammenzieht. Er hat einem großen Mann das Leben geraubt und muß dafür büßen. Daß Whites Tod nicht gerade auf die Art erfolgt ist, wie man denkt, ist für mich kein Grund einzuschreiten. Jahrelang habe ich für meine Befreiung Pläne geschmiedet, gearbeitet, gebetet. Warum sollte ich mich nicht freuen, nun sie da ist? Ja, ich freue mich, ich atme neues Leben. Furcht und Scham sind verschwunden. Sobald jener Mann überführt ist und mir niemals mehr schaden kann, werde ich die gesellschaftliche Stellung wieder einnehmen, die mir gebührt, und mit meiner geliebten Mary das Leben genießen. – Wird das geschehen?« – Die Frage rang sich wie ein Angstschrei aus seiner Brust. Wird es geschehen? Er dachte an Marys Schönheit, ihre Unschuld und Reinheit, deren Sinnbild die weiße Rose war, die dort im Fenster schimmerte, an die Heirat, die ihr Erdenglück gründen sollte, und immer mehr erlosch das Feuer der Leidenschaft in seinem Antlitz, bis es grau und verfallen aussah, als sei auch der letzte Hoffnungsfunke erloschen. »Ich brauche ja bloß zu schweigen und der Gerechtigkeit ihren Lauf zu lassen,« rang es sich endlich stöhnend aus seiner Brust. »Daß ich mich selbst hineinmische, ist nicht von Nöten. Habe ich ihn doch erst vor wenig Tagen hier an dieser Stelle mit dem Tode spielen sehen und keinen Warnungsruf ausgestoßen. Jetzt geht es ja leichter, viel leichter, denn ich werde nicht Zeuge sein, wenn das Schicksal ihn ereilt. Und doch fühle ich einen Brand in meinem Innern, der mich zu verzehren droht. Ist das Gottes Strafgericht? Hat sein Finger mein Herz berührt?«

Wie sehr er auch dagegen ankämpfte und verzweiflungsvoll rang, den jahrelangen Vorsatz nicht aufzugeben, es war ein ohnmächtiges Beginnen. Dem ermatteten Streiter schwand endlich der Mut, er vermochte dem Geist, der ihn trieb, nicht zu widerstehen. Aber vielleicht fand sich doch noch ein Ausweg, ein Rettungsanker, an den er sich klammern konnte. Was hatte er denn zu fürchten? War er nicht Stefan Huse? Der hatte ja nichts mit den Schrecknissen jenes alten Goldgräberlagers in Kalifornien zu schaffen. Selbst wenn Deering der Versuchung nicht widerstand, die ganze grauenvolle Geschichte zu erzählen, konnte er ihm nicht schaden. Es schien eine offenbare Fügung der Vorsehung, daß sich alles so traf.

Und doch war die Möglichkeit einer Entdeckung nicht ausgeschlossen. Sollte es denn wirklich seine Pflicht sein, das ihm neu geschenkte Leben aufs Spiel zu setzen, um dieses Mannes, um seines Feindes willen? Mary würde vielleicht diese Frage bejahen. Aber Mary war ein Engel und er nur ein müder, gebrochener alter Mann.

Er überlegte hin und her, aber der einmal gefaßte Gedanke ließ ihn nicht wieder los und trieb ihn unwiderstehlich zum Handeln. Er ward nun ganz still; wie träumend blickte er umher in der Werkstatt, dem Schauplatz seiner Tagesarbeit; alles schien ihm fremd und bedeutungslos. Mechanisch holte er Hut und Rock vom Nagel und kleidete sich zum Ausgehen an. Zuletzt nahm er noch die weiße Rose vom Fenster und barg sie in seiner Brusttasche. Nachdem er die Lampe gelöscht, öffnete er die Tür geräuschlos und stahl sich in die Nacht hinaus.

Seit er vor einer kurzen Stunde das Zeitungsblatt zur Hand genommen hatte, war er wohl um zehn Jahre gealtert.

Neunundzwanzigstes Kapitel.
Stefan Huse in Whites Wohnung

Zur späten Abendstunde sah man einen alten Mann in Handwerkerkleidung sich durch die Menge drängen, welche den Eingang zu dem White'schen Hause in der Fünften Avenue umlagerte. Ein dort aufgestellter Polizeidiener wollte ihn zwar zurückhalten, doch wenige erklärende Worte genügten zur Verständigung und der Mann stieg ungehindert die Treppenstufen hinauf. Als Felix auf sein Klingeln öffnete, beeilte er sich ihm mitzuteilen, daß er nicht Herrn White zu sprechen wünsche, sondern Fräulein

Dalton, die junge Dame, die jetzt hier im Hause wohne. Zugleich übergab er ihm seine Geschäftskarte, auf der in der Ecke einige seltsam verschlungene Buchstaben geschrieben standen.

Mary war gerade im Bibliothekszimmer als Felix ihr die Botschaft brachte; sie erschrak heftig, sobald sie das verabredete Zeichen auf der Karte erblickt hatte. Ihr Vater hier! Das kam ihr völlig unerwartet, obgleich sie eben noch daran gedacht hatte, welche Erleichterung es für ihn sein müsse, daß sein Feind gefangen genommen sei und fürs erste seinen Weg nicht mehr kreuzen könne. Aber was ihren Vater auch herführen mochte, sie war froh, daß er gekommen war, denn sie trug den Verlobungsring am Finger und sehnte sich danach, ihn teilnehmen zu lassen an ihrem beseligenden Glück.

Als sie das kleine Empfangszimmer betrat, in welchem ihr Vater auf sie wartete, strahlte sie in Anmut und jugendlichem Liebreiz wie noch nie zuvor. Aber rasch verschwand das beglückte Lächeln aus ihren Zügen bei seinem düsteren, hoffnungslosen Anblick.

»Was ist denn geschehen?« fragte sie, dicht zu ihm hintretend, in vorsichtigem Flüsterton. »Ich glaubte doch, die Verhaftung jenes Bösewichts würde dich von aller Furcht befreien.« –

»Mary,« rief er in flehendem Ton, als erwarte er von ihr Rettung aus drohender Gefahr, »soll ich mein Leben aufs Spiel setzen um eines Mannes willen, der kein Erbarmen kennt? Ich weiß, daß Oberst Deering Samuel White nicht mit eigener Hand erschossen hat. Soll ich es bekannt machen, obgleich seine Befreiung meinen Tod bedeutet?«

Mary zuckte schmerzlich zusammen. Ein kalter Reif legte sich auf die Blüten ihres jungen Glücks.

»O, warum stellst du die Frage an mich?« rief sie. »Ich bin deine Tochter, wie kann ich dich zum Tode verdammen? Und doch, wenn er unschuldig ist –«

»Würdest du mich noch lieben, wenn ich schwiege?«

»Die Wahrheit gilt mehr als das Leben,« versetzte sie tief erschüttert. »Du könntest nie mehr glücklich sein, ließest du deinen Feind unter einer falschen Anklage sterben.«

»Glaubst du das wirklich? Traust du mir zu, daß ich Reue empfinden würde, daß der Trieb zum Guten noch in mir wohnt?«

»O, sprich nicht so! Hast du mich doch von Kindheit auf zu Wahrheit und Tugend angehalten, wie solltest du selbst deine Lehren Lügen strafen? Würde ich dich denn so innig lieben, wärest du nicht die Güte selber?«

»Du weißt nicht, wie böse Gedanken die Furcht vor jenem Manne in meiner Seele geweckt hat. Noch jetzt, nachdem ich dir gestanden habe, daß er unschuldig an dem Verbrechen ist, dessen man ihn zeiht, schaudere ich davor zurück, die Tatsache der Welt zu offenbaren.«

»Und du weißt es ganz gewiß, daß er Herrn Whites Tod nicht verursacht hat?«

»Er ist nicht durch seine Hand gefallen.«

»Aber er war im Hause.«

»Doch hat er ihn nicht erschossen.«

»Das weißt du, Vater, und kannst auch andere davon überzeugen?«

»Ja, das kann ich.«

»Dann bleibt dir keine Wahl.«

»Sagt das mein guter Engel?«

»Vater, könnte dir nicht Stanhope die schwere Pflicht erleichtern? Soll ich ihn rufen, damit er dir beisteht?«

»Er darf nicht wissen, daß ich dein Vater bin, hörst du? Ich bin Stefan Huse, der Techniker. Sobald auch nur eine Menschenseele erfährt, daß ich Thomas Dalton war, gibt es keine Rettung mehr für mich.«

»Ich werde mir nichts merken lassen und vielleicht entgehst du der Gefahr. Unmöglich kann doch aber jener Deering so rachsüchtig sein, daß er seinen Lebensretter noch mit tödlichem Haß verfolgt.«

»Von ihm habe ich nichts zu hoffen. Er darf nicht ahnen, wem er seine Befreiung verdankt.«

»Vielleicht vermag Stanhope dies ins Werk zu setzen. Er ist so gut; wenn er wüßte –«

»Wohlan, ich will mit Herrn White sprechen, aber nicht in deinem Beisein. Sage ihm, daß ich das Zimmer bewohne, in dem er dich damals wiederfand. Er hat mich zwar als Thomas Dalton gesehen, aber erkennen wird er mich schwerlich.«

O nein, sogar mir erscheinst du ja völlig fremd.«

»So rufe ihn denn herbei und Gottes Segen geleite dich, mein teures Kind!«

Sie wollte noch zärtlich von ihm Abschied nehmen, aber er trieb sie zur Eile.

»Geh,« drängte er, »damit mein Entschluß nicht wieder wankend wird.«

Als Stanhope in das Zimmer trat, erhob sich eine greise Gestalt und kam ihm würdevoll entgegen.

»Entschuldigen Sie, Herr White,« sagte der Alte mit Festigkeit, »ich ließ Sie um eine Unterredung bitten, weil ich Ihnen eine wichtige Mitteilung zu machen habe. Die heutige Zeitung berichtet, daß ein Mann als Mörder Ihres Vaters verhaftet worden ist.«

»Ganz recht. Wissen Sie etwas Näheres darüber? Kommen Sie wegen einer Zeugenaussage? Sie wohnen auf dem Markham-Platz – hat der Oberst Deering Sie dort etwa ausgesucht?«

»Ja, vor kurzem. Aber darum handelt es sich nicht.« Er hielt inne, dann raffte er sich zusammen. »Oberst Deering hat Ihren Vater nicht erschossen!« rief er mit raschem Entschluß.

»Wie? was sagen Sie? Können Sie das mit Gewißheit behaupten?«

»Ich sah ihn an jenem Unglückstage aus dem Hause kommen und gerade als er um die Ecke bog, tönte der Schuß aus Ihres Vaters Zimmer.«

Stanhope bebte vor heftiger Erregung. »Ist es möglich – Sie sahen den Mann – hörten den Schuß? Und wo waren Sie selbst?«

»Im Erdgeschoß des Eckhauses gegenüber. Die hohe Gestalt des Mannes erregte meine Aufmerksamkeit. Als der Schuß fiel, stand er einen Augenblick still und sah empor, und da erkannte ich, daß es derselbe Herr war, der vor einigen Tagen in meine Werkstatt kam, um nach Thomas Dalton zu fragen.«

»Dann kann über seine Identität kein Zweifel bestehen. Ihre Aussage, Herr Huse, ist für mich von höchster Wichtigkeit; sie verschafft mir eine wahre Herzenserleichterung. Gewiß werden Sie dieselbe bereitwillig auf der Polizei wiederholen!«

»Wenn es sein muß, ja. Halten Sie es für notwendig?« Die Stimme des Alten zitterte merklich, seine Füße wankten. Stanhope betrachtete ihn mit teilnehmendem Blick.

»Sie fühlen sich angegriffen. Ich werde Ihnen ein Glas Wein bringen lassen.«

»Nein, nein, es ist nichts. Sagen Sie nur, wann ich mit Ihnen auf die Polizei gehen soll. Ich wünsche nur meine Pflicht zu tun. Für jenen Mann habe ich kein besonderes Interesse.«

»Heute scheinen Sie mir nicht kräftig genug; ich werde eine vorläufige Anzeige bei der Polizei machen und Sie morgen in Ihrer Wohnung abholen und mit Ihnen zu dem Inspektor gehen. Oberst Deering soll nicht unschuldig leiden.«

»Ich stehe Ihnen ganz zu Diensten; also morgen erwarte ich Sie, Herr White!«

Stefan Huse schritt langsam der Türe zu. Auf der Schwelle sah er sich noch einmal mit forschenden Blicken um, als wolle er seinem Gedächtnis die ganze Einrichtung des Raumes bis aufs kleinste einprägen Wenn Stanhope dies seltsam erschien, so konnte er ja nicht ahnen, welche schmerzliche Freude es für den Vater war, der sich für immer von der geliebten Tochter trennen sollte, wenigstens einmal die Umgebung zu sehen, in der sie leben und glücklich sein würde.

Dreißigstes Kapitel.
Entdeckt

In seine Behausung zurückgekehrt fand Stefan Huse reichlich Zeit, die unglücklichen Folgen des Schrittes zu überdenken, den er getan. Sobald die Polizei anfing, nach seiner Vergangenheit zu forschen, ließ sich seine Identität nicht länger verbergen, darüber gab er sich keiner Täuschung hin, doch wankte er nicht in dem einmal gefaßten Entschluß. Als Stanhope am andern Morgen zur verabredeten Zeit erschien, fand er den alten Mann bereit, mit ihm zu gehen. Daß er ihm unterwegs so bleich und hinfällig vorkam, schrieb er seinen hohen Jahren zu; denn daß sein Gefährte auf diesem Gange alle Qualen eines zum Tode Verurteilten litt, der das Schaffot besteigen soll, war ihm ja völlig verborgen.

Ehe sie das Haus verließen, hatte der Alte Stanhope noch seine Bitte vorgetragen, ihm womöglich eine Begegnung mit Oberst Deering zu ersparen. Dieser habe ihn, sagte er, damals in seiner Werkstatt mit großer Geringschätzung behandelt, und es sei zu einem Wortwechsel zwischen ihnen gekommen. Er hege nun eine große Abneigung gegen den Mann und begehre keinen Dank von ihm, ja es sei ihm am liebsten, wenn jener gar nicht erführe, wem er seine Befreiung zu verdanken habe.

Auf dem Zimmer des Polizeiamts, in das man sie führte, fanden sie nur einen Herrn mit freundlicher Miene und den schweigsamen Schreiber an seinem Pult. Erleichtert atmete Huse auf, der ängstliche Ausdruck schwand aus seinem Antlitz und er stand hoch aufgerichtet da, während er vor dem Polizeiinspektor Zeugnis ablegte. Er erzählte seine Geschichte genau wie tags zuvor und da sie sich wirklich so zugetragen hatte, konnte ihn auch kein Kreuzverhör darin irre machen. Des Obersten Unschuld wurde hierdurch klar erwiesen und der Inspektor gab sofort Befehl, den Gefangenen vorzuführen; um ihm die Freiheit zu verkünden.

Stanhope sah den alten Huse erschreckt zusammenfahren und beeilte sich, dem Inspektor mitzuteilen, daß jener nur um der Wahrheit und Gerechtigkeit willen sein Zeugnis abgelegt habe, aber auf jeden Dank verzichte. Ja, er bäte ihn zu entlassen, ohne daß er genötigt sei, dem Obersten zu begegnen, der ihn neulich in seiner Werkstatt beleidigt habe. Seitdem verabscheue er den Menschen und wolle ihm nicht als Wohltäter gegenüberstehen.

Nachdem Huse dies ungewöhnliche Verlangen auf des Inspektors Fragen bestätigt hatte, erklärte ihm dieser, es sei unmöglich zu verhindern, daß sein Name öffentlich bekannt werde, dagegen wolle er ihn nicht zwingen, mit dem Obersten zusammenzutreffen, wenn ihm dies zuwider wäre. Er möge sich inzwischen in dem kleinen Nebenzimmer ausruhen und warten, bis die bevorstehende Unterredung mit dem Obersten vorüber sei. Natürlich zögerte der Alte keinen Augenblick, den ihm gebotenen Zufluchtsort aufzusuchen. Stanhope geleitete den Schwankenden dahin, und ehe sich die Tür schloß, flüsterte er ihm freundlich zu: »Seien Sie ohne Furcht, sobald er fort ist, hole ich Sie. Bis dahin pflegen Sie der Ruhe, niemand wird Sie stören.«

Bei seinem Eintritt erkannte Oberst Deering leicht aus den Mienen der Anwesenden, daß seine Sache eine günstige Wendung genommen habe.

Auf die betreffende Frage des Inspektors erwiderte er, daß er zur Zeit als der Schuß abgefeuert wurde, gerade unten am Haus vorbeigegangen sei; er hätte diesen Umstand schon früher erwähnt, wenn nicht die Wahrscheinlichkeit, daß man seiner Versicherung Glauben beimessen würde, zu gering gewesen sei.

»Gestern war noch kein Zeuge für Ihre Aussage da,« lautete die Antwort; »heute hat sich einer gefunden.«

Überrascht sah sich der Oberst im Zimmer um; zuletzt blieb sein fragender Blick auf Stanhope haften.

»Nein, ich bin nur ein Abgesandter,« erklärte dieser, der Zeuge ist ein Mann, der Sie im entscheidenden Augenblick auf der Straße gesehen hat.«

»Ich wußte es doch, daß meine Unschuld an den Tag kommen würde,« rief der Oberst.

»Oberst Deering,« begann jetzt der Inspektor, »unter den obwaltenden Umständen werden Sie wohl keinen Grund mehr haben, uns zu verschweigen, wie es kam, daß Sie Herrn Whites Haus um 10 Uhr betraten und dasselbe erst um halb 3 Uhr verließen. Da Sie zugeben, daß ein alter Groll zwischen Ihnen und dem Verstorbenen bestand, muß es eines ziemlich starken Beweggrundes bedurft haben, daß Sie so lange unter einem Dach verweilen konnten, wo man Sie nicht willkommen hieß. Um Ihrer selbst willen und aus Rücksicht für Herrn White, für den die Sache natürlich von höchster Wichtigkeit ist, bitte ich Sie uns den Umstand zu erklären.«

Der Oberst hatte sein volles Selbstvertrauen wiedergewonnen, sobald die Hoffnung auf Freisprechung in ihm erwacht war. Er nahm seine alte Gönnermiene an und antwortete in herablassendem Ton:

»Gern gebe ich Ihnen die gewünschte Auskunft, nachdem die Verdachtsgründe, die gegen mich vorlagen, sich als nichtig erwiesen haben. Ich hielt es für das Beste, bis jetzt zu verschweigen, wie es zuging, daß ich vier Stunden lang in Herrn Whites Schlafzimmer eingeschlossen war, da meine Angaben Ihnen vielleicht unwahrscheinlich geklungen hätten. Jetzt kann ich aber frei herausreden:

»Das Geschenk, welches ich Ihrem berühmten Mitbürger zur Hochzeit brachte, war keine Liebesgabe, denn ich haßte und verabscheute ihn von Grund meines Herzens. Doch will ich nicht von meinen Gefühlen sprechen, sie sind jetzt mitsamt ihrer Ursache begraben und gegen seinen Sohn hege ich keinen Groll. – Ich war die Vordertreppe hinaufgegangen und sobald ich den Schritt der zurückkehrenden Dienerin auf der Hintertreppe hörte, unangemeldet und unerwartet bei ihm eingetreten. Die Überraschung, welche ich ihm bereiten wollte, gelang vollkommen und gewährte mir den größten Genuß. Als er sich umwandte und sein Blick mich traf, sah ich, daß er sich aller Umstände bei unserer letzten Zusammenkunft noch genau erinnerte und die Hochzeitsfreude war ihm gründlich verdorben. Meinen Zweck hatte ich erreicht; ich ließ die Pistole auf dem Tische liegen und zog mich zurück. White war aufgestanden, er sah mich zwar nicht an, doch befand er sich zwischen mir und der Tür, zu der ich eingetreten. Ich verwandte kein Auge von ihm und wollte mich durch die Hintertür entfernen. Dabei beging ich den Mißgriff, statt in den Vorsaal hinaus in das Schlafzimmer zu treten. Beide Türen sind, wie der junge Mann hier weiß, dicht neben einander. Sobald ich meinen Irrtum erkannt hatte, wollte ich ihn wieder gut machen, doch da ward der Schlüssel im Schloß hastig umgedreht. Der Ausweg war mir abgeschnitten und ich sah mich gefangen. Ob dies feindliche Absicht oder Zufall war, vermochte ich nicht festzustellen. Lärm zu machen schien mir in meiner Lage nicht geraten und so faßte ich mich denn in Geduld, bis mein Widersacher mich über kurz oder lang freilassen würde. Ich war reichlich mit Zigarren versehen, die ich eine nach der andern rauchte; wenn mir dazwischen die Zeit lang wurde, stand ich auf und schlenderte im Zimmer umher, die kostbare Einrichtung betrachtend. Ich sah den Koffer und die offene Reisetasche – Herr White mußte also noch einmal den Raum betreten, ehe er auf die Hochzeitsreise ging; diesen Augenblick wollte ich ruhig abwarten.

»Endlich, um halb drei Uhr, näherte sich ein rascher Schritt der Tür, eine Hand drückte auf die Klinke und schloß dann auf. Der überraschte Ausdruck in der Miene des Eintretenden bewies mir zur Genüge, daß meine Einsperrung nur ein Versehen gewesen war. So verlor ich denn auch weiter kein

Wort, sondern entfernte mich durch das Studierzimmer. Als ich die Tür nach dem Vorsaal öffnete, fiel mein letzter Blick auf ihn. Er stand noch an derselben Stelle, in der Hand die Pistole, welche ich ihm am Morgen gebracht hatte. Ich kam unbemerkt die Treppe hinunter und aus dem Hause. Gerade als ich unter den Fenstern vorbeiging, hörte ich den Schuß, aber ich kehrte nicht noch einmal um – Sie werden mir das kaum verdenken.«

Stanhope war abseits getreten. Er glaubte, daß Deering die Wahrheit sprach und mußte an sich halten, um nur dem Abscheu, den er vor dem Mann empfand, nicht Ausdruck zu geben.

Der Inspektor hatte den langen Bericht mit Interesse angehört.

»Die Verwechslung der Türen kommt mir doch sehr seltsam vor,« sagte er, »Sie mußten ja im ersten Augenblick bemerken, daß Sie nicht auf dem Vorsaal waren.«

»Vergessen Sie nicht, daß ich rückwärts hinausging,« erwiderte der Oberst mit ruhiger Überlegenheit. »Hier sehe ich zwei Türen, die ganz ähnlich zu einander gelegen sind, wie die dortigen. Wenn ich nun, die Augen auf Sie gerichtet, dies Zimmer verlassen wollte, so könnte es leicht geschehen, daß ich die falsche Türe wähle.«

Um seine Behauptung anschaulich zu machen, hatte Deering, während er sprach, wirklich die Tür geöffnet, und ehe der Inspektor es hindern konnte, war er rückwärts in das kleine Zimmer getreten, welches Stefan Huse zur Zuflucht diente.

Ein unwillkürlicher Aufschrei ertönte hinter dem Obersten, der sich voll Überraschung umwandte.

»Ah,« rief er, »wen finde ich denn hier?« Er trat dicht an den alten Mann heran, der vor Angst zu vergehen schien, und blickte ihm forschend ins Gesicht. »Die Züge sind mir bekannt,« fuhr er fort, »halt, jetzt weiß ich, wo ich Ihnen begegnet bin – in Thomas Daltons früherer Wohnung, dort haben Sie Ihre Werkstatt.«

Stanhope war besorgt herzugetreten und mit ihm der Inspektor.

»Dies ist der Zeuge,« sagte letzterer, »der Sie auf der Straße gesehen hat, als der Schuß fiel.«

»Wirklich?« versetzte der Oberst und faßte den Alten näher und näher ins Auge, bis ihm zuletzt ein leiser Ausruf der Befriedigung entschlüpfte und er mit spöttischem! Ton bemerkte: »Ja freilich kenne ich den Mann.«

Als sie bald darauf das Polizeigebäude verließen, beugte sich Oberst Deering mit ruhiger Gelassenheit zu dem alten Galvanoplastiker nieder. Die wenigen Worte, die er ihm zuflüsterte und deren Bedeutung Huse vollkommen verstand, lauteten:

»Bestimmen Sie, wann und wo unsere Unterredung stattfinden soll!«

Die Antwort auf diese Frage war ebenso kurz und bündig:

»Heute Nachmittag um drei Uhr, in meiner Werkstatt.«

*

Fünftes Buch. Oberst Deering.

Einunddreißigstes Kapitel. In Angst und Sorgen

Bei seiner Heimkehr war es Stanhopes erste Sorge, der Witwe seines Vaters Mitteilung zu machen über alles was sein Herz in den letzten Stunden so heftig bewegt hatte. Flora stimmte ihm vollkommen bei, daß es der unerwartete Anblick seines Todfeindes gewesen sein müsse, der ihrem Gatten die Besonnenheit geraubt, seine Hand, welche die Pistole hielt, unsicher gemacht und so mittelbar den unglücklichen Schuß veranlaßt habe.

»Ich werde Ihnen später alles noch genauer berichten,« versicherte Stanhope, »aber jetzt muß ich Mary wiedersehen.«

»Sie haben recht, gehen Sie schnell zu ihr,« rief Flora eifrig. »Das arme Mädchen befindet sich in schrecklicher Aufregung – aus welcher Ursache ahne ich nicht. Sie ist bleich wie die Wand und schreckt bei jedem Geräusch zusammen. Was sie quält, will sie mir nicht anvertrauen, vielleicht vermögen Sie ihr Gemüt zu beruhigen.«

Aufs heftigste erschrocken eilte Stanhope ins Bibliothekszimmer, wo er Mary in unerklärlicher Angst seiner harrend fand.

»Welche Nachricht bringst du?« rief sie ihm entgegen, »war jener Mann ein Mörder oder nicht?«

»Er war meines Vaters Feind. Der Schrecken, den er bei seinem plötzlichen Anblick empfand, hat ihn heftig erschüttert und so das Unglück verursacht. Aber erschossen hat Oberst Deering meinen Vater nicht.«

»Und war es das Zeugnis des armen alten Mannes, zu dem ich dich rief, welches Licht in das Dunkel brachte? Hat es den Obersten aus dem Gefängnis befreit?«

»Ja, einzig und allein; es war von der höchsten Wichtigkeit.«

Sie schwieg einen Augenblick, dann nahm sie alle Kraft zusammen. »Hat sich der Oberst seinem Retter dankbar gezeigt für den ihm geleisteten Dienst?«

Stanhope schüttelte den Kopf. »Nein,« sagte er, »bei einer früheren Gelegenheit hat sich der Oberst mit dem alten Handwerker verfeindet, und die beiden sind einander durchaus nicht gewogen. Wir suchten ihr Zusammentreffen zu verhindern, aber es ist uns nicht gelungen – Mary, Mary, um Gotteswillen, was fehlt dir? Du bist bleich – einer Ohnmacht nahe – Flora, Flora!« –

»Still, still,« flehte Mary, sich zusammenraffend. »Rufe niemand – du allein kannst mir beistehen – du mußt ihn retten. Länger darf ich mein Geheimnis nicht bewahren. Der alte Handwerker – Stefan Huse – ist mein Vater. Er schwebt in furchtbarer Gefahr, denn Oberst Deering ist sein Todfeind.«

»Ist das möglich! Stefan Huse – dein Vater! So völlig unkenntlich hat er sich gemacht! O, nun weiß ich auch, Geliebte, warum ich bei aller Freude so oft den Ausdruck stummen Entsetzens in deinen Blicken las.«

Sie richtete sich mühsam auf und holte mechanisch Hut und Mantel herbei.

»Wir müssen rasch hin zu ihm,« rief sie. »Er mag einwenden was er will, aber ich lasse ihn nicht mehr allein, nun ihn sein Feind gesehen hat und weiß, wer er ist. Nicht wahr, er hat ihn wiedererkannt?«

»Ich fürchte es, Mary. Die Bedeutung seiner Blicke und Worte war mir nicht klar, aber jetzt verstehe ich sie. Komm, Geliebte, laß uns zum Markham-Platz eilen. Oberst Deering soll deinem Vater kein Leid antun, so lange mein Arm ihn beschützen kann.«

Zweiunddreißigstes Kapitel. Auge in Auge

Es war schon Spätherbst, aber an jenem Tage lag eine drückende Schwüle in der Lust. Ein Gewitter mußte im Anzug sein, das verkündete auch das dumpfe Grollen am Himmel und die düstere Beleuchtung, die bereits in Stefan Huses Werkstatt herrschte. Seine abgezehrte Gestalt hob sich nur wie ein gespenstischer Schatten von dem Dämmerlicht der Umgebung ab.

Das Rad am Fenster drehte sich heute nicht, aber doch vernahm man ein lautes Schwirren in dem Raum, denn Thomas Daltons Maschine stand in vollem Gange auf einem Seitentisch.

Mit dem Schlage drei Uhr trat Deering in das Zimmer, finster und entschlossen. Der jahrelang gefürchtete Augenblick war da.

»Ich bin pünktlich zur Stelle, wie Sie sehen,« sagte er, »vielleicht hätte ich noch gezögert, wenn Sie nicht trotz Ihres Eides jede nur erdenkliche List angewendet hätten, um mir zu entfliehen.«

Bei diesen Worten schien Stefan Huse – oder sollen wir ihn Thomas Dalton nennen – plötzlich alle Furcht zu vergessen. Mutig erwiderte er:

»Als vor fünfzehn Jahren Ihr Ruf an mich erging, Robert Deering, war ich zur festgesetzten Stunde an dem bestimmten Orte. Der Betrug, den Sie damals für gut fanden auszuüben, hat mich jeder Verpflichtung enthoben, Ihrem Wink auch ferner zu gehorchen. Sie ließen uns sagen, daß Sie im Sterben lägen. Die Toten haben kein Recht mehr an die Lebenden. Auch gaben Sie uns durch Ihre damalige Botschaft deutlich zu verstehen, daß wir ungehindert von dannen ziehen dürften.«

»Ihr Gefährte hat meine Worte anders ausgelegt. Sobald er sah, daß ich noch am Leben sei, gehorchte er dem Befehl und zahlte die schuldige Buße ohne Widerrede – obendrein an seinem Hochzeitstage.«

»Samuel Whites Begriffe von Mut und Ehre sind nicht die meinen. Ich bin nur ein schwacher, alter Mann, der sein Leben liebt und fest daran hängt.«

»Auch Sie selbst haben den Sinn jener Botschaft wohl begriffen,« fuhr der Oberst unbeirrt fort. »Sie hätten sich sonst nicht in der ganzen Zwischenzeit die jämmerlichsten Ausflüchte erdacht, um der Strafe zu entgehen, die Ihnen, wie Sie selbst anerkannt haben, von Rechts wegen gebührte.«

»Ich tat das, weil ich Ihren verruchten Plan durchschaute, weil ich Sie in Ihrem Versteck erspäht hatte und wußte, Sie waren heil und gesund. Wenn sie uns an jenem Tage gestatteten, das Haus lebendig zu verlassen, so war es, weil Sie sich noch ferner an unserm Jammer weiden und ihr Spiel treiben wollten mit unserm Elend. Sie bereiteten Ihrer Rache nur einen volleren, glänzenderen Triumph, wenn die Zeit Ihnen gekommen schien und Sie des Wartens müde wurden. Es war ein höllischer Gedanke, der mich mit Abscheu erfüllte. Einem ehrlichen Widersacher hätte ich mein Leben hingegeben mit allem was ihm Reiz verlieh; einem Teufel in Menschengestalt, der sich mühte, neue Hoffnung in unser Herz zu pflanzen, damit er uns desto grausamer zerschmettern könne, wollte ich Trotz bieten bis zum Äußersten. White ahnte nichts von Ihrer Hinterlist und freute sich des neu geschenkten Lebens, das ich ihm nicht verbittern wollte. So ließ ich ihn bei dem Glauben, daß Sie tot seien; ich selbst aber dachte auf Mittel und Wege zu meiner Rettung. Zum zweiten mal veränderte ich meinen Namen und suchte mir einen neuen Wohnort in neuen Verhältnissen, wo ich hoffen durfte, mit meinem Kind einsam und abgeschlossen von aller Welt leben zu können. Aber Sie haben mich dennoch aufgespürt und jetzt frohlocken Sie über meine Niederlage; denn Sie sind ein boshafter, unbarmherziger Mensch – das wußte ich längst.«

Die Arme über der Brust gekreuzt stand der Oberst unbeweglich da.

»Ist es Ihnen gelungen, die Narbe in Ihrer Hand zu zerstören oder sind die Linien noch erkennbar?« fragte er mit eiserner Ruhe. »Sie wissen, was Sie gelobt haben, und elende Feigheit ist es, wenn Sie auch nur einen Augenblick zögern, den Schwur zu erfüllen, sobald ich Ihnen sage, daß Ihre letzte Stunde gekommen ist. Reichen Sie mir Ihre Hand, ob ich das Zeichen noch sehe.« Allein Thomas Daltons Linke blieb fest geschlossen.

»Dachten Sie etwa mich zu erweichen und Ihrer gerechten Strafe zu entgehen, als Sie mich durch Ihr Zeugnis aus dem Gefängnis befreiten?« fuhr Deering fort. »Wie kamen Sie gerade damals in die Nähe des Whiteschen Hauses?«

»Ich hatte Sie tags zuvor unter der Menge gesehen; ich ahnte Ihre Absicht und wollte meinen Schicksalsgefährten warnen. Es war jedoch zu spät – der Rächer hatte sein Opfer bereits gefunden.«

»Glaubten Sie, ich würde aus Dankbarkeit für Ihre Hilfe vergessen, Gerechtigkeit zu üben?«

»Nein; ich folgte nur der Stimme meines Gewissens.«

»Ihres Gewissens?« hohnlachte Deering. »Sind Sie im Lauf der Jahre so tugendhaft geworden?«

Sein Spott stachelte Dalton zu grimmiger Wut.

»Glauben Sie, in meiner Brust sei jeder bessere Funke erloschen, weil ich einmal, von Hunger und Verzweiflung getrieben, eine unselige Tat beging? Auf Ihrer Seele lastet kein Verbrechen, und doch würde ich schwören, im Angesicht Gottes, dessen Donner über uns grollt, daß heute in meiner Brust mehr Liebe für alles Gute und Heilige wohnt, als in der Ihrigen. Wer 25 Jahre lang nur fürchterliche Rachegedanken im Herzen hegt, weiß nichts mehr von Tugend und Edelmut.«

»Sie sollten die Milde preisen, mit der ich Sie die langen Jahre hindurch straflos ausgehen ließ für das Verbrechen, durch das Sie mir alles raubten, was ich auf Erden geliebt habe.«

»Hätte ich auf der Stelle dafür gebüßt, es wäre tausendmal besser gewesen.«

»Möglich; aber ich ließ Ihnen die Wahl, und Sie wollten leben, um Ihre Reichtümer zu genießen.«

»Das ist mir nie gelungen.«

»Es lag auch nicht in meiner Absicht.«

»Aber meiner Tochter sollen sie zu Gute kommen. Samuel Whites Sohn und Mary lieben einander. Hierin hat sich mir die Vorsehung gnädig erwiesen. Werden Sie ihr Glück ungestört lassen, wenn ich in mein Verhängnis gehe – oder erstreckt sich Ihre Rache auch auf mein Kind?«

»Mit Weibern fechte ich nicht. – Doch nun zur Sache: Sie haben Zeit gehabt, Ihre Waffe zu wählen. Wollen Sie auch zur Pistole greifen?«

»Wie gerne hätte ich Mary noch einmal wiedergesehen,« flüsterte er mit einem schmerzlichen Seufzer.

Da tönte ein Schrei hinter dem Obersten und Mary erschien atemlos auf der Schwelle ihres früheren Zimmers, die Hände flehend zu ihrem Vater erhoben. Sie eilte an Deering vorbei und stellte sich kühn zwischen die beiden Männer.

»Meinem Vater darf kein Leid geschehen, das nicht zuvor mich trifft, Oberst Deering,« rief sie. »Lange genug hat er Haß und Verfolgung durch Sie erdulden müssen.«

»Sie irren,« entgegnete Deering. »Von meiner Hand droht Ihrem Vater keine Gefahr. Geschieht ihm ein Schaden, so hat er ganz allein –«

»Ebenso wie mein Vater in seiner Todesstunde,« unterbrach ihn eine andere Stimme.

Der Oberst wandte sich rasch und sah Stanhope mit drohender Miene ihm gegenüber stehen. »Man hat mich in eine Falle gelockt, meinethalben – ich fürchte nichts,« rief Deering unerschüttert. »Aber Sie, junger Mann, fragen Sie zuvor, welches Verbrechen Ihr Vater begangen hatte und welche Schuld auf der Seele dieses Mannes hier lastet, bevor Sie ferner meine Wege kreuzen und mich hindern, unschuldig vergossenes Blut zu rächen.«

»Ein Verbrechen!« riefen Mary und Stanhope wie aus einem Munde.

»Ja, ein todeswürdiges Verbrechen,« wiederholte der Oberst, unerbittlich wie das Schicksal.

»Ich habe dich getäuscht, Mary,« stammelte jetzt Thomas Dalton in bangem Weh. »Ich bin nicht der schuldlose Mann, für den du mich hältst. Der Gedanke an die Missetat, die ich beging – in alter Zeit, vor deiner Geburt – hat mir all mein Lebtag Schrecken und Grauen bereitet. In blinder Wut tötete ich –«

»Halt,« rief der Oberst mit furchtbarem Ernst. »Laßt mich die Geschichte erzählen. Ich hege keinen Groll gegen euch, ihr Kinder der beiden Schul-

digen. Hättet ihr nicht selbst gesucht, den Schleier zu lüften, ich würde das Geheimnis langer Jahre nicht enthüllen, um euch Dinge zu berichten, deren Kenntnis euer Glück nicht fördern wird. Ihr beharrt jedoch darauf, weiter zu forschen und zwingt mich, mein Schweigen zu brechen. So will ich denn reden im Namen der Gerechtigkeit, die ich vertrete, und euch nichts vorenthalten.«

Verwirrt und bestürzt starrte Mary ihren Vater an; Stanhope war einen Schritt näher getreten und blickte dem Obersten fest ins Auge, während dieser seine Erzählung begann.

Dreiunddreißigstes Kapitel.
In der Sierra

Siebenundzwanzig Jahre sind es her,« hob der Oberst an, »da herrschte Schrecken in dem Lager, das eine Gesellschaft Goldgräber am Fuß der Sierra aufgeschlagen hatte. In der Nacht war Schnee gefallen und die kahlen Berggipfel, deren Riesenmauer sich gegen Westen erhob, kleideten sich allmählich in ein weißes Gewand. Es drohte zum Leichentuch zu werden für die elenden Menschen, die in ihrer Not der Verzweiflung nahe waren. Schon zwei Wochen zuvor hatte ein Schreckensgespenst Einzug gehalten im Lager – der Mangel an Nahrungsmitteln. Immer fester nistete es sich ein und ließ sich nicht mehr vertreiben.

»Die Gesellschaft bestand aus zwölf Männern, von denen zwei jetzt vor euch stehen – und einem kleinen Knaben von zwölf Jahren – meinem Sohn. Ein zwölfjähriges Kind an diesem Ort des Grauens, der beherzte Männer zittern machte! Er hieß Bernhard und war ein schöner Knabe. Alle Beschwerden, die wir ertragen mußten, hatten ihm seinen Frohsinn nicht getrübt, seinen Mut nicht gebrochen. Auch der neuen Gefahr, die uns sämtlich bedrohte, sah er kühn ins Angesicht und beschämte, ohne es selbst zu wissen, die entmutigten Männer.

»Ich liebte den Knaben mehr als mein Leben und wenn ich daran dachte, daß ich ihn selbst hierher geführt in den gewissen Tod, so fluchte ich dem Goldfieber, das mich betört hatte, und gelobte, wenn er mir erhalten bliebe, keine Hand mehr auszustrecken nach den gleißenden Schätzen und wenn mir die Goldklumpen auch dicht vor den Füßen lägen.

»Noch ein anderer Feind bedrohte an jenem Tage unser Lager: die Seuche. Vor einer Woche war unser Führer gestorben; wir hatten nicht gewagt, den Namen seiner Krankheit auf die Lippen zu nehmen, aber wir entflohen, sobald sein Atem stillstand. Wir kannten den Weg nicht, gerieten in eine falsche Schlucht und verloren sechs kostbare Tage in der Irre, sonst wären wir schon jenseits der Berge gewesen, ehe der Schneefall eintrat.

»An jenem Morgen ward abermals ein Mann vom Fieber befallen; wir sahen es mit Schaudern, aber es war nicht das größte Übel, vor dem uns bangte. Die brennendste Frage für den Augenblick war, ob wir den Übergang des Gebirges wagen oder in der Schlucht warten sollten, bis man uns Entsatz und Hilfe schickte.

»Ich stimmte dafür, vorwärts zu dringen, White ebenfalls und auch – dieser Mann hier; aber andere von den Gefährten schraken zurück vor der Gefahr, denn der Schnee fiel in dichten Massen, allmählich füllten sich die Schluchten und Weg und Steg ward verweht. Wer gehen wollte, mußte sofort aufbrechen, sonst war keine Möglichkeit des Gelingens für das Unternehmen.

»Die Gesellschaft beschloß sich zu teilen. Sechs Männer sollten über das Gebirge gehen, die andern sechs, unter ihnen der Kranke, in dem Lager zurückbleiben. Zwischen den beiden Gruppen hagerer, verhungerter Gestalten stand mein kleiner Sohn in der Mitte. Mit hellem Lachen, als gelte es ein fröhliches Spiel, lief er bald nach der einen, bald nach der andern Seite: ›Welches ist meine Partei, soll ich gehen oder bleiben?‹ fragte er lustig. Als ich in vorwurfsvollem Ton seinen Namen rief, flog er wie ein Pfeil auf mich zu und warf sich mir an den Hals. ›Glaubtest du, ich würde dich verlassen, Vater?‹ sagte er; ›ich machte ja nur Spaß, das tue ich so gern.‹

»Von den kärglichen Lebensmitteln, die vorhanden waren, gaben die Zurückbleibenden für jeden von uns einen kleinen Vorrat ab. Der Knabe erhielt weniger als ihm zukam, allein ich überging das mit Stillschweigen. Wenn wir nicht durch einen besonderen Glückszufall den richtigen Weg fanden, waren wir doch alle dem Tode geweiht, bevor wir noch die Brotrationen aufgezehrt hatten. Vom langen Fasten waren unsere Körperkräfte ohnehin dermaßen geschwächt, daß die zitternden Füße uns kaum zu tragen vermochten.

»So nahmen wir denn Abschied von unseren Gefährten und brachen auf, White und der Mann hier, Dick Hughes, zwei Brüder aus Kentucky, ich selbst und mein kleiner Bernhard. Kaum aber hatte ich einige Schritte getan, da ward es mir dunkel vor den Augen, als sei die Nacht plötzlich hereingebrochen, ich vermochte die bleischweren Füße nicht mehr vom Boden zu heben. Hilflos streckte ich die Arme aus, es war als stürzte ich in eine unergründliche Tiefe, und die Sinne schwanden mir. Die Seuche hatte auch mich ergriffen, und die andern mußten ohne mich weiterziehen.

»Noch heute trage ich die Spuren der furchtbaren Krankheit im Gesicht. Sie raste mit dämonischer Gewalt in meinen Gliedern. Neun Tage lang lag ich in Fieberglut in der kleinen Bretterhütte, die man für mich aufgeschlagen hatte. Als ich endlich zum Bewußtsein erwachte und die Augen öffnete, fiel mein erster Blick auf meinen kleinen Sohn, der bald jubelte, bald weinte vor Freude, daß ich ihn wiedererkannte.

»Er ließ nicht ab, mir die Hände zu küssen und die Decke, welche mich umhüllte; ich aber hätte vor Entsetzen aufschreien mögen, denn ich kannte jetzt meine Krankheit und die schreckliche Gefahr der Ansteckung.

»Ich war jedoch noch zu schwach, um einen Laut von mir zu geben, und als er allmählich ruhig ward, lag ich still da und suchte in seinen geliebten Zügen zu lesen, was sich während der Zeit meiner Bewußtlosigkeit im Lager zugetragen haben mochte. Etwas Gutes schwerlich, denn seine sonst so runden, blühenden Wangen waren eingefallen, und in den lachenden Augen lauerte jener hungrige Blick, den ich früher nur bei den darbenden Männern gesehen hatte.

»›Ist kein Entsatz gekommen?‹ stieß ich mühsam heraus.

»Er schüttelte den Kopf, sah sich mit scheuer Miene in der kleinen Hütte um, beugte sich dann über mich und flüsterte mir ins Ohr: ›Nein, aber sei nur ohne Sorge, ich habe Nahrung genug für dich.‹

»Vorsichtig, mit leisem Tritt schlich er in einen Winkel der Hütte, kauerte sich nieder und begann die Erde auszugraben, wobei er sich von Zeit zu Zeit ängstlich umsah. Ich verstand sein seltsames Gebühren nicht, bis er plötzlich aufsprang und mit seligem Lächeln etwas in die Höhe hielt, das mir ein Stück Brot zu sein schien. Heiße Tränen stürzten mir aus den Augen bei dem rührenden Anblick.

»Aber mein Hunger regte sich mächtig und mit Gier verschlang ich die Stückchen, welche er für mich abbrach. Bei jedem Bissen, den ich aß, strahlte er vor Freude, und als mein heftigstes Verlangen gestillt war und ich das müde Haupt nach der Wand kehrte, hörte ich noch vor dem Einschlafen das kleine Gebet, das er aus dankbarem Herzen zum Himmel empor sandte

»Ich schlief lange und fest; als ich die Augen wieder aufschlug und mich nach meinem kleinen Sohn umschaute, kam er eben von draußen zur Hüttentür herein. Er hatte im Lager die Nachricht verkündet, daß ich in der Genesung sei.

»›O, Vater,‹ rief er, ›wir dürfen wieder hoffen! Ein fremder Jäger ist heute früh angelangt, er sagt, daß Leute von der Ebene herangezogen kommen, mit vielen Wagen und großen Vorräten an Lebensmitteln.‹

»›Dann muß ich rasch wieder gesund werden,‹ erwiderte ich. ›Sie dürfen keine gefährliche Krankheit hier im Lager finden, die sie verscheuchen würde. Ist der andere Kranke gestorben, Bernhard?‹

»Der Knabe ließ den Kopf hängen, dann schaute er fröhlich auf. ›Ja, aber er hatte auch keinen kleinen Sohn, der ihn pflegen konnte.‹

»›Und die Leute, die in das Gebirge zogen? Hat man etwas von ihnen gehört?‹

»›Vor einer Woche sind sie zurückgekommen, Vater. Sie haben den Paß nicht finden können. Jetzt wünschen sie, daß sie nicht zurückgekehrt wären.‹

»›Weshalb denn, mein Kind? Sieht es hier im Lager so schrecklich aus? Sind noch mehr Leute krank oder nahe am Verhungern?‹ frug ich.

»›Es steht schlecht, Vater, so schlecht, daß sie sich vor nichts mehr fürchten, sie fürchten sich nicht einmal hier in die Hütte zu kommen,‹ gab er mir zur Antwort.

»›Und du, Bernhard, fühlst du dich ganz wohl?‹ fragte ich besorgt.

»›O ja!‹ antwortete er, so zuversichtlich er konnte.

»Ich sah, daß, wenn der Entsatz nicht bald kam, ich den Knaben, der meine ganze Freude und Hoffnung war, nicht lange mehr behalten würde. Bald darauf muß ich wieder eingeschlummert sein, denn ich hatte einen Traum. Der alte Mann hier – er ist in Wirklichkeit mehrere Jahre jünger als ich, wie unglaublich das auch scheint – kann sagen, ob es auf Wahrheit beruht.

»In einer Schlucht, zwischen himmelhohen Felsen, sah ich fünf Männer mit verzweifelter Anstrengung vorwärts dringen durch den sich immer hoher türmenden Schnee. Wie scharfe Nadeln schmerzten die eisigen Kristalle, die ihnen der Sturm ins Gesicht wirbelte; mühsam nur hoben sie die Füße und ich sah, daß ihre schwachen Kräfte bald erliegen müßten, wenn die Wut der Elemente nicht nachließ oder irgend ein Felsvorsprung ihnen ein schützendes Obdach gewährte. Der vorderste Mann, der Führer der kleinen Schar, war groß, kräftig gebaut, mutig und entschlossen. Er trotzte dem Sturm mit erhobenem Haupt und rief seinen Genossen mehr als einmal ermunternde Worte zu. Ihnen zunächst schritt ein schmächtiger Mann, aber zäh an Muskeln und Sehnen; er glitt häufig aus, erhob sich aber von jedem Fall und hielt sich dicht an seinen Gefährten. Sie waren ausgezogen um Gold zu finden, wonach ihre Seele dürstete, und nur der Tod konnte ihrem Trachten ein Ziel setzen. Die drei andern schleppten sich langsamer hinterdrein, nach wenigen Schritten stürzten sie immer wieder in den Schnee und alle Versuche der beiden vordersten Männer, sie zu stützen und aufzurichten, blieben erfolglos. Bald erhoben sich auf dem öden Pfade drei Schneehügel, wo vorher alles eben gewesen war; nur die zwei mutigsten Wanderer arbeiteten sich noch weiter fort durch Schnee und Sturm. Plötzlich stieß der vorderste einen lauten Schrei des Entzückens aus. Sie waren gerettet. Zu ihrer Linken tat sich in der schroffen Steinwand eine Zuflucht auf; schon in der nächsten Sekunde kauerten sie in der engen Höhle, wo sie, vor Wind und Schneegestöber gesichert, die Augen wieder frei dem Licht zu öffnen vermochten.

»Der gierige Goldgräber kennt nichts Höheres als seine Leidenschaft. Statt auf die Knie zu sinken, um dem Himmel für ihre wunderbare Rettung zu danken, stierten die beiden Männer mit heißhungrigen Blicken auf das Felsgestein zu beiden Seiten der Höhle. ›Gold!‹ lallte der eine mit schwerer Zunge, ›Gold!‹ stammelte der andere mit bebenden Lippen.

»Während sie mit dem Brot, das sie bei sich trugen, den nagenden Hunger stillen, schauten sie unablässig bald nach dem Gestein über ihren Häuptern, bald auf den Boden der Höhle. Jetzt stürzt der eine nach einer Felsenspalte hin, in der er etwas glitzern sieht. Als er zurückkommt zittert er an allen Gliedern vor Aufregung und verbirgt die Hand in der Tasche.

»›Zeig' her,‹ ruft ihm der stärkere Gefährte zu. Zögernd tut jener ihm den Willen; in der langsam sich öffnenden Hand liegt ein Klümpchen Gold, das sie beide unverwandt anstarren.

»Dicht an einander gedrängt, um sich zu wärmen und zu stützen, nehmen sie jetzt auf dem Boden der Höhle Platz. ›Wir dürfen nicht unterliegen; unser Leben hat jetzt noch Wert, wir müssen suchen es zu erhalten,‹ das ist ihr einziger Gedanke, indem sie berechnen, wie lange ihr Brotvorrat noch reichen kann. Unterdessen fällt der Schnee dichter und dichter; er häuft sich immer höher auf vor dem Eingang der Höhle; kaum bleibt ihnen noch Licht genug, einander zu erkennen.

»›Die Flocken werden größer und fallen langsamer,‹ sagte der eine, ›heute Nacht wird sich der Himmel aufhellen und morgen können wir zurückkehren. Was meinst du – sollen wir unsern Fund geheim halten?‹

»›Ja, ja,‹ erwiderte der andere, ›außer uns beiden darf niemand darum wissen. Haben wir den Schatz doch mit Gefahr unseres Leben entdeckt.‹

»›Das Lager ist ein elender Ort, aber wir sind dort sicherer als in den Bergen. Soll unser Reichtum uns je Genuß und Ehre bringen, so müssen wir alles daran setzen, bei Kräften zu bleiben, bis Hilfe kommt. Wollen wir Kameraden sein?‹ So sprach der eine wieder eifrig.

»›Ja, laß uns beide zusammenstehen. Geht uns die Nahrung aus, so sättigen wir uns am Golde, hurra, hurra!‹ war die schnell folgende Antwort des andern.

»Der Freudenruf hatte einen matten Klang, denn der einst so starke Mann war nahe daran zu erliegen. Sein Kopf sank auf die Brust herab und er schlummerte ein, neben dem Gefährten. Draußen hatte sich der Sturm gelegt, es herrschte Totenstille und immer langsamer fielen die schweren Schneeflocken zur Erde.

»Drei Tage später erschienen die beiden wieder im Lager, weit schwächer als da sie es verließen; in ihren Augen aber funkelte eine unnatürliche, wilde Gier, denn ein Dämon war seit jener Stunde in ihre Brust eingezogen, als sie den Goldschatz in der Felsenhöhle entdeckt hatten.«

Vierunddreißigstes Kapitel.
Bernhard

»So träumte mir. Oder war es vielleicht kein Traum – hatte ich die Stimmen wirklich gehört, die draußen an der Hüttenwand geheimnisvoll flüsterten? Die Toren! Sie fürchteten jedes lauschende Ohr und dachten doch nicht an die Spalten und Risse der roh zusammengefügten Bretter. Sie sprachen von großen Schätzen Goldes, die sie auf dem Wege durch die Schlucht in einer Höhle entdeckt hatten, aber ich achtete in jener Stunde wenig auf ihre Worte; ich horchte nur auf die regelmäßigen Atemzüge meines kleinen Sohnes, der, um mich zu erwärmen, am Fußende meines Lagers eingeschlummert war, und bald umfing der Traum mich wieder.

»Plötzlich schreckte ich empor. Laute, zornige Worte klangen durch den Hüttenraum und dazwischen ein kläglicher Schrei aus Bernhards Munde.

»Noch tags zuvor hatte ich mich kaum rühren können auf dem Lager, jetzt sprang ich in die Höhe und sah, wie jene beiden Wüteriche um ein Stück Brot rangen, das der Hand des Knaben entfallen war. Sie hatten ihn überrascht, als er es aus dem Versteck im Winkel aufgrub. Dem Verhungern nahe, aber wahnsinnig vor Angst um ihr Leben, dem der gefundene Schatz goldenen Glanz verliehen, hatten sie sich auf ihn geworfen und ihn zu Boden geschlagen.

»>Er hat es gestohlen!‹ brüllte der eine, ›den gemeinsamen Vorrat hat er beraubt,‹ kreischte der andere. Aber die zitternde Kinderstimme tönte schwach dazwischen: ›Nein, ich habe es für meinen Vater aufgespart. Es ist mein Brot; ich habe es nicht gegessen!‹

»Großer Gott – es waren seine letzten Worte. Die Bösewichte hatten den Knaben umgebracht. Wenige Minuten später starb er vor meinen Augen. Umsonst warf ich mich über den zarten, kleinen Körper und schrie zum Himmel, mir das geliebte Leben zu lassen. Er war tot, seine freundlichen Augen auf immer erloschen. Ich mußte sie ihm zudrücken – jene Elenden sahen es und töteten sich nicht auf der Stelle aus Entsetzen vor ihrer Untat, die solchen grenzenlosen Jammer über mich gebracht hatte.

»Zwei Stunden später kam der Entsatz; alle erhielten Brot zu essen, soviel sie begehrten. Ich aber saß Tag und Nacht neben meinem erschlagenen Liebling und verlangte nach keiner Speise. Ich wartete mit Ungeduld, daß den Mördern ihre Strafe würde.

»Ich versammelte das ganze Lager um den Leichnam meines Sohnes – mit der Schar, die uns Hilfe gebracht hatte, waren es dreiundzwanzig Männer – und verlangte, daß man Gericht halten und den Missetätern ihr Urteil sprechen solle. Zwar war kein Richter zugegen, aber zwölf ehrenhafte Männer wurden erwählt; ich trug meine Klage vor und der Spruch lautete: die Mörder hätten den Tod verdient. So wollte es das Gesetz im Lager, das jeder Gerichtshof anerkannte, sonst wären Leben und Besitz völlig schutzlos gewesen, und Mord und Totschlag an der Tagesordnung.

»Die Männer vernahmen ihr Urteil in hoffnungslosem Schweigen, sie wußten, es geschah ihnen nur nach Verdienst. Man lieferte sie mir aus, denn es war beschlossen, daß sie sich mit eigener Hand den Tod geben sollten, und mir ward aufgetragen, Zeuge zu sein bei diesem Akt der Wiedervergeltung.

»Mit einbrechender Nacht begaben wir uns an einen einsamen Ort, wo die letzte Szene des Trauerspiels vor sich gehen sollte. Als wir den Pfad betraten, der in die Schlucht führte, wo ihr Goldschatz verborgen lag, erwachte ihr Wunsch zu leben noch einmal mit voller Stärke. ›Gewähre uns eine Frist, Deering,‹ flehten sie, ›wir haben große Reichtümer entdeckt in einer Felsenhöhle und wollen den Fund mit dir teilen.‹

»›Ich kenne den Ort,‹ lautete meine ruhige Antwort, ›und nicht für alles Gold der Welt lasse ich die Mörder meines Sohnes ihrer Strafe entrinnen.‹

»Aber während ich so sprach, fühlte ich den giftigen Stachel im Herzen, der sich immer tiefer und schmerzhafter eingrub. Ich fragte mich, welchen Ersatz für meinen lebenslangen Verlust mir denn der Tod dieser Männer bieten könne! Sie wurden rasch aller Qual entrückt, allem Mangel und Elend, mit dem wir ringen und kämpfen mußten, um vielleicht endlich doch zu erliegen. War denn ihr Tod überhaupt eine Strafe und nicht vielmehr eine Wohltat, eine Erlösung von furchtbaren Leiden?

»Während ich mich Tag und Nacht in Sehnen und Jammer verzehrte nach einem liebevollen Blick, einem Händedruck meines Knaben, würden sie friedlich, wie er, unter der Schneedecke im Grabe ruhen.

»Der Gedanke schien mir unerträglich. In öder Leere lag das Leben vor mir. Ich wollte ihm einen Inhalt geben, wollte Sorge tragen, daß die beiden grausamen Menschen, die mein unschuldiges Kind getötet hatten, auch einer wirklich gerechten Strafe verfielen. Sie liebten das Gold; der eine, weil es ihm Ehre und Ansehen versprach, der andere, weil es ihm Genuß und Behagen bot. Sie sollten ihren Willen haben, Besitz und Einfluß erwerben, sich an ihren Kindern erfreuen. Aber gerade auf dem Gipfel des Glückes, wenn ihnen das Dasein am köstlichsten erschien, wollte ich ihnen den Freudenbecher von den Lippen reißen und sie die Bitterkeit der Verzweiflung schmecken lassen, die auch mein Leben vergällt hatte.

»Bevor wir noch den Richtplatz erreichten, hatte ich alles wohl überlegt und mein Entschluß stand fest. Ich begann zuerst einen Holzstoß zu bauen und Feuer anzuzünden. Sie sahen mir verwundert zu, wagten jedoch keine Frage zu stellen, bis ich selbst das Schweigen brach.

»Als die Flamme prasselnd emporschlug, trat ich vor die Männer hin. ›Der Aufschub, um den ihr mich gebeten habt, soll euch werden,‹ sagte ich mit fester Stimme, ›doch nur, wenn ihr mir den Schwur leistet, welchen ich euch vorschreibe. Ihr müsset feierlich bekennen, daß ihr den Tod verdient habt, und geloben, die Strafe an euch selbst zu vollziehen,

84

sobald der bestimmte Tag erscheint und ich euch auffordere, eures Eides zu gedenken. Tut ihr dies, so gewähre ich euch eine Frist von 12 Jahren weniger 4 Monaten – so alt war mein kleiner Knabe!‹

»Sie starrten mich an, als sei ihnen in dunkler Nacht plötzlich ein blendendes Licht aufgegangen, sie schwankten wie Trunkene und vermochten sich kaum zu fassen.

»›Zwölf Jahre!‹ schrie der Mann, der hier vor uns steht, ›das ist Zeit genug, um sein Leben zu genießen, wenn man Gold in Fülle besitzt!‹

»White hatte sich hoch aufgerichtet: ›Habe ich recht verstanden, Deering? Zwölf Jahre lang soll das Urteil, das heute über uns gesprochen ward, unvollzogen bleiben und an einem festgesetzten Tage sollen wir uns mit eigener Hand töten?‹

»›Ja, ich schenke euch ein Jahr für jedes Jahr von meines Sohnes Leben. Nehmt ihr es an?‹

»›Ja, ja – das tun wir,‹ erwiderten beide wie aus einem Munde.

»›So hört den Eid!‹ Ich sprach ihnen die Worte vor und sie schworen beide mit erhobener Hand, im Angesicht der ewigen Sterne.

»White war der erste: ›Ich, Samuel White,‹ sagte er, ›gelobe, am 13. Juli 1863, gerade 12 Jahre weniger vier Monate, vom heutigen Tage an gerechnet, Robert Deering an einem von ihm zu bestimmenden Ort zu treffen und daselbst mit eigener Hand an mir das Todesurteil zu vollziehen, das heute verdientermaßen über mich ausgesprochen worden ist.‹

»Als auch der andere Mann denselben Schwur geleistet hatte, ließ ich mir ihre Pistolen aushändigen und schoß sie in die Luft, daß der Klang in den Bergen widerhallte Dann hielt ich die beiden Waffen mit der Mündung ins Feuer und als diese rotglühend geworden war, reichte ich die Pistolen ihren Eigentümern und sagte:

›Zum Beweis, daß Ihr Mut genug besitzt, den Schwur zu erfüllen, nehmt dies glühende Eisen und brennt damit ein Kreuz in eure linke Hand als Zeichen künftiger Vergeltung.‹

Sie wichen schaudernd zurück, aber ich war taub gegen ihre Bitten und Widerreden. Nach kurzem Sträuben gehorchten sie dem Gebot und drückten als Siegel ihres Gelöbnisses das glühende Metall auf ihre zuckende Hand. – Meine Gefährten hatten die Schüsse in den Bergen gehört und sahen uns mit Verwunderung alle drei lebendig wiederkehren. Doch pflichteten sie mir bei, daß wir in dieser Zeit der Not die Hilfe von zwei starken, gesunden Männern nur schwer entbehren könnten und willigten ein, sie wieder in ihren Kreis aufzunehmen.

Die beiden Übeltäter blieben von der Krankheit verschont, während nach und nach die redlichen, wackeren Gefährten einer nach dem andern der Seuche zum Opfer fielen, bis wir drei die letzten Überlebenden waren. Ich fürchtete keinen Augenblick, auch jene erliegen zu sehen, denn die ewige Gerechtigkeit, der ich vertraute, konnte nicht dulden, daß die Buße unbezahlt bliebe, welche ich den beiden Männern auferlegt hatte. Das wußte ich damals so gut wie jetzt. Es hat lange gedauert, viel länger als ich erwartete, bis der Tag der Vergeltung kam.

»Samuel White hat die Schuld gebüßt, gerade als er auf der Höhe seines Ruhmes und Glückes stand, und jetzt soll auch dieser Mann hier, trotz aller seiner Hinterlist, nach 25 Jahren voll Seelenangst seine Strafe erleiden.«

Fünfunddreißigstes Kapitel.
Von der Rache ereilt

Deering hatte seinen Bericht geendet und kein Laut unterbrach das tiefe Schweigen, bis sich der Oberst wieder seinem unglücklichen Opfer zuwandte: »Soll ich Ihrer Tochter den Haftbefehl vorzeigen, den ich mir in San Francisco ausstellen ließ?« fragte er in drohendem Ton. »Ich war dort Bezirksamtmann und habe das Recht, Sie auf der Stelle festzunehmen.«

Thomas Dalton sah Marys angstvoll gefaltete Hände, ihre bleiche Miene. Die schreckliche Erzählung hatte ihre Wirkung nicht verfehlt. Von Qualen gefoltert und bis zum Wahnsinn getrieben, stürzte er mit einem Sprung nach der sausenden Maschine hin. »Nein, nein, diese Schmach soll ihr erspart bleiben,« rief er. Einen letzten flehenden Blick gen Himmel werfend, erfaßte er mit beiden Händen die Messingknöpfe.

»Vater, mein Vater, er stirbt!« schrie Mary und wollte zu ihm eilen, aber Deering, der jetzt wußte, was die Maschine zu bedeuten hatte, hielt sie mit eisernem Griff zurück, während sein Blick triumphierend auf dem zuckenden Körper seines Feindes ruhte.

Bei Marys Angstruf war auch Stanhope aus seiner Erstarrung erwacht, in welche des Obersten Enthüllungen ihn versetzt hatten. Rasch näherte er sich Dalton und sah, daß in dessen aschfahlem Gesicht nur tiefster Seelenschmerz aber keine Todesqual geschrieben stand.

»Alles vergebens,« stöhnte der alte Mann, »die Wirkung ist zu schwach.« Überwältigt von Scham und getäuschter Erwartung wankte er rückwärts und wäre kraftlos zusammengesunken, hätte ihn nicht Stanhope mit starkem Arm gehalten.

Der Oberst hatte Marys Hand losgelassen und trat jetzt mit höhnischem Lachen näher: »Ich wußte ja, daß es nur ein müßiges Spielwerk war,« rief er verächtlich und legte beide Hände auf die Metallknöpfe.

In dem Augenblick zuckte ein Blitz, ein furchtbarer Donnerschlag krachte hernieder, der, die Wirkung der Maschine verstärkend, den gewaltigen Mann zu Boden schmetterte, daß er starr und leblos zu ihren Füßen lag.

Es dauerte mehrere Minuten, bevor die andern, von der Erschütterung gleichfalls betäubt, sich klar zum Bewußtsein brachten, was geschehen war.

Stanhope faßte sich zuerst; rasch beugte er sich zu dem Toten und zog aus dessen Brusttasche ein altes, vergilbtes Papier hervor, das er hastig überflog. Ein Schrei der Überraschung entfuhr ihm, und zu dem alten Manne gewandt, der um die ohnmächtige Mary bemüht war, rief er:

»Heißen Sie Dalton oder Yelverton? Dieser Haftbefehl lautet auf Stefan Yelverton, aber er hat Sie doch Dalton genannt!«

Der Alte sah ihn mit wirrem Blicke an.

»Wenn Sie Yelverton sind und Ihre Tochter Nathalie,« fuhr Stanhope mit neu belebter Hoffnung fort, »dann kann noch alles, alles gut werden.«

»Seit ihrem dritten Jahre heißt sie Mary« murmelte der unglückliche Vater, aber ihr eigentlicher Name ist Nathalie – Nathalie Yelverton. White wußte es und auch Deering, aber sonst niemand – nicht einmal sie selbst.«

Sechsunddreißigstes Kapitel.
Schluß

Wochen vergingen bevor Mary und ihr schwer geprüfter Vater die Folgen jener furchtbaren Stunden auch nur einigermaßen überwanden. Stanhope hatte beide sofort in das White'sche Haus mitgenommen und Flora erwies sich ihnen als treue Pflegerin.

Groß war ihre Freude, sobald sie sah, daß sich Marys bleiche Wangen allmählich wieder färbten und in des Alten glanzlosen Augen das Licht des Geistes von neuem zu leuchten begann. Über die Ereignisse am Markham-Platz erfuhr die junge Witwe aus Stanhopes Munde genug, um ihre innigste Teilnahme zu erwecken; nur die wahre Ursache von seines Vaters unglücklichem Ende verschwieg er ihr schonend.

In tiefer Rührung gedachte er selbst aber des Mannes, der in dem furchtbarsten Augenblick seines Lebens dem Tode mutig ins Antlitz geblickt und ohne Zögern die Schuld bezahlt hatte für die Missetat seiner Jugend. Mit welcher Selbstbeherrschung und Geistesgröße hatte sein Vater, die eigene Verzweiflung über sein zerstörtes Leben vergessend, alle Anordnungen getroffen, um den Zurückbleibenden jedes unnötige Leid zu ersparen. In der kurzen Frist, die ihm vergönnt war, hatte er mit klarem ruhigem Sinn für die Seinen gesorgt und gedacht. Er hatte die geliebte Braut noch zum Altar geführt, ihr seinen Namen gegeben und ihre Zukunft gesichert. Des Sohnes Glück glaubte er aber am besten zu fördern, wenn er ihm eine Verbindung mit der Tochter des Mannes anbefahl, dem das gleiche Verhängnis drohte wie ihm. Sie allein in der ganzen Welt würde ihm niemals einen Vorwurf machen können wegen seines Vaters Verbrechen.

Alle Rätsel, die Stanhope so lange gequält hatten, waren jetzt gelöst. Selbst der Umstand, daß Herr White sich in dem letzten Brief an seinen Sohn so dunkel über das Mädchen ausgedrückt hatte, welches er ihm zur Gattin bestimmte, daß er sie Nathalie Yelverton nannte und so ein unglückliches Mißverständnis veranlaßt hatte, fand noch eine natürliche Erklärung.

Frau Delapaine, die alte Freundin von Stanhopes Mutter, kam eines Tages, ihm ihre Glückwünsche zur Verlobung zu bringen. Sie äußerte zugleich noch ihre besondere Freude darüber, daß durch diese Heirat der letzte Wunsch erfüllt werde, den sein verstorbener Vater auf Erden gehegt habe. Auf Stanhopes verwunderte Frage, woher sie das wisse, zog sie einen Brief hervor, den sie nach jenem Unglückstage erhalten – es war der dritte, den Herr White noch vor seinem Tode geschrieben hatte, – und legte ihn in des jungen Mannes Hand. Hier stand es mit klaren deutlichen Worten, daß eine Verbindung seines Sohnes mit Nathalie Yelverton – die jetzt den Namen Mary Dalton trage und bei ihrem Vater auf dem Markham-Platz wohne – Herrn Whites dringendstes Verlangen gewesen war. Er bat die alte Freundin seines Hauses, womöglich eine Bekanntschaft der jungen Leute zu vermitteln. Ein Herzensbund zwischen ihnen wäre ganz nach dem Sinn von Stanhopes Mutter gewesen und er selbst würde die Stunde segnen, in welcher sein Sohn diese Braut heimführte.

»Als ich mich nach dem plötzlichen Tode Ihres Vaters anschickte, seinen Willen zu tun, fand ich, daß die Ereignisse mir zuvor gekommen waren,« erklärte Frau Delapaine. »Als Gefährtin der Frau White hatte Mary Dalton die beste Gelegenheit, den ihr bestimmten Bräutigam kennen zu lernen, und bald erfuhr ich auch, daß sich ohne mein Zutun die Herzen gefunden hatten.«

Stanhope drückte ihr stumm die Hand, sie hatte ja nicht ahnen können, wie viel Leiden ihm erspart worden wären, wenn er früher erfahren hätte, daß Nathalie Yelverton niemand anders war als seine geliebte Mary.

Der Hochzeitstag war da, die Trauung vorüber.

Der Vater der Braut, Thomas Dalton, wie er sich auch ferner nannte, hatte sich zwar geweigert, der kirchlichen Feier beizuwohnen, aber er erwartete jetzt die Neuvermählten bei ihrer Rückkehr. Noch schwach von der überstandenen Krankheit und zitternd vor freudiger Erregung, stand er mitten im Zimmer, um Mary zu empfangen. Da trat sie ein, umstrahlt von Jugend und Schönheit, im vollen bräutlichen Schmuck, an des Gatten Seite. Ein glückseliges Lächeln flog über des Alten vergrämte Züge. »O,« rief er, »diesen Freudentag zu erleben, verdiene ich nicht!«

Da fühlte er sich von der Tochter Arm liebevoll umschlungen und sie flüsterte ihm leise zu:

»Ich habe dir noch etwas zu sagen, Vater. Mitten in der Trauung, in dem Augenblick, als der Prediger so feierlich fragte, ob irgend jemand ein Hindernis wüßte, das unserer ehelichen Verbindung entgegenstehen könnte, ergriff mich eine törichte Furcht. Mir war als würde sich sogleich eine drohende Stimme, die wir kennen, erheben, um Einspruch zu tun. Noch zitterte ich bei dem Gedanken, da erblickte ich plötzlich ein Engelsantlitz, – es kann nur Bernhards Antlitz gewesen sein – das sich lächelnd neigte, als segne es unsern Ehebund.«

Der alte Mann schloß sie gerührt in die Arme und eine Zeitlang herrschte heilige Stille in dem Gemach.

Ende.

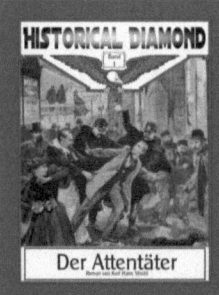

HISTORICAL DIAMOND Band 1

Der Attentäter
Benult von Karl Hans Strobl

HISTORICAL DIAMOND Band 2

Die Seelenverkäufer
Abenteuerroman von Kurt Faber

HISTORICAL DIAMOND Band 3

Jenseits des Äquators
Abenteuerroman von Ferdinand Emmerich

HISTORICAL DIAMOND Band 4

Der Feind aus dem Dunkel
Kriminalroman von Annie Hruschka

HISTORICAL DIAMOND Band 5

Der Tag der Vergeltung
Kriminalroman von Anna Katharine Green

HISTORICAL DIAMOND Band 6

Die Yacht der sieben Sünden
Kriminalroman von Paul Rosenhayn

HISTORICAL DIAMOND Band 7

Das Rätsel von Ravensbrok
Kriminalroman von Hans Hyan

HISTORICAL DIAMOND Band 8

Spreemann und Co
Historischer Berlin-Roman von Alice Berend

HISTORICAL DIAMOND Band 9

Die verlorene Welt
Abenteuerroman von Conan Doyle

HISTORICAL DIAMOND Band 10

Allan Quatermain und der Zauberer im Zululand
Abenteuerroman von Henry Rider Haggard

HISTORICAL DIAMOND Band 11

Attila - König der Hunnen
Historischer Roman von Felix Dahn

HISTORICAL DIAMOND Band 12

Lizzie Holmes und die Kristiana-Affäre
Kriminalroman von Sven Elvestad

HISTORICAL DIAMOND Band 13

Der Chinese
Ein Wachtmeister Studer - Krimi von Friedrich Glauser

HISTORICAL DIAMOND Band 14

Allan Quatermain und die heilige Blume
Abenteuerroman von Henry Rider Haggard

HISTORICAL DIAMOND Band 15

Bomben auf Monte Carlo
Roman von Fritz Reck-Malleczewen

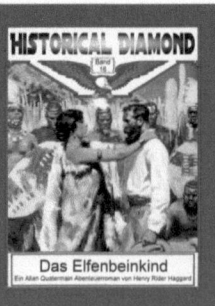

HISTORICAL DIAMOND Band 16

Das Elfenbeinkind
Ein Allan Quatermain Abenteuerroman von Henry Rider Haggard

Mein Leben im Tropenparadies
Fünfundzwanzig Jahre in Ceylon – Erlebnisse und Abenteuer

Ein Mann des praktischen Lebens und ein Mann der Feder haben sich zusammengetan, um gemeinschaftlich in diesem Buch die Naturwunder und Merkwürdigkeiten der „Perle Indiens", der Tropeninsel Ceylon, zu schildern. 25 Jahre lang hat John Hagenbeck (1886-1940) dort als Kaufmann, Pflanzer, Sportsmann und Tierexporteur eine umfassende Tätigkeit ausgeübt, ist er der populärste deutsche Kolonist im fernen Südosten gewesen, bis ihn der Ausbruch des Ersten Weltkrieges jäh seinem Wirken entriss, ihn aus seinem Paradies vertrieb.

Was John Hagenbeck in den langen Jahren eines reich bewegten, abenteuerlichen Überseelebens im Verkehr mit weißen und farbigen Menschen, auf der Jagd im Dschungel, in allen Teilen der Tropeninsel erlebt hat, das ist in diesem Werk nach seinen Aufzeichnungen und Berichten, in literarische Form gebracht worden.

Wenn dieses Buch allen denen, die es aus unserer deutschen Beengtheit wenigstens im Geiste nach fernen Küsten, zu fremdartigen Menschen und seltsamen Dingen lockt, etwas bietet, etwas zu sagen hat, so ist sein schönster Zweck erfüllt!

Bibliographische Angaben:

Autor: John Hagenbeck
Paperback
192 Seiten
ISBN: 978-3-7528-2274-8
Verlag: Books on Demand
Auch als Ebook erhältlich

Naturwissenschaft, Physik und Astronomie

– **Äquivalenz von Information und Energie.** Von: K.-D. Sedlacek

– **Das Gesetz im Zufall:** Wie sich verborgene Gesetzlichkeit manifestiert. Von: Moritz Cantor u. K.-D. Sedlacek (Hrsg.)

– **Der Widerhall des Urknalls:** Spuren einer allumfassenden transzendenten Realität jenseits von Raum und Zeit. Von: K.-D. Sedlacek

– **Einsteins Relativitätstheorie ganz ohne Mathematik.** Spezielle und allgemeine Relativitätstheorie. Von: Prof. Dr. Paul Kirchberger u. K.-D. Sedlacek (Hrsg.)

– **Freizeitvergnügen Sternenhimmel mit bloßem Auge:** Wie man Sternbilder auffindet ohne Instrumente. Von: Prof. Dr. Paul Kirchberger u. K.-D. Sedlacek (Hrsg.)

– **Phänomen Naturgesetze:** Das Geheimnis hinter den Erscheinungen der Welt. Von: K.-D. Sedlacek

– **Supervereinigung:** Wie aus nichts alles entsteht. Von: K.-D. Sedlacek

– **Die Natur psycho-physikalischer Phänomene.** Erforschung telekinetischer Vorgänge. Von: Schrenck-Notzing, A. u. Klaus D Sedlacek (Hrsg.)

– **Giganten der Physik.** Die Top10-Physiker der Menschheitsgeschichte. Von: Klaus-Dieter Sedlacek (Hrsg.)

– **Der allmächtige Informatiker:** Das Mysterium des Universums. Von Sir James Jeans u. K.-D. Sedlacek (Hrsg.)

– **Der verborgene Mechanismus des Weltgeschehens:** Neue Erkenntnisse über die Gestalten biotechnischer Systeme der Welt. Von: Dr. h. c. Raoul Francé u. K.-D. Sedlacek

– **Der erdgeschichtliche Klimawandel:** Den wahren Ursachen von Klimaschwankungen auf der Spur. Von Wilhelm Bölsche u. K.-D. Sedlacek (Hrsg.)

– **Wege zur physikalischen Erkenntnis.** Meine wissenschaftlichen Selbstbiographie, Reden und Vorträge. Von **Max Planck** u. K.-D. Sedlacek (Hrsg.)

Chemie

– **Der Stein der Weisen:** Wie die Alchemie zur Chemie wurde. Von: Wilhelm Ostwald et. al. u. K.-D. Sedlacek (Hrsg.)

– **Durchblick Chemie:** Praktische Grundlagen und Einführung in die anorganische, organische und Biochemie. Von: Prof. Dr. Lassar-Cohn, Prof. Dr. W. Löb, K.-D. Sedlacek

Natur- und Philosophie

– **Die letzten Ursachen.** Das Buch der Naturerkenntnis. Von: K.-D. Sedlacek

– **Gebundener Wille:** Wie frei ist menschlicher Wille tatsächlich? Von: K.-D. Sedlacek, G.F. Lipps et. al.

– **Jenseits der Erscheinungen:** Erkennbarkeit und Realität der Quantennatur. Von: Prof. Dr. M. Schlick u. K.-D. Sedlacek (Hrsg.)

– **Kleines Wörterbuch der Natur-Philosophie:** 1200 Begriffe, die man kennen sollte, kurz und prägnant. Von: K.-D. Sedlacek

– **Naturphilosophie:** Das Wesen von Naturgesetzen und die Erklärung des Lebens. Von: Prof. Dr. M. Schlick u. K.-D. Sedlacek (Hrsg.)

– **Vereinbarkeit von Religion und Naturwissenschaft.** Von: Kurd Laßwitz u. K.-D. Sedlacek (Hrsg.)

– **Das Konzept des Guten.** Sinnliches Empfinden – Der Ursprung unserer Wertvorstellungen. Von: Klaus-Dieter Sedlacek (Hrsg.)

– **Ist echte Erkenntnis möglich?** Einführung in die Erkenntnistheorie. Von: Prof. Dr. Erich Becher u. K.-D. Sedlacek (Hrsg.)

– **Das individuelle Ich:** Was ist der Kern des Selbstbewusstseins? Von: Th. Lipps u. K.-D. Sedlacek (Hrsg.).

– **Persönlichkeit und Unsterblichkeit:** In welcher Form existiert ein Weiterleben nach dem zeitlichen Ende? Von: Wilhelm Ostwald u. K.-D. Sedlacek (Hrsg.)

– **Die idealistischen Grundwerte unserer Kultur.** Von Johannes M. Verweyen u. K.-D. Sedlacek (Hrsg.)

Bewusstsein

– **Leben nach dem Leben:** Befreiung des Bewusstseins von den Fesseln der Zeit. Von: K.-D. Sedlacek

– **Quantenbewusstsein.** Von: N. Wrobel u. K.-D. Sedlacek

– **Synthetisches Bewusstsein.** Von: K.-D. Sedlacek

– **Unsterbliches Bewusstsein:** Raumzeit-Phänomene, Beweise und Visionen. Von: K.-D. Sedlacek

Leben und Medizin

– **Leben aus Quantenstaub.** Von: N. Wrobel u. K.-D. Sedlacek,

– **Was ist Krankheit?** Von: N. Wrobel u. K.-D. Sedlacek

– **Bewusstsein und Unsterblichkeit.** Von: C. L. Schleich u. K.-D. Sedlacek (Hrsg.)

– **Die Lebenskraft:** Wie Enzyme, Bewusstsein und quantenbiologische Effekte das Leben regulieren. Von: K.-D. Sedlacek u. N. Wrobel,

– **Die verborgene Ordnung des Weltsystems.** Neue Erkenntnisse über die schöpferischen Kräfte der Natur. Von: Dr. h. c. Raoul Francé u. K.-D. Sedlacek (Hrsg.)

– **Homöopathie und Praxis:** Naturheilkundliche alternative Medizin für den mündigen Patienten. Von: Dr. med. J. Voorhoeve u. K.-D. Sedlacek (Hrsg.)

– Eine andere Sicht auf die Entstehung der sporadischen Form der Alzheimerkrankheit. Von Norbert Wrobel u. K.-D. Sedlacek (Hrsg.)

PSYCHOLOGIE

– Gestalt-Psychologie: Einführung in die neue Psychologie vom Begründer der Gestaltpsychologie. Von: Prof. Dr. Kurt Koffka u. K.-D. Sedlacek (Hrsg.)
– Die ersten Spuren psychischer Erscheinungen: Das psychische Leben von Mikroorganismen – Eine Studie in experimenteller Psychologie. Von Alfred Binet u. K.-D. Sedlacek (Übers.)
– Allgemeine moderne Psychologie: Systematische Einführung in die Wissenschaft psychischer Prozesse. Von August Messer u. K.-D. Sedlacek (Hrsg.).
– Strahlende Kräfte durch positives Denken: Die Wurzeln des Erfolgs und Wege zum Glück. Von Emil Peters u. K.-D. Sedlacek (Hrsg.)

BIOLOGIE

– Wie intelligent sind Pflanzen? Sensationelle Einblicke in die geheime Seite des pflanzlichen Wesens. Von Prof. Dr. phil. Adolf Wagner u. K.-D. Sedlacek

– Über Menschenaffen, Tierseele und Menschenseele: Intelligenzprüfungen an Hominiden. Von Wilhelm Bölsche et. al. und K.-D. Sedlacek (Hrsg.)

GESCHICHTE, VOR- U. FRÜHGESCHICHTE

– Die geheimnisvolle Kultur der alten Kelten. Von Druiden, Fürstensitzen und der Lebensart unserer frühgeschichtlichen Vorfahren. Von Georg Grupp u. K.-D. Sedlacek (Hrsg.)
– Der Alchemist Leonhard Thurneysser: Die Lebensgeschichte des Goldmachers von Berlin. Von Klaus-Dieter Sedlacek (Hrsg.)
– Es begann mit Feuerskraft. Das Werden des Menschen und seiner Kultur. Von Carl W. Neumann u. K.-D. Sedlacek (Hrsg.)
– Gefangen zwischen Eisschollen: Die dramatische Entdeckungsgeschichte der Antarktis. Von Klaus-Dieter Sedlacek (Hrsg.)

RATGEBER FREIZEIT U. REISE

– Kultur erleben mit dem Wohnmobil in Frankreich: Vierzig kulturelle Highlights, Park- und Übernachtungspätze sowie Navigationskoordinaten. Von Klaus-Dieter Sedlacek
– Kochbuch für ganze Kerle: Kräftige und Feinschmeckergerichte für Freizeit und Camping. Von K.-D. Sedlacek (Hrsg.)

FORSCHUNGSREISEN U. ABENTEUER

– Meine erste Weltumseglung: Tagebuch einer epochalen Expedition. Von James Cook u. K.-D. Sedlacek (Hrsg.)
– Exotische Reise durch Persien: Abenteuerlicher Bericht aus einer fremdartigen Welt des 19ten Jahrhunderts. Von Pierre Loti u. K.-D. Sedlacek (Hrsg.)
– Mit der Beagle um die Welt: Bericht meiner Forschungsreise zum Galapagos-Archipel. Von Charles Darwin u. K.-D. Sedlacek (Hrsg.)
– Peking-Paris im Automobil: Die legendäre 16.000 km – Rallye 1907. Von Luigi Barzini u. K.-D. Sedlacek (Hrsg.)
– Mein Leben im Tropenparadies: Fünfundzwanzig Jahre in Ceylon – Erlebnisse und Abenteuer. Von John Hagenbeck u. K.-D. Sedlacek (Hrsg.)

FANTASTISCHE WELT
ROMANE UND ERZÄHLUNGEN

Bd. 1: **Parallelwelt-Universum und die Suche nach der Weltformel.** Von: K.-D. Sedlacek
Bd. 2: **Marskolonie Eos: und die verschwindende Realität.** Von: K.-D. Sedlacek
Bd. 3: **Korakar: Geheimnisvolles Leben unter ewigem Eis.** Von: K.-D. Sedlacek
Bd. 4: **Die Spur des Dschingis-Khan.** Von: Hans Dominik, K.-D. Sedlacek (Hrsg.)
Bd. 5: **Atlantis: Die Rückkehr der Götter.** Von: Moriz Hoernes, K.-D. Sedlacek (Hrsg.)

SONSTIGE ROMANE

– Prinz Otto oder Der Phönix und die Freiheit: Roman über Intrigen und Macht, Verrat, Hinterlist und wahre Liebe - vom Autor der 'Schatzinsel' und von 'Dr. Jekyll und Mr. Hyde'. Von: Robert Louis Stevenson, K.-D. Sedlacek (Hrsg.), Vito von Eichborn (Hrsg.)
– Herr der Welt. Von: Jules Verne u. K.-D. Sedlacek (Hrsg.)